김용 무협소설의
여성 인물 분석

김용
무협소설의
여성 인물
분석

ⓒ 사막여우, 2021

초판 1쇄 발행 2021년 11월 16일

지은이   사막여우
펴낸이   이기봉
편집   좋은땅 편집팀
펴낸곳   도서출판 좋은땅
주소   서울특별시 마포구 양화로12길 26 지월드빌딩 (서교동 395-7)
전화   02)374-8616~7
팩스   02)374-8614
이메일   gworldbook@naver.com
홈페이지   www.g-world.co.kr

ISBN   979-11-388-0390-8 (93800)

『영웅문』의 주인공
곽정, 양과, 장무기를 둘러싼
여성 인물들의 역할과 그 의미

김용 무협소설의 여성 인물 분석

사막여우 지음

좋은땅

들어가면서

•

이 책은 필자의 한국방송통신대학교 대학원 문예창작콘텐츠학과 석사학위논문 「김용 무협소설의 여성 인물 분석」을 기본 원고로 하였다.

처음 방송통신대학교(이하 방통대) 대학원에 지원한 동기는 일 외의 개인 시간들을 조금 더 의미 있는 곳에 써 보자 하는 생각에서 시작되었다. 나는 마침 인생의 큰 태풍 하나를 넘기고 직장도 막 바꾼 변화의 시기에 있었다. 원래 글 쓰는 것을 좋아했기에 취미가 아닌 학문으로 글쓰기를 배우면 좋겠다고 생각했고 해외(중국, 상하이)에서 생활하는 나에게 대부분 수업을 온라인으로 듣는 방통대는 그야말로 적격이었다. 2018년 말, 망설임 없이 방통대 대학원 문예창작콘텐츠학과에 지원했다. 연차를 내고 한국으로 와서 면접을 보았다. 오랜만에 느끼는 대학로의 기운이 너무 좋았고 다시 학생 신분이 될 수 있다는 생각에 무척 설레었다. 다행히 무사히 합격하고 그렇게 2019년 첫 학기가 시작되었다.

첫 학기 후에 논문 지도를 해 주신 박종성 교수님의 비교신화특수연구

수업을 들었는데, 신화와 영웅을 주제로 한 강의 내용이 정말 너무나 흥미진진했다. 과제도 많았고 하나같이 쉽지 않았지만 여러 가지 다양한 인사이트를 얻을 수 있었다. 당시 나는 소과제 중의 하나로 김용 무협소설 남자 주인공들이 구비영웅서사시의 조건을 갖추었는지 분석했다. 아마 그때부터 김용 작품들을 조금 더 깊이 연구해 보고 싶다는 생각을 한 것 같다. 방통대 공부를 시작하고 나서 느낀 점은 커리큘럼 수준이 아주 높다는 것과 예상보다 훨씬 많은 시간을 투입해야 한다는 것이었다. 일하는 시간을 제외한 퇴근 후 시간과 주말을 오롯이 투입해야 겨우 강의와 과제를 따라갈 수 있었다. 그렇게 무사히 첫 일 년이 끝났다.

대망의 2020년이 밝았다. 개인적으로 2020년은 나이의 앞자리 숫자가 바뀌는 해여서 그런지 새해를 맞는 마음이 남달랐다. 진짜 중년이 되었구나 하는 서글픔(?)과 함께 백세시대에 남은 인생을 어떻게 살아야 할 것인지에 대한 고민에 만감이 교차했다. 그런 와중에 느닷없이 중국발 코로나가 터졌다. 지금 돌이켜 보면 그때는 정말 시작에 불과했던 것 같다. 한국에 설 연휴를 보내러 온 사이 중국 상황은 심각해졌다. 나는 아무도 만나지 못하고 집콕하고 있다가 전장에 돌아가듯 부모님의 배웅을 받고 상하이로 돌아갔다. 상하이는 모든 것이 멈춘 유령 도시가 되어 있었다. 그때까지만 해도 아직 핵산검사, 자가격리 같은 규정이 도입되지 않았다. 나중에는 해외입국자들 및 타 도시 귀성자들 자가격리가 시행되었는데 다행히 나는 이미 입국한 지 2주가 지나 자가격리를 피할 수 있었다. 2008년부터 중국에서 생활을 했지만 일 년에 서너 번은 한국을 오가던 나는 코로나 때문에 말 그대로 중국에 갇힌 신세가 되었다. 출장도 자유롭지 못했고 사람을 만나기도 힘든 일상의 변화가 시작되었다. 나는 차라리 잘됐

다며 공부에 더 집중하자고 생각했다. 2020년 봄학기 무려 3과목을 들었는데 지금 생각해 보면 굳이 그럴 필요가 있었나 싶다. 코로나는 사그라들 기미가 보이지 않았다.

2020년 하반기를 앞두고 논문을 쓸지 여부를 결정해야 했다. 굳이 논문을 쓰지 않아도 졸업에 지장이 없다는 것은 알고 있었다. 하지만 이왕 시작한 고생, 내 이름으로 된 논문을 세상에 남길 수 있다면 죽어도 여한은 (?) 없지 않을까 생각했다. 코로나와 앞자리가 바뀐 나이의 영향이 컸던 것 같다. 일찍부터 논문의 소재는 김용 작품으로 생각하고 있었다. 조금 더 세부적으로는 여성 인물들을 분석해 보면 어떨까 하는 방향성을 가지고 있었다. 논문 지도교수 신청을 해야 했다. 처음부터 박종성 교수님을 생각했지만 무협 소설과 교수님 전문분야가 조금 맞지 않는다고 생각되어 걱정했는데 다행히 흔쾌히 허락해 주셨다. 그렇게 논문 대장정이 시작되었다.

2020년 가을학기에는 책과 드라마 등 작품을 다시 깊이 있게 검토하고 선행연구들을 찾아 읽고 목차를 짜는 데 주력했다. 호기롭게 시작했지만 논문을 쓴다는 것은 내가 생각했던 것보다 훨씬, 백만 배 정도는 더 힘든 일이라는 것을 곧 깨달았다. 그나마 조금 여유가 있던 2020년 가을학기가 순식간에 지나가고 본격적으로 논문을 작성해야 하는 2021년 봄학기가 되었다.

코로나는 새해에도 끝날 기미가 보이지 않았다. 논문을 쓰기 위한 물리적 시간은 절대적으로 부족했고 체력은 한계에 도달했으며 머리는 작동을 멈춘 듯했다. 부족한 부분은 지도교수님으로부터 가르침을 받아야 하는데 몸이 해외에 있으니 비대면으로 소통할 수밖에 없었다. 코로나 때문에 논문 발표도 줌으로 진행되었다. 아둔한 머리에 얼굴 뵙고 꼬치꼬치 여쭤봐도 모자랄 판에 이메일이나 보이스톡, 화상으로밖에 소통할 수 없는 상황이 나로서는 꽤나 버거웠다. 교수님도 해외에 있는 제자 덕분에 처음 하는 100% 비대면 논문지도에 많이 힘드셨을 것이다. 최선을 다해서 최종 원고를 기한에 맞춰 내면 교수님은 수정을 요청하셨다. 이만하면 됐겠지 하고 다시 수정파일을 내면 교수님은 또다시 수정을 요청하셨다. 논문심사가 끝나고 통과가 결정된 후에도 제본 직전까지 수정에 수정을 거듭했다. 논문 심사위원이신 본교 박영민 교수님도 함께 지도해 주셨는데 당시에는 두 분 교수님이 너무 원망스러웠지만 지나고 보니 완벽주의자 두 분 교수님 덕분에 그나마 이 정도 졸고가 나온 것 같다.

2021년 8월, 이 년 반이라는 수학 기간과, 근 일 년이라는 논문대장정을 끝내고 드디어 졸업을 허락(?)받았다. 동시에 13년간의 중국생활을 끝내고 귀국했다. 이 책은 나에게 주는 선물이다. 논문을 책으로 출판한다는 것은 어찌 보면 사족 같은 일이지만 그래도 그동안 고생 많이 했다고 스스로를 격려하는 마음으로 책을 출판한다. 다시 출발점에 섰다. 앞으로 어떤 미래가 펼쳐질지 모르겠지만 어떤 힘든 순간이 와도 이 논문을 쓰던 나를 떠올린다면 그 어떤 일도 잘 이겨낼 수 있지 않을까 생각해 본다.

끝으로 여기까지 오는 데 많은 도움을 주신 여러분들께 감사의 인사를 드리고 싶다. 가장 감사드리고 싶은 분은 박종성 지도교수님이다. 교수님, 감사합니다. 그리고 존경합니다. 함께 지도해 주신 박영민 교수님께도 감사드린다. 교수님, 끝까지 디테일한 부분까지 피드백해 주셔서 너무 감사했습니다. 학과 사무실에 민현주 조교님께도 감사드린다. 조교님, 해외에 있는 제 상황 때문에 여러모로 더 수고를 끼쳐 드렸습니다. 정말 감사했습니다. 논문 어린이 선배의 자문 역할을 톡톡히 해 준 후배 오유정 님에게도 감사드린다. 유정아, 체력과 멘탈 붕괴 직전 너의 응원이 정말 큰 힘이 되었다. 김용 무협 세계에 관한 이야기 친구가 되어 준 브라더스 김도훈 님, 이수한 님, 꾸지에 님 세 분께도 감사드린다. 나 혼자 김용 월 드에 살고 있는 것이 아니라는 동지애를 느끼게 해 준 분들이다. 상하이 에서 늘 사막여우를 지켜 주고 보살펴 준 이정은 님, 언제나 내 마음속의 넘버원 양치연 님, 늦게 만난 인생 베프 전종식 님께도 감사의 인사를 전 한다. 늘 어떤 상황에도 묵묵히 응원해 주시는 부모님과 이모 특히 동생 에게도 감사의 인사를 전한다. 동생의 존재는 언제나 나에게 큰 힘이 된 다. 우리 가족들 중 최고로 열정적이고 열심히 살아가고 있는 동생 김지 나 님 늘 고맙고 자랑스럽다.

2021년 9월 23일 사막여우

논문 요약

•

김용 무협소설의 여성 인물 분석

김 지 영

한국방송통신대학교 대학원
문예창작콘텐츠학과
(지도교수 박종성)

　작가 김용은 1924년에 태어나 2018년 향년 94세로 사망했다. 그는 1955년에서 1970년까지 15년간 작품 생활을 했고 총 15편의 작품을 남겼다. 대다수의 작품은 신문연재 형태로 발표되었으며 당시 '김용 신드롬'이라 불릴 만큼 선풍적인 인기를 끌었다. 그가 첫 작품을 발표한 지 60년 이상이 지난 지금도 그의 작품은 중국을 비롯한 동아시아 문화권에 큰 영향을 미치고 있다. 필자는 중국에서 생활하면서 김용의 영향력을 실감하고 김용 작품에 관심을 갖게 되었다. 동 연구는 '김용 작품 속 영웅으로 불리는 인물은 왜 모두 남성일까' '여성 인물은 왜 남성 주인공의 보조적 역할만 하는 걸까' 하는 의문에서 출발하였다. 동 연구를 통해 여성 인물들이 작품 속에서 어떤 역할을 하는지 그리고 그 역할의 의미와 의의는 무엇인지 살펴보았다.

　김용의 초기 작품인『사조영웅전』,『신조협려』,『의천도룡기』이 세 작품을 합쳐『사조삼부곡』이라 부른다. 본고는 그의 15편 작품 중『사조삼부곡』의 세 작품을 연구대상으로 하였다. 국내에서 김용의 작품은『영웅문』이라는 이름으로 처음 소개되었다. 1985년 당시 고려원에서 출판되었는데 정식 판권 출판물은 아니었다. 이후 2003년 김영사에서 김용과 정식 판권 계약을 하고 세 작품, 총 24권의 책을 순차적으로 출간하였다. 본고는 김영사가 출판한 한글 번역본『사조삼부곡』을 기본 자료로 하여 연구를 진행하였다.

본고의 Ⅱ장에서는『사조삼부곡』이 영웅서사시의 성격을 다분히 띠고 있다고 보고 예비적 고찰의 의미로 각 작품의 줄거리를 간단히 소개하는 한편, 작품에 등장하는 전체 여성 인물들을 크리스토퍼 보글러의 영웅서사에 등장하는 8개 인물 유형을 기준으로 분류 및 분석하였다. 이를 통해 후기 작품으로 갈수록 여성 인물이 점점 많아지고 무협소설이라는 특징으로 인해 정신적 스승과 그림자에 해당하는 여성 인물들은 상대적으로 적으며 반대로 가장 많은 수의 인물들이 협력자에 분포하고 있음을 알 수 있었다. 또한 협력자는 단순 조력자도 있지만 다수가 남성 주인공과 애정 관계에 있음을 알 수 있었다.

본고의 Ⅲ장에서는 협력자 중 남성 주인공과 애정 관계에 있는 인물로 범위를 좁혀 이들의 관계 양상 및 사랑에 대한 가치관을 분석하였다.『사조영웅전』에는 3명의 여성 인물이 곽정과 애정 관계에 있고 순수하고 시종일관 변하지 않는 순정의 애정 양상을 보인다.『신조협려』에는 총 6명의 여성 인물이 양과와 애정 관계에 있고 이들은 생사와 예교, 시간을 뛰어넘는 격의 애정 양상을 보인다.『의천도룡기』에는 총 4명의 여성 인물이 장무기와 애정 관계에 있고 이들은 연민을 바탕으로 한 온정의 애정 양상을 보여 주었다.

본고의 IV장은 다시 분석의 범위를 좁혀 이들 애정 관계에 있는 여성 인물 중 남성 주인공이 최종 선택한 대상, 즉 여성 주인공을 역할부여자 양상을 중심으로 분석하였다. 이들이 여성 영웅이라는 가정하에 이들이 자신의 과업을 수행하는 변천의 방식으로 남성 주인공에게 역할을 부여하는 양상이 나타나는지 살펴보았다. 우선 여성 주인공들에게 남장변복 모티프가 나타나는지 그리고 그녀들이 유교적 이데올로기와 여성의식을 가지고 있는지, 또 그것이 역할 부여자의 양상으로 연결되는지 살펴보았다. 황용과 조민에게는 남장변복 모티프와 유교적 이데올로기를 찾아볼 수 있었으며 그것이 역할부여 양상으로 연결되고 있음을 알 수 있었다.

『사조삼부곡』의 시대적 배경 및 집필 시기를 고려했을 때 작품 속 여성 인물들이 상대적으로 남성 주인공의 보조적 인물로 그려지는 것은 작품의 태생적인 한계로 볼 수 있다. 그럼에도 불구하고 여성 인물들의 역할을 다양한 층위로 심도 있게 살펴볼 수 있었던 것은 동 연구의 의의 중 하나라고 할 수 있다. 결론적으로 김용 무협소설의 여성 인물들은 각자의 위치에서 자신의 역할을 충분히 수행하고 있으며 특히 주인공과의 애정 관계와 그 양상은 작품을 더 재미있고 역동적으로 만들고 있음을 알 수 있었다. 또한 여성 주인공들은 남성 주인공의 최대 협력자이자 배우자로서 그들이 영웅으로 성장하는 데 결정적인 역할을 했다는 점을 알 수 있었다.

목차

•

Ⅰ 서론   14

Ⅱ 예비적 고찰 : 영웅서사 속 여성 인물 유형   26

Ⅲ 협력자 : 남성 주인공과의 애정 관계를 중심으로   110

서론

1. 연구동기 및 목적

2092년. 우주 청소선 승리호 멤버들은 우연히 수거한 폐우주선에서 지명 수배 중인 대량 살상 로봇 꽃님이를 발견한다. 신고를 받은 경찰이 승리호를 검문하기 위해 갑자기 들이닥친다. 이 위기의 순간 김태리가 분(扮)한 장 선장은 태연하게 앉아서 책을 읽고 있다. 그녀가 읽고 있는 책은 바로 김용(金庸)[1]의 『영웅문(英雄門)』[2]이다. 2021년 넷플릭스 인기작 「승리호」[3]의 한 장면이다. 영화는 김용의 『영웅문』이 나온 지 130년이 지

1 　본고의 인물 이름 표기는 중국어 발음이 아닌 한자 독음식으로 하였다. 예로, 金庸의 중국어 발음은 '진용'이지만 한자 독음인 '김용'으로 하였다.

2 　본고에서 한자 병용 표기는 처음 한 번만 하였다.

3 　조성희 감독의 SF영화로 2021년 2월 넷플릭스를 통해 개봉되었다. 송중기, 김태리, 진선규, 유해진 등이 출연하였다.

난 미래를 시간 배경으로 하고 있다.[4] 지금으로부터 70년 후의 세계, 출판된 지 백 년도 훨씬 넘는 『영웅문』이 나오는 이 장면이 의미하는 바는 무엇일까? 조성희 감독은 인터뷰에서 "장 선장이 등장인물 중 큰 뜻을 가진 유일한 캐릭터이기에 영웅이 잘 어울린다고 생각했다. 책 제목에 영웅이라는 글자가 쓰여 있길 바랐다."라고 연출 의도를 밝혔다.[5] 그는 여성인 장 선장이 영웅에 가장 잘 어울린다고 여겼고 이것을 그녀가 『영웅문』을 읽는 모습으로 표현하였다. 작가 김용은 1924년에 태어나 2018년 향년 94세로 사망했다. 그는 1955년 첫 작품 『서검은구록(書劍恩仇錄)』을 발표하고 1970년 마지막 작품 『월녀검(月女劍)』을 발표할 때까지 15년간 작품 생활을 했다.[6] 김용의 작품은 중국을 비롯한 동아시아 문화권에 큰 영향을 미쳤으며, 그는 이미 고인이 되었지만 김용의 영향력은 아직까지 계속되고 있다. 김용의 작품들은 소설뿐만 아니라 여러 판본의 영화와 드라마로 제작되어 끊임없이 대중들과 만나고 있다.[7] 뿐만 아니라 만화, 게임 등

---

4 『사조영웅전(射雕英雄傳)』은 1957년 홍콩신문 「상보(商報)」에서 연재되기 시작했다.

5 뉴스컬쳐 기사 「'승리호' 감독은 왜 김태리에게 『영웅문』 1부를 주었을까」, 2021년 2월 17일. (https://mnc.asiae.co.kr/view.htm?idxno=2021021713414048322)

6 김용은 전 생애에 걸쳐 장편소설 12편, 중편소설 2편, 단편소설 1편 등 총 15편의 작품을 남겼다. 『서검은구록(書劍恩仇錄)』(1955), 『벽혈검(碧血劍)』(1956), 『사조영웅전(射雕英雄傳)』(1957), 『신조협려(神鵰俠侶)』(1959), 『설산비호(雪山飛狐)』(1959), 『비호외전(飛狐外傳)』(1960), 『의천도룡기(倚天屠龍記)』(1961), 『원앙도(鴛鴦刀)』(1961), 『백마소서풍(白馬嘯西風)』(1961), 『연성결(連城訣)』(1963), 『천룡팔부(天龍八部)』(1963), 『협객행(俠客行)』(1965), 『소오강호(笑傲江湖)』(1967), 『녹정기(鹿鼎記)』(1969), 『월녀검(月女劍)』(1970)이 그것이다.

7 『사조영웅전』의 경우만 보더라도 1976년 홍콩 CTV, 1983년 홍콩 TVB, 1988년 대만 CTV, 1994년 홍콩 TVB, 2003년 중국 CCTV, 2008년 중국 CCTV, 2017년 중국동방위성 TV에서 드라마로 제작, 방영되었다. 다른 작품들도 여러 판본의 드라마와 영화로

각종 문화 콘텐츠로도 꾸준히 재생산되고 있다.[8] 따라서 중국인들에게 김용 작품들의 이야기와 등장인물, 그의 무협 세계는 너무나 익숙한 것이라 할 수 있다. 중국인들의 일상을 자세히 관찰해 보면 김용과 그의 작품 세계가 실제로 생활 깊숙이 스며들어 있다는 것을 알 수 있다. 스타벅스 사이렌 오더 픽업 네임이 '탄지신통(彈指神通)'이고,[9] 미식가인 홍칠공(洪七公)이 좋아했던 요리만 따로 파는 식당이 있는가 하면, 등장인물들이 머물렀던 주점이 관광지로 개발되기도 한다. 또 사람들은 김용 작품에 등장하는 인물의 예를 들어 이름이나 누군가의 성격을 설명하곤 한다.[10] 필자는 중국에서 이런 김용의 영향력을 직접 접하고 자연스럽게 그의 작품에 관심을 갖게 되었다. 그리고 대부분 독자들의 김용 입문작이라 할 수 있는『사조영웅전』을 시작으로 그의 작품들을 탐독하였다.

『사조삼부곡(射雕三部曲)』의 별칭이『영웅문』인 것에서도 알 수 있듯이 대부분의 김용 작품은 남성 주인공이 여러 인물들과의 만남과 온갖 시련

제작되었다.

8 김용과 관련된 게임으로는 1990년대 대만의 지관(智冠)사가 개발한「의천도룡기」,「김용군협전」,「신조협려」,「소오강호」 등이 있고 2000년대 들어서 대만의 인터서브(Interserv)사가 개발한「신 신조협려」,「신 신조협려 완결」 등이 있다. 김용 관련 게임은 국내에서도 활발히 개발되었다. 2011년 출시된「웹영웅전」, 2015년 출시된「만세」, 2018년 출시된「천룡팔부 M」 등이 그것이다. (「This is Game」, 김용 별세 특집 기사 참고. 2018년 11월 2일. https://www.thisisgame.com/webzine/news/nboard/11/?n=88130)

9 황용의 아버지 황약사가 구사하는 무공. 내공으로 손가락을 튕겨 엄청난 파괴력을 발휘한다.

10 예를 들면 '곽정(郭靖)의 곽씨(郭氏)입니다.' 위선자라는 뜻으로 '그 사람은 악불군(岳不群) 같은 사람이야.' 등의 표현이 있다.

을 통해 영웅(英雄)이 되는 과정을 그리고 있다. 김용은 남성 주인공이 모험하는 과정을 통해 독자들에게 그가 생각하는 영웅이란 무엇인지, 그리고 무엇이 의협정신인지 보여 준다. 여성인 필자는 김용 작품을 읽으면서 끝없는 의문이 들었다. 왜 작품 속 영웅 주인공은 모두 남성일까? 왜 여성 인물들은 전부 남성 주인공의 보조적 인물로만 그려지는 걸까? 영웅의 정의와 기준은 무엇이며 그렇다면 여성은 영웅이 될 수 없는 걸까? 필자는 이런 의문을 풀기 위해 먼저 여성 인물들이 작품 속에서 어떤 역할을 하는지 그리고 그 역할의 의미와 의의는 무엇인지 살펴보기로 하였다. 그리고 여성 인물들과 남성 주인공과의 관계 양상을 통해 표면적으로 보이는 영웅[11]의 모습을 한 단계 깊은 층위에서 들여다보고 탐구해 보기로 하였다.

2. 연구대상 및 방법

『사조영웅전』, 『신조협려』, 『의천도룡기』이 세 작품을 합쳐 『사조삼부곡』이라 부른다. 본고는 이 『사조삼부곡』을 연구대상으로 하였다. 김용의 열다섯 편의 작품 중 최초의 장편이며[12] 유일한 연작이다. 『사조영웅전』은 중국의 남송시대를 시대적 배경으로 하며 곽정이 태어나 성인이 될 때까지 약 20여 년의 이야기를 그리고 있다. 『신조협려』는 『사조영웅전』과 약

---

11   여기서 영웅은 남성 주인공을 뜻한다.
12   세 작품 중 첫 번째 작품 『사조영웅전』이 김용 작품 중 최초의 장편이다.

10여 년의 시간 차를 두고 연결되며 양과의 어린 시절에서 30대 후반까지 역시 약 20여 년의 이야기를 보여 준다. 따라서『사조영웅전』과『신조협려』에 중복해서 등장하는 인물들도 꽤 된다.[13]『신조협려』와『의천도룡기』사이에는 약 60년~70년 정도의 시간 차가 존재한다.『신조협려』의 마지막에 십대로 등장하는 장삼봉이『의천도룡기』의 도입부에 90세 생일을 맞는다. 그사이 남송도 여진족이 세운 금나라에 저항하다가 몽고족이 세운 원나라에 저항하는 형세가 된다.『사조삼부곡』은 김용 작품 중 백미이며 그의 가장 전형적인 작품이라 할 수 있다. 대부분의 독자는『사조삼부곡』으로 김용을 처음 만난다.

김용의『사조삼부곡』은 국내에서『영웅문』이라는 이름으로 처음 소개되었다. 1985년 당시 고려원에서 출판되었는데 정식 판권 출판물은 아니었다. 이후 2003년 김영사에서 김용과 정식 판권 계약을 하고 세 작품, 총 24권의 책을 순차적으로 출간하였다. 본고는 이 김영사가 출판한 한글 번역본『사조삼부곡』을 연구대상으로 하였다.[14]

본고의 Ⅱ장에서는 예비적 고찰로 크리스토퍼 보글러의 저서『신화, 영

---

13 곽정, 황용, 황약사, 주백통, 홍칠공, 구양봉, 단황야, 가진악, 전진칠자, 영고, 곡 낭자 등은 두 작품 모두에 등장한다.
14 김용, 김용소설번역연구회 옮김,『사조영웅전』1-8권, 김영사, 2003.
　　김용, 이덕옥 옮김,『신조협려』1-8권, 김영사, 2005.
　　김용, 임홍빈 옮김,『의천도룡기』1-8권, 김영사, 2007.
　　김용의 작품은 총 3가지 판본이 있다. 첫 번째는 연재 당시의 원본, 두 번째는 1970년부터 1980년까지 10여 년간 진행한 수정판(修訂版), 세 번째가 1999년에서 2006년까지 재수정한 신수판(新修版)이다. 이 중 수정판이 가장 대중적인 판본이며 김영사는 이 수정판을 번역하여 국내에 소개하였다. 본문의 작품 원문 인용은 각주 처리하지 않고 원문 뒤에 제목, 권수, 쪽수로 표기하였다.

웅 그리고 시나리오 쓰기』[15]에서 제시하는 영웅서사의 가장 보편적 인물 유형에 따라 여성 인물들을 분석하였다. Ⅲ장에서는 협력자 중 남성 주인공과 애정 관계에 있는 인물을 중심으로 이들의 관계 양상 및 사랑에 대한 가치관을 분석하였다. Ⅳ장에서는 박종성의 「여신 자청비의 노정기와 역할 대리자-체쳉 고아 선녀, 황우양 부인, 제우스와 견주어」[16]의 내용을 차용하여 역할부여자 양상을 중심으로 여성 주인공들을 분석하였다.

3. 선행연구 검토

중국에서 김용 작품은 이미 고전으로 평가받는다. 중국은 김용 작품에 관한 연구를 '김학(金學)'[17]이라 따로 부르고 대학에 그에 관한 과목이 개설될 정도로 관련 연구가 많다. 2000년에는 북경대학교에서 '김용 소설 국제연구토론회'가 열리기도 하였다. 그러나 한국의 상황은 다르다. 김용 작품이 한국 독자들에게 받은 사랑을 감안했을 때 국내 김용 연구는 크게 미비한 실정이다. 이것은 무협소설이 국내 학계에서 그 문학적 지위를 인정받지 못해 학문적 연구 대상이 아니라고 인식되고 있는 점과 그동안 한국에 정식 번역, 출판된 김용 작품들이 많지 않아 언어적으로 접근하기

---

15   Christopher Vogler, 함춘성 옮김, 『신화, 영웅 그리고 시나리오 쓰기』, 비즈앤비즈, 2017.
16   박종성, 「여신 자청비의 노정기와 역할 대리자-체쳉 고아 선녀, 황우양 부인, 제우스와 견주어」, 한국구비문학회, 『구비문학연구』 43, 2016.
17   홍루몽(紅樓夢)에 대한 연구를 홍학(紅學)이라고 부른다. 김학(金學)이라는 명칭은 김용 작품에 대한 연구가 홍학(紅學)만큼이나 학문적 가치가 있음을 뜻한다.

어려웠다는 한계가 작용했다고 본다.[18]

필자는 국내 연구를 대상으로 선행연구를 검토해 보았다. 국내에서 김
용 관련 연구를 가장 많이 진행한 사람은 우강식(禹康植)으로 그는 2000
년부터 현재까지 김용 및 무협소설 전반에 관한 논문을 20편 이상 발표하
였다.[19] 그다음으로 연구를 많이 진행한 사람은 유경철(劉京哲)로 2004년

---

18 김영사는 2005년『사조영웅전』을 시작으로『신조협려』,『의천도룡기』,『천룡팔부』,
『소오강호』,『녹정기』등 총 여섯 작품을 정식 번역본으로 출판하였다. (2021년 6월
기준)

19 「김용의『천룡팔부(天龍八部)』연구」, 경북대학교 석사학위 논문, 2000.
「김용 무협소설의 사망관에 관한 고찰」, 대한중국학회,『중국학』23, 2004.
「김용 무협소설의 사회 문화적 함의 고찰」, 영남중국어문학회,『중국어문학』45, 2005.
「김용 무협소설의 강호, 그 이상과 충돌」, 한국중국소설학회,『중국소설논업』21, 2005.
「노신의 주검과 김용의 월녀검 비교분석」, 한국중국소설학회,『중국소설논업』23, 2006.
「문화적 공유점을 통해 본 중국현대무협소설」, 한국중국소설학회,『중국소설논업』
24, 2006.
「화랑도와 협의 비교 고찰」, 동국대학교 신라문화연구소,『신라문화』30, 2007.
「김용 무협소설 속의 여성의 형상과 역할」, 한국중국소설학회,『중국소설논업』27, 2008.
「영협시가의 창작을 통해 본 협문화의 문인사회 수용 양상 고찰-위진남북조와 수당
시기를 중심으로」, 충남대학교 인문과학연구소,『인문학연구』36, 2009.
「무협테마를 통한 이종문화의 수용과 발전 고찰-영상 예술을 중심으로」, 대한중국학
회,『중국학』34, 2009.
「무협영화를 통해 표현된 중화민족주의의 흔적 고찰」, 대한중국학회,『중국학』37, 2010.
「중국 무협소설의 악인의 형상 연구」, 한국중국소설학회,『중국소설논업』34, 2011.
「여협 서사의 생산과 중국 무협소설사적 의의에 대한 고찰」, 한국중국소설학회,『중
국소설논업』38, 2012.
「『서양잡조』「도협편」의 무협서사에 관한 고찰」, 한국중국소설학회,『중국소설논업』
37, 2012.
「무협소설과 무협영화의 상호텍스트성과 미학적 변화에 관한 고찰: 김용의『소오강
호』,『녹정기』와 영화「소오강호」(1991),「녹정기」(1992)를 중심으로」, 한국중국소설

이후 김용 무협소설 및 무협영화에 관한 논문을 10여 편 발표하였다.[20] 마

학회, 『중국소설논업』 40, 2013.

「무협소설에서 사제관계의 형성과 사제윤리가 서사에 미치는 영향에 관한 고찰」, 한국중국소설학회, 『중국소설논업』 41, 2013.

「김용 무협소설에 나타난 강호의 유형과 특징에 관한 고찰」, 영남중국어문학회, 『중국어문학』 67, 2014.

「『검협전』에 나타난 여협서사의 형상과 중국 무협소설사적 의의에 관한 고찰」, 한국중국소설학회, 『중국소설논업』 47, 2015.

「남권사상이 중국 현대무협소설의 서사에 미친 영향에 대한 고찰-김용의 무협소설을 중심으로」, 한국중국소설학회, 『중국소설논업』 54, 2018.

「김용 무협소설에 나타난 강호의 상징적 의미와 서사에 미친 영향에 관한 고찰」, 대한중국학회, 『중국학』 70, 대한중국학회, 2020.

「김용 무협소설에 나타난 무공의 상징적 의미와 서사에 미친 영향에 관한 고찰」, 대한중국학회, 『중국학』 73, 2020.

20 「김용 소설의 문학적 성취와 공헌을 둘러싼 논의의 고찰」, 한국중국어문학회, 『중국문학』 42, 2004.

「중국 대륙의 무협소설 연구 고찰」, 한국중국현대문학학회, 『중국현대문학』 28, 2004.

「김용 무협소설의 '중국 상상' 연구」, 서울대학교 박사학위 논문, 2005.

「무협장르와 홍색경전-양자에 관련된 '시간'과 '시간성'을 중심으로」, 한국중국현대문학학회, 『중국현대문학』 34, 2005.

「무협소설의 '협객'과 『탄샹싱』의 '협객'이 구성하는 역사: 「쟁점」에 대한 토론, 그리고 무협소설과 역사소설에 관한 논의」, 한국중국어문학회, 『중국문학』 45, 2005.

「장이머우의 무협영화, 무협 장르에 대한 통찰과 위험한 시도」, 한국중국현대문학학회, 『중국현대문학』 42, 2007.

「『아녀영웅전(兒女英雄傳)』 연구: 두 세계의 결합에 관하여」, 한국중국어문학회, 『중국문학』 60, 2009.

「『삼협오의(三俠五義)』 연구: 무협소설 장르의 전(前) 단계(段階)적 특징을 중심으로」, 한국중국학회, 『중국학보』 61, 2010.

「장처(張徹) 무술영화의 현지화와 무술의 정치학」, 한국중국학회, 『중국학보』 66, 2012.

「협객, 근대를 만나다」, 한국중어중문학회, 『중어중문학』 54, 2013.

「평강부초생(平江不肖生)의 『근대협의영웅전』 연구-그 변별적 특징과 장르적 새 국

지막으로 언급할 만한 연구자는 김명석으로 그는 「『사조영웅전』,『동사서독』의 상호텍스트성 비교: 강호로서 홍콩 지우고 넘어서기」(2006)[21]와 「김용의 영웅 만들기」(2011)[22]라는 연구를 발표하였다. 이상 세 명 외에 김용 작품을 연구한 연구자는 소수에 불과하였고 김용 작품 여성 인물에 관한 연구는 더 적었다. 선행연구 중 본 연구에 참고할 만한 의미가 있는 논문들을 살펴보았다.

우강식은 「김용 무협소설의 여성의 형상과 역할」에서 김용이 작품에서 추구한 여성의 형상과 역할, 그리고 한계점을 살펴보았다. 그는 김용 무협소설은 협(俠)[23]의 성장을 주요한 서사구조로 하며 여기에는 아버지의 부재가 기본으로 설정되어 있다고 한다. 우강식은 김용은 협(俠)의 성장에 따른 아버지의 부재에 대한 대안으로 사부와 사문, 그리고 무공의 기능을 강화하는 것을 제시하였고 여기에 더하여 여성이 어머니로서 혹은 사부로서 아버지 부재를 대신하는 가능성도 있다고 주장한다. 그 예로 황용, 소용녀, 조민의 역할을 들고 있다. 우강식은 또한 김용 소설에서 여성 인물은 남성을 위한 단순 조력자의 역할에 그치는 것이 아니라 선명한 개성과 역할을 발휘하여 남성 못지않은 충만한 기량을 갖고 있으며 주동적이며 적극적인 형상을 지니고 있다고 한다. 또한 김용의 작품 속에는 황용, 조민 등 몇몇 남성의 권위와 사회질서에 적극적으로 항거하는 여성

면에 대한 논의를 중심으로」, 한국중국어문학회, 『중국문학』 74, 2013.

21 김명석, 「『사조영웅전』,『동사서독』의 상호텍스트성 비교: 강호(江湖)로서 홍콩 지우고 넘어서기」, 고려대학교 중국학연구소, 『중국학논업』 19, 2006.

22 김명석, 「김용의 영웅만들기」, 국제언어문학회, 『중국언어문학』 23, 2011.

23 그의 논문에서 협(俠)은 본고의 남성 영웅 주인공으로 대체해서 이해 가능하다.

인물도 있지만 작품들이 남성을 중심으로 한 전통과 사상을 완전히 탈피하지는 못했다고 한다. 마지막으로 협(俠)의 본분으로 여겨지는 위국위민(爲國爲民)의 실현 부분에서 여성 인물들은 국가와 민족 혹은 가족과 연인 등 중대 사안을 결정하는 선택의 상황에서 대의를 위한 적극적인 태도보다 감정적인 측면을 강조하는 한계를 보인다고 평가하였다.[24] 동 연구의 착점은 필자의 그것과 유사하다. 그는 김용 무협소설의 남성 중심 이상주의에서 문제를 발견하고 여성들이 강호에서 독립적으로 존재하는가에 대해 탐색하고자 하였다. 대부분의 주장은 고개가 끄덕여지고 본고에도 참고가 될 만한 내용이었지만 황용, 소용녀, 조민 등이 어머니의 부재를 대신한 것이 아니라 아버지의 부재를 대신하였다는 주장은 조금은 비약적인 논리라고 판단된다.

왕봉경은「김용 소설의 인물형상과 유형분석」[25]에서 협(俠)의 유형을 유교지협(儒敎之俠), 도교지협(道敎之俠), 불교지협(佛敎之俠)으로 나누고 각 유형별 인물을 설명하였다. 그는 유교지협의 대표적인 인물로 곽정을, 도교지협의 대표적인 인물로 양과와 장무기를, 불교지협의 대표적인 인물로 소봉과 단예, 허죽을 들고 있다. 그리고 이렇게 단순하게 유교, 도교, 불교로 분류되지 않는 인물로『소오강호(笑傲江湖)』의 영호충을 들었으며 악인으로 평가받는 인물로 양강과 악불군을 들어 설명하고 있다. 중국의 대표적인 세 가지 전통사상으로 인물을 분류한 시도는 신선하였지만

24   우강식,「김용 무협소설의 여성의 형상과 역할」, 한국중국소설학회,『중국소설논업』, 27권, 2008, pp. 253-254.
25   왕봉경,「김용 소설의 인물형상과 유형분석」, 대진대학교 석사학위논문, 2013.

각 유형에 속한 인물의 예가 적고 분석의 층위 및 내용이 너무 간단하다고 판단된다.

이지현은 「김용 무협소설 『신조협려』의 애정 연구」에서 『신조협려』의 주인공 양과와 소용녀의 사랑이 상징하는 것과 의미는 무엇인지에 대해 논하였다. 저자는 활사인묘(活死人廟)는 인성을 억압하는 장소를 의미하고 절정곡(絶情谷)은 사랑의 고통을 상징하는 곳이라고 한다. 그는 양과와 소용녀의 사랑이 예교, 세속, 생사를 초월한 사랑의 모습을 보여 주며 그러나 김용 소설에서 한 남자 주인공에 여러 명의 여자가 있다는 모델은 김용 사상 깊은 곳에 잠재하는 봉건사회의 제도에 대한 승인을 보여 주며 결국 남성 중심 사상을 표현한 것이나 마찬가지라고 평하였다.[26] 작품의 주 무대인 활사인묘와 절정곡이 가지는 의미에 대해 자세히 분석한 것은 매우 인상 깊었다. 아울러 양과와 소용녀의 사랑을 예교, 세속, 생사라는 세 가지 층위를 초월한 사랑으로 분석한 것도 흥미로웠다. 그러나 연구의 초점이 애정에만 맞추어져 양과와 소용녀 두 인물에 대한 분석이 거의 없었다는 것은 아쉬운 부분이다.

선행연구 중 본고와 연구동기 및 주제 면에서 가장 근접한 논문은 우강식의 「김용 무협소설의 여성의 형상과 역할」이라 할 수 있다.[27] 우강식의 논문은 여성 인물의 부권을 대신하는 역할, 단순 조력자 이미지 탈피 및 남성 권위에 도전하는 등 영역의 확대, 위국위민 등의 층위에서 김용 작

---

26 이지현, 「김용 무협소설 『신조협려』의 애정 연구」, 강원대학교 석사학위논문, 2009.
27 그 밖의 선행연구 중 김용 무협소설의 여성 인물만을 분석한 연구는 없다고 보아도 무방하다.

품의 여성 인물을 분석하였다. 동 연구는 상기 선행연구들의 성과를 참고하였지만 그것들과는 다른 관점과 층위로 김용 무협소설의 여성 인물들을 분석하였다.

예비적 고찰
: 영웅서사 속 여성 인물 유형

　『영웅문』이라는 이름으로 더 유명한『사조삼부곡』이 영웅서사라는 것은
반론의 여지가 없다. 김용은 1948년 중국 대공보(大公報) 기자로 홍콩에
파견되었다. 그러나 그는 1949년 공산당의 중화인민공화국 수립으로 본
토로 돌아오지 못하고 홍콩에 눌러앉게 된다. 그는 1957년 홍콩「상보(商
報)」에『사조영웅전』을 연재하였고 그 후 1959년 자신이 창간한「명보(明
報)」에『신조협려』를, 1961년에『의천도룡기』를 연재하였다. 김명석은 그
의 연구에서 당시 김용이 홍콩인(피식민자)으로서의 패배의식과 이를 모
면하고자 하는 중국인으로서의 자부심이라는 두 가지 의식을 가지고 있
었고 하나의 중화(大中華)를 구축하기 위한 첫 단추로서 영웅 만들기에
집중했다고 하였다.[28]『사조삼부곡』은 남성 주인공 곽정, 양과, 장무기의

28　김명석, 「김용의 영웅만들기」, 국제언어문학회,『중국언어문학』23, 2011, p.35.

영웅서사이다. 김용의 작품은 팩션(faction)[29]이라고 부를 수 있을 정도로 실제 역사적 사실을 근거하여 이야기를 만들었다. 허구와 실제가 촘촘히 엮여 있는 작품 구성은 독자들로 하여금 작품 속 인물들을 마치 실존했던 역사 인물처럼 느끼게 한다.[30] 『사조영웅전』과 『신조협려』는 남송(南宋)시대 항몽(抗蒙) 이야기를, 『의천도룡기』는 원말(元末)의 항몽(抗蒙) 이야기를 다루고 있다. 금나라에 대항하는 내용도 일부 나오지만 결과적으로 세 작품 모두 남성 주인공이 중심이 되어 성공적으로 몽고족에 대항하는 이야기라 할 수 있다.

박종성은 저서 『구비문학, 분석과 해석의 실제』에서 조동일의 서사시 전개에 관한 논지를 소개하였다.

> (1) 신과 사람의 관계를 말하고, 세상이 이루어진 내력을 밝히는 신앙서사시 또는 창세서사시가 있은 다음에, (2) 민족의 지도자인 영웅이 다른 민족과 싸우고, 나라를 세운 내력을 설명하는 영웅서사시 또는 건국서사시가 생겨나고, (3) 예사 사람을 주인공으로 해서 일상적인 관심사를 다루는 범인서사시 또는 생활서사시가 그 뒤를 이었다. 그 셋은 연속이면서 비약인 관계를 가진다. (1)은 원시서사시이고, (2)는 고대서사시이고, (3)은 중세서사시여서, 서사시의 역사를 통해서 문학사 전개의 전

---

29 팩트(fact)와 픽션(fiction)을 합성한 신조어로써 역사적 사실이나 실존인물의 이야기에 작가의 상상력을 덧붙여 새로운 사실을 재창조하는 문화예술 장르를 가리킨다. (박태상, 『문화콘텐츠와 이야기 담론』, 한국문화사, 2012, p. 221.)

30 『사조영웅전』의 테무친, 구처기 『신조협려』의 몽가 『의천도룡기』의 장삼봉, 주원장, 상우춘, 서달 등은 모두 실존인물이다.

반적인 양상을 알 수 있게 한다.[31]

그는 조동일의 이러한 관점, 즉 서사시의 형성과 전개의 선후를 현재의 사고 체계로 신앙·창세서사시→영웅·건국서사시→범인·생활서사시의 순서로 확정하는 것은 원시와 고대, 그리고 중세의 각 시기에 이들 서사시가 주도적인 것임을 고려할 때, 타당성이 인정된다고 하였다.[32] 이것은 세계적 비교신화학자 조지프 캠벨의 주장과도 일맥상통한다. 조지프 캠벨은 영웅의 모험은 곧 신화적 모험의 확대판이라고 하였다. 즉, 모든 영웅의 모험은 신화의 핵 단위의 패턴, 다시 말해 세계로부터의 분리, 힘의 원천에 대한 통찰, 그리고 삶을 향상시키는 귀향의 패턴으로 이루어진다고 주장하였다.[33] 할리우드의 스토리 컨설턴트인 크리스토퍼 보글러는 조지프 캠벨의 연구를 토대로 영웅서사를 12단계로 나누어 재구성하였다. 그리고 이 영웅서사에 등장하는 캐릭터를 8개 유형으로 나누어 제시하였다.[34]

필자는 김용의 『사조삼부곡』은 작자가 분명한 창작물이기는 하지만 앞에서 소개한 논지들과 같이 신앙·창세서사시에서 전개된 영웅서사시의 성격을 다분히 띠고 있다고 보았다.[35] 영웅서사라는 『사조삼부곡』의 성격

31 박종성, 『구비문학, 분석과 해석의 실제』, 월인, 2002, p.185. (재인용)

32 박종성, 위의 책, p.185.

33 Joseph Campbell, 이윤기 옮김, 『천의 얼굴을 가진 영웅』, 민음사, 2018, p.48.

34 Christopher Vogler, 함춘성 옮김, 『신화, 영웅 그리고 시나리오 쓰기』, 제3판, 바다출판사, 2017.

35 특히 『사조영웅전』의 경우 곽정이 종국에는 항몽영웅으로 거듭나기는 하지만 어린 시절 몽고에서 몽골인들과 같이 생활하고 테무친, 철별 등 몽고 영웅들도 다수 등장하는 등 친몽고적인 이야기가 많이 나온다. 곽정이 어떻게 한혈보마(汗血寶馬)

을 고려했을 때 크리스토퍼 보글러의 영웅서사에 등장하는 8개 인물 유형을 기준으로 여성 인물들을 분류 및 분석해 보는 것도 의미가 있다고 생각하였다. 따라서 본장에서는 예비적 고찰의 의미로 각 작품의 줄거리를 간단히 소개하고 작품에 등장하는 전체 여성 인물들을 크리스토퍼 보글러의 인물 유형에 따라 나누어 분석하였다. 크리스토퍼 보글러의 인물 유형에 관한 설명은 이상진 교수의 저서 『캐릭터, 이야기 속의 인간』[36]의 제3장 「캐릭터 유형론」의 내용을 직접 인용하였다. 8가지 인물 유형은 영웅, 정신적 스승(현로), 관문 수호자, 전령관, 변신자재자, 그림자, 협력자, 장난꾸러기/익살꾼으로 『사조삼부곡』에서 영웅은 남성 주인공을 지칭함을 밝혀 둔다. 각 인물 유형을 정리하면 다음과 같다.

◆ 영웅

중심 캐릭터. 프로타고니스트. 영웅은 처음에 에고 덩어리에 불과하지만 정체성과 완전함을 찾아 여행하는 가운데 자신의 다양한 원형을 찾고 나중에 통합된 더 큰 자기가 된다. 따라서 보편성과 고유성을 동시에 갖춘 존재이되 완벽한 인간이면 안 된다. 오히려 연약함, 불완전함, 기이함, 악함 등 흥미로운 결점이 있으면 영웅은 인간다워진다. 또한 냉소적이고 상처를 가졌거나, 내부의 악을 결코 극복하지 못하고 좌절, 파멸하는 비

를 만나고 자기 말로 만들었는지의 명마 모티프가 나오는 것도 특이할 만한 사항이다. 박종성(2019)은 「세르보-크로아티아 구비영웅서사시 〈마르코 끄랄례비치;Марко Кралевич〉의 특징」에서 구비영웅서사시에 등장하는 명마 모티프에 대해 언급한 바 있다.

36 이상진, 『캐릭터, 이야기 속의 인간』, 에피스테메, 2019.

극적 영웅도 매력적이다. 영웅은 변화하는 영혼을 상징하며, 생사의 본질적이고 점진적인 진보의 단계가 영웅의 여행을 구성한다.

◆ 정신적 스승(현로)

영웅을 돕거나 가르치는 긍정적 캐릭터. 일찍이 시험에 들어 이를 통과한 이전의 영웅이며, 지금은 지식과 지혜의 꾸러미를 전수해 주는 존재로서 영웅의 가장 높은 수준의 영감을 표상한다. 현로는 영웅에게 여행에 필요한 동기, 영감, 길잡이, 훈육(가르침), 권능을 제공하는데, 권능은 영웅이 모종의 테스트를 통과하는 등 대가를 지불해야 얻도록 되어 있다.

◆ 관문 수호자

모험의 여정에서 만나는 장애물이자, 영웅에게 위협적인 존재. 새로운 세계를 향한 입구를 지키는 힘 있는 문지기이다. 때로 설득하여 협력자가 될 수도 있다. 문지기는 나쁜 기후, 불운, 편견, 억압 등 우리가 대면하는 일상적인 장애물을 표상하기도 한다.

◆ 전령관

도전을 제기하고 중대한 변화가 도래할 것임을 알려 주는 인물. 대부분 1막에 출현해 영웅을 모험으로 이끌고, 변화의 필요성을 선포하는 역할을 한다. 동기를 부여하고 영웅에게 새로운 도전을 종용하며 스토리를 재미있게 진행시킨다. 어떤 힘이나 새로운 에너지에 관한 소식을 가져다주는 도구일 수도 있다.

◆ 변신자재자

자유자재로 변신하는 가장 가변적인 원형. 영웅의 관점을 지속적으로 변화시키는 힘을 가졌다. 영웅이 품는 사랑의 감정이나 로맨틱한 이성은 이 캐릭터의 핵심 특질이기도 하다. 심리적 차원에서 아니무스와 아니마의 에너지를 표현하고 변화의 촉매자, 전면적인 변화를 촉구하는 심리 기제를 상징하기도 한다. 팜 파탈, 옴 파탈 등의 전형적인 형태로 스토리에 의심과 불확실을 불어넣는 극적 기능도 한다. 어떤 캐릭터도 취할 수 있는 기능이자 가면으로서 현대의 스토리에서 매우 다양한 역할을 수행한다.

◆ 그림자

영웅 내면에 깊숙이 억압된 어두운 부분을 표상하는 인물. 영웅이 도전을 극복하고 우뚝 설 수 있게 하는 가치 있는 대적자이기도 하다. 영웅의 외현적인 캐릭터나 힘으로 표현되기도 하고 깊숙이 숨겨져 있는 내면의 어두운 힘으로 표현되기도 한다. 해로운 에너지가 될 수도 있고 창의적인 잠재력이 될 수도 있다.

◆ 협력자

영웅의 동반자로, 민담에 등장하는 '도움을 주는 하인'을 모티프로 하고 있다. 동반자, 논쟁 상대, 양심, 웃음으로 긴장을 풀어 주는 등 다양한 역할을 하고 단조로운 일도 하지만 영웅의 인간적인 면모를 나타나게 하고 개방적이고 치우친 것을 바로잡는 역할도 한다. 정령, 천사나 수호신, 동물, 유령 등으로 등장하기도 하고, 정신적인 위기를 맞을 때 도움을 주는 내면의 강력한 힘을 표상하기도 한다.

◆ 장난꾸러기/익살꾼
광대나 희극적 성격의 보조자. 악의 없는 장난으로 긴장을 완화시키는
역할을 한다. 자신은 안 변하면서 다른 이의 삶에 영향을 미치는 촉매 인
물이 된다. 다른 장르의 영웅들이 그림자를 속이거나 관문수호자를 넘어
서려 할 때 쓰는 가면이기도 한다.[37]

『사조삼부곡』의 영웅은 남성이지만 작품의 중심인물이기에 예외적으로
간략히 소개하였다. 나머지는 각 유형에 따라 여성 인물을 분류하여 분석
하였다. 여러 가지 유형에 동시에 해당하는 인물은 두 번째 분석에서는
해당 유형에 관련된 측면만 언급하였다. 작품 속 비중이 너무 적어 분석
의 의미가 없는 인물은 대상에서 제외하였다.

1. 『사조영웅전(射雕英雄傳)』

남송(南宋)연간 금에 의해 조국의 북방을 빼앗긴 충신의 후손 곽소천
(郭嘯天)과 양철심(楊鐵心) 의형제는 강호를 떠돌다 임안부 우가촌에 안
착한다. 이들의 부인은 각각 이평(李萍)과 포석약(包惜弱)으로 두 부부는

---

37 이상진, 『캐릭터, 이야기 속의 인간』, 에피스테메, 2019, pp. 169-171. Christopher
    Vogler의 8가지 인물 유형 정리 내용을 그대로 인용하였음을 밝힌다.

서로 의지하며 사이좋게 지낸다. 이들은 어느 날 금군에 쫓기는 구처기(邱處機)를 도와주게 되고 구처기는 이들 두 부부의 배 속의 아이들에게 정강치지(靖康之恥)[38]를 잊지 말자는 뜻으로 곽정(郭靖), 양강(楊康)의 이름을 지어 준다. 구처기를 구하던 중 포석약은 남편 몰래 한 흑의인을 구해 준다. 다음 해 봄날 갑작스런 관군들의 습격을 받아 곽소천은 죽고 이평은 단덕천에 의해 북방으로 끌려가며 양철심은 행방불명된다. 포석약은 자신이 구해 줬던 흑의인에 의해 구조를 받는데 알고 보니 그는 금나라의 왕자 완안홍열(完顏洪烈)이었다. 구처기가 이들의 비보를 듣고 이평과 포석약을 찾으러 다니는 과정에 강남칠괴(江南七怪)와 대결을 하고 이들은 각각 곽정과 양강을 찾아 무예를 가르친 후 이들이 열여덟이 되는 해 못다 한 승부를 내기로 한다.

강남칠괴는 육 년을 헤맨 끝에 북방에서 몽고인들과 함께 생활하고 있는 곽정을 찾아내고 10여 년간 무예를 가르친다. 곽정은 열여덟이 되는 해 아버지의 복수와 사부들의 약속을 지키기 위해 강남으로 향한다. 강남으로 가는 길, 곽정은 황용을 만나 금세 서로 사랑하는 사이가 된다. 이들은 비무초친(比武招亲)을 하면서 강호를 떠돌아다니던 양철심과 목염자(穆念慈)를 만나고 그 과정에서 포석약과 양강도 만나게 된다. 18년 만에 재회한 양철심과 포석약은 금왕부에서 도망치려 하지만 끝내 포위되어 같이 자결한다. 양강은 부귀영화에 대한 욕심을 버리지 못하고 계속 완안홍열의 아들로 살기로 결심한다.

---

38 중국 북송(北宋)의 정강연간(靖康年間: 1126~1127)에 수도 카이펑이 금(金)나라 군대의 공격을 받아 함락되고 북송이 멸망하게 된 사건.

완안홍열은 무림의 고수들을 모아 악비 장군의 병서『무목유서(武穆遺書)』를 찾아 금을 일으키려는 모의를 한다. 곽정과 황용은 여행 중에 홍칠공(洪七公)을 만나고 황용은 곽정이 홍칠공으로부터 항룡십팔장(降龍十八掌)을 전수받도록 도와준다. 이들은 모험에서 수많은 무림고수들을 만나고 무공비급『구음진경(九陰眞經)』과 악비 장군이 남긴 병서『무목유서』를 둘러싸고 끊임없는 쟁탈전을 벌인다. 곽정은 도화도에서 만난 주백통(周伯通)으로부터 자기도 모르는 사이에『구음진경』을 전수받고 황용과 함께 찾아간 철장산에서 구사일생 끝에『무목유서』를 손에 넣게 된다. 곽정은 황용과 함께 모험하는 과정에서 무림 최고 고수로 성장하고 산동 청주의 충의군을 도와 몽고군에 대항한다. 곽정은 몽고군과 대치 중 테무친이 위중하며 그를 찾는다는 소식을 듣고 테무친을 찾아간다. 곽정은 테무친에게 진정한 영웅이 누구인지에 대해 자신의 관점을 밝히고 이날 밤 테무친은 죽음을 맞는다. 곽정과 황용은 다시 남쪽으로 여행을 떠난다.

『사조영웅전』에는 총 11명의 여성 인물이 등장한다. 정신적 스승(현로)에는 이평과 한소영, 관문 수호자에는 영고, 전령관에는 한소영, 변신자재자에는 화쟁, 그림자에는 매초풍, 협력자에는 황용, 포석약, 목염자, 정요가, 손불이, 한소영, 화쟁, 장난꾸러기/익살꾼에는 곡 낭자가 해당한다.

가. 영웅 - 곽정(郭靖)

크리스토퍼 보글러는 영웅이라는 말은 '보호하고 봉사하다'라는 의미를 지닌 그리스어에서 왔고 영웅은 양 떼를 보호하고 돌보기 위해 자신을 희생할 수 있는 양치기처럼 타인을 위해 자기의 이익을 희생할 줄 아는 자라고 설명한다.[39] 크리스토퍼 보글러가 영웅을 양치기에 빗대어 설명했는데 흥미롭게도 곽정은 양치기의 모습으로 이야기에 처음 등장한다.[40] 여섯 살 곽정은 어머니 이평과 함께 북방에 정착하여 양을 키우며 생활하고 있다. 그는 배움이 더디고 우둔하지만 정직한 성격으로 거짓말을 할 줄 모른다. 여섯 살이 되던 해 자신을 찾아온 강남칠괴를 만나고 그들로부터 무예를 전수받지만 십여 년이 넘게 배웠음에도 무예는 금방 늘지 않는다. 그러다 우연히 전진교의 마옥을 만나 2년간 내공수련법을 배운 후 괄목성장하게 된다. 어린 나이에 테무친 부대에서 큰 공을 세운 그는 부마로 지명받고 먼저 아버지의 원수를 갚고 사부들의 약속을 지킨 후 몽고로 돌아와 화쟁과 결혼하기로 언약한다.

그는 가흥으로 가는 길에 황용을 만나 금세 연인 사이가 되고 홍칠공에게 항룡십팔장을 전수받고 도화도에서 주백통에게『구음진경』의 비급과 쌍수호박술을 배워 다시 일취월장한다. 크리스토퍼 보글러는 시나리오를 평가하다 보면 누가 주요 캐릭터인지, 누가 그런 역할을 해야 하는지 판별하기 곤란한 경우가 있는데 이런 경우, 스토리 전반에 걸쳐 가장 많은 것을 배우고 성장하는 인물이 누구인지 가려내면 해답이 나온다고 한다. 즉, 대부분 스토리의 핵심은 영웅과 정신적 스승 사이, 영웅과 연인 간에 발생하는 배움에 관한 것이라는 것이다.[41] 곽정은 머리가 영특하지 않은 인물이다. 하지만 그는 끈기와 성실함으로 자신의 결점을 극복하고 이야

---

39 Christopher Vogler, 함춘성 옮김.『신화, 영웅 그리고 시나리오 쓰기』, 제3판, 바다출판사, 2017, p.67.

40 이평이 임신 중이었을 때와 난리통에 곽정을 출산하는 장면은 제외한다.

41 Christopher Vogler, 앞의 책, pp.69-70.

기 속에서 가장 많이 성장한 인물로 그려진다.

크리스토퍼 보글러는 영웅을 분별하는 또 다른 기준은 영웅의 스토리가 집단으로부터의 격리(1막), 집단에서 멀리 떨어진 황량한 곳에서의 고독한 모험(2막), 집단과의 재통합(3막)으로 이루어지는데 1막에서 보여준 일상으로 복귀하느냐 2막의 특별한 세계에 잔류하느냐 여부로 영웅의 유형을 구분할 수 있다고 하였다.[42] 곽정은『사조영웅전』의 마지막에 일상으로 복귀하지 않고 황용과 함께 계속 여행을 떠난다. 심지어『신조협려』에서도 아직 일상으로 복귀하지 않은 모습으로 나온다.

곽정은 성격이나 성향이 시종일관 변하지 않는 평면적인 인물이다. 사랑에 있어서도 황용을 만나 첫눈에 반한 후 다른 여자에게 눈 돌리지 않고 우직하게 황용만 바라본다. 황용의 조력하에 무림 최고의 고수이자 항몽 영웅으로 성장한다.

나. 정신적 스승(현로) - 이평(李萍), 한소영(韓小瑩)

이평은 곽정의 어머니이다. 그녀는 곽정을 임신하고 있던 중 관병들이 쳐들어와 남편은 죽고 자신은 남편의 원수인 단덕천에게 인질로 잡혀 북방까지 끌려가는 변을 당한다. 그녀는 금나라 병사들의 포로가 되었다가 구사일생으로 달아나고 혹한의 추위 속에 홀로 곽정을 출산한다. 그녀는 몽고 유목민을 만나 구조를 받고 북방에 정착하여 온갖 고생을 하며 곽정을 키운다. 그녀는 곽정이 한어를 잊지 않게 집에서는 고향말로 대화를 하고 또 아버지의 원수를 잊지 말고 훗날 자라서 반드시 원수를 갚아야

---

42 Christopher Vogler, 앞의 책, p.75.

함을 가르친다. 그녀는 곽정이 필부로 자랄 것을 걱정하고 있던 때에 테무친의 군영에 들어갈 기회를 얻자 아들과 함께 몽고군영에 의탁한다.

> 사실 이평은 그동안 걱정이 많았다. 곽정이 한평생 양이나 몬다면 어찌 아버지의 원수를 갚을 것인가. 그러느니 차라리 군영에 들어가 경험을 쌓으며 기회를 엿보는 게 나았다. 그리하여 두 모자는 철별을 따라 테무친의 군영으로 들어갔다.
>
> -『사조영웅전』1권. p.215.

이평은 곽정이 열여덟이 되는 해 아들이 강남칠괴를 따라 강남으로 가는 것에 동의하고 홀로 테무친 군영에 남아 아들을 기다린다. 곽정은 황용과 함께 각종 모험을 하면서도 마음으로는 늘 북방에 혼자 남아 있는 어머니를 그리워한다. 작품의 말미에 곽정은 몽골로 돌아와 큰 공을 세우고 테무친은 곽정에게 큰 상을 내린다. 당시 테무친은 금나라를 칠 남정(南征) 계획을 세우고 있었다. 이평은 아들에게 테무친이 그들 모자에게 각별히 잘해 주는 것은 그가 곽정이 다른 마음을 먹을 수 있다고 의심하기 때문이라는 것을 일깨워 준다. 테무친은 남정에 나서는 곽정 등에게 밀령을 주는데 이평이 곽정에게 이 밀령을 열어 보자고 제안한다. 이평과 곽정 모자는 밀령 내용이 금을 친 후에 송을 치라는 명령인 것을 보고 테무친의 부대에서 도망치기로 결심한다. 화쟁의 밀고에 의해 이들 모자의 탈출 시도는 발각되고 둘은 테무친 앞에 끌려간다. 테무친은 이평을 볼모로 삼아 곽정에게 송 정벌을 강요한다. 이평은 아들에게 조국을 배반하면 안 된다고 다시 한번 강조하며 자결한다.

"당시의 치욕을 견디고 이 추운 북쪽 땅에서 너를 키운 것은 다 무엇 때문이었겠느냐? 설마 너를 매국노로 키우기 위함이었더냐? 네 아버지가 황천에서 얼마나 땅을 치시겠느냐?"

(……)

"얘야. 너 자신을 잘 보살펴야 한다!"

이평은 말을 마치고 비수로 곽정의 손에 묶인 밧줄을 끊은 다음, 순식간에 칼날을 돌려 자신의 가슴을 찔렀다.

- 『사조영웅전』 8권, pp.215-216.

크리스토퍼 보글러는 어떤 정신적 스승은 영웅의 양심이라는 특별한 기능을 수행한다고 하였다.[43] 이평은 어머니와 조국 사이에 갈등하는 아들을 보며 스스로 목숨을 끊음으로써 아들이 올바른 판단을 할 수 있게 이끌어 준다. 유일한 혈육을 잃은 곽정은 테무친에게서 도망치고 어머니의 유언에 따라 조국을 지키는 항몽 영웅으로 거듭난다.

한소영은 곽정의 사부인 강남칠괴(江南七怪)[44]의 홍일점이자 막내이다. 구처기를 만나기 위해 가흥 취선루로 배를 타고 오는 장면에서 처음 등장하는 한소영은 호리호리한 몸매에 가공할 만한 힘을 지닌 모습으로 묘사된다.

---

43 Christopher Vogler, 앞의 책, p.83.

44 강남 가흥이 고향인 일곱 의남매들로 첫째 가진악, 둘째 주총, 셋째 한보구, 넷째 남희인, 다섯째 장아생, 여섯째 전금발, 막내 한소영이 이들이다. 명문 정파나 무림 최고수들은 아니나 의리만은 최고로 꼽히는 이들이다.

순식간에 다가온 배를 살펴보니 안에 한 사람이 앉아 있고 도롱이를 걸친 여자가 뒤에서 노를 젓고 있었다. 놀랍게도 그녀는 가볍게 노를 휘젓는 것처럼 보였지만 그 속도를 미루어 한 번 노를 젓는 데 어림잡아 백 근의 힘이 실려 있는 듯했다.

(……)

완안홍열이 곁눈질로 그들을 살펴보았다. 여자는 열여덟 살쯤 되어 보였고 몸매가 호리호리했다. 큰 눈에 긴 속눈썹, 살결 또한 백설 같아 전형적인 강남의 미녀였다. 왼손에 노를 잡고 오른손으로 삿갓을 벗자 비단 결 같은 머리카락이 출렁였다.

- 『사조영웅전』 1권, pp.116-118.

강남칠괴는 이평과 포석약의 행방을 쫓던 전진칠자(全眞七子) 구처기와의 대결에서 패하자 분을 이기지 못하고 다시 겨룰 것을 요청한다. 구처기는 강남칠괴에게 각자 곽정과 양과를 찾아 이들을 가르치고 이들이 열여덟 살이 되는 날 무예를 겨루어 승부를 내자고 제안한다. 약속을 지키기 위해 6년 동안 곽정을 찾아 헤매던 이들은 드디어 몽고에서 곽정을 찾아낸다. 강남칠괴는 테무친의 군영에서 십년 넘게 곽정을 가르친다. 강남칠괴는 크리스토퍼 보글러가 책에서 설명하는 여러 명의 정신적 스승에 해당하며 곽정은 이들을 통해 처음으로 무공의 기초를 배운다. 곽정은 강남칠괴로부터 각자의 장기를 전수받고 한소영으로부터는 월녀검법(越女劍法)[45]을 배운다. 사부들 중 유일한 여성으로 곽정에게 정이 깊어 어머

---

45 월녀검법(越女劍法)은 오와 월이 첨예하게 대립하고 있을 때 월나라에 미모의 소녀

니와 같은 역할을 한다.

다. 관문 수호자 - 영고(瑛姑)

영고는 원래 무림 천하오절(天下五絶) 중의 한 명인 남제(南帝) 단황야의 비(妃)였다. 그녀는 황궁에 손님으로 온 주백통에게 무공을 배우다 그를 사랑하게 되고 주백통이 떠난 후 그의 아들을 낳는다. 철장방 구천인은 단황야를 해하려는 목적으로 영고의 갓난아기에게 부상을 입히지만 단황야는 영고와 주백통의 관계를 질투하여 끝내 아기의 치료를 해 주지 않는다. 단황야가 아들을 치료해 주지 않자 영고는 한을 품고 초야에서 은둔하며 주백통과의 재회 및 구천인과 단황야에게 복수할 날만을 기다린다.

곽정과 황용은 철장산에서 악비의 비급 병서 『무목유서』를 찾고 이 과정에서 황용은 치명적인 부상을 입는다. 겨우 철장산에서 탈출한 곽정과 황용은 부상을 치료할 곳을 찾다가 한 초가집을 발견한다. 이 초가집은 기문오행(氣門五行)의 법칙에 의해 주위가 배치되어 있고 황용이 기지를 발휘해 겨우 안으로 들어간다.

> 일단 숲에 들어서자 불빛을 향해 가로질러 갈 수가 없었다. 나무 사이로 난 꼬불꼬불한 오솔길을 따라 걷다 보니 때로는 불빛을 놓치기도 했다. (……) 곽정은 오솔길을 따라가다가는 불빛 쪽으로 다가갈 수 없다는

가 나타나 군사들에게 검법을 전수하고 마침내 오나라를 멸망시켰다는 역사적 전고를 배경으로 한 검법이다. 이 이야기는 실제 중국 역대 여성영웅서사 중의 하나로 꼽힌다.

것을 깨닫고 나무 위를 넘어갈까 생각해 보기도 했으나 너무 어두워 그
것도 어려울 것 같았다. (……)

"오빠, 오른쪽을 향해 비스듬히 가 보세요."

황용은 대답할 기운조차 없었다. 곽정은 황용의 말대로 오른쪽을 향해
비스듬히 걸어갔다. 황용은 말없이 곽정의 발걸음 수를 세었다. 황용은
열일곱까지 세고 다시 방향을 알려 주었다.

"왼쪽으로 여덟 발자국 가세요."

곽정은 시키는 대로 했다.

"다시 오른쪽으로 비스듬히 열세 발자국." (……)

황용은 조금 전 곽정의 품에 안겨 숲을 헤매고 다니는 사이, 이 오솔길
이 누군가에 의해 인공적으로 만들어진 길이라는 것을 알아챘다. 아버지
황약사에게 오행술을 배운 황용은 숲속의 오솔길이 복잡하다 해도 그 방
향을 분명히 알아낼 수 있었다.

– 『사조영웅전』 6권, pp.270-271.

관문 수호자는 다양한 형태로 나타나기도 하는데 소도구, 건축양식, 동
물, 자연의 힘으로 등장하여 영웅을 가로막고 시험한다.[46] 영고의 초가집
으로 들어가기 전의 오솔길 배치도 일종의 관문 수호자라고 할 수 있다.
초가집 안에서는 영고가 수학 문제를 풀고 있다. 황용은 영고가 몇 개월
간 고민하던 수학 문제들을 쉽게 풀어 버리고 이에 영고는 매우 놀란다.
영고는 부상당한 황용에게 치료약을 건네지만 황용은 영고의 의도를 의

---

46 Christopher Vogler, 앞의 책, p.93.

심하여 선뜻 약을 받지 않는다. 이에 영고는 불같이 화를 내며 이들에게 무례하게 굴고 곽정은 영고와 한바탕 무예를 겨룬다. 영고는 황용의 수학 실력과 곽정의 무예실력에 감탄하고 황용의 생명을 구할 수 있는 사람이 누군지 알려 주기로 한다. 영고의 시험에 통과한 그들에게 그녀는 황용의 병을 고칠 방법을 알려 준다. 곽정과 황용은 영고가 알려 준 대로 차근차근 단계를 통과해 단황야를 찾아가고 황용은 단황야의 치료로 목숨을 구한다.

라. 전령관 - 한소영(韓小瑩)

곽정에게는 강남칠괴 일곱 명이 모두 정신적 스승이자 전령관이라고 할 수 있다. 구처기와의 약속을 위해 6년 동안 곽정을 찾아 헤매던 이들은 드디어 몽고에서 곽정을 찾아낸다. 이들은 양치기로 평범하게 생활하고 있던 곽정이 무예를 배울 동기를 부여하고 중원 무림의 세계로 진입하도록 이끈다.

주총은 곽정이 전혀 관심이 없는 것 같아 넌지시 물었다.

"넌 배우고 싶지 않니?"

"엄마가 누구랑 싸우지 말라고 했어요. 무예를 배우면 싫어할 거예요."

(……)

가진악이 사뭇 진지하게 물었다.

"만약 그 원수라는 단덕천을 만나면 어떡할 거지?"

곽정의 작은 눈에서 분노의 빛이 발했다.

"죽여 버릴 거예요. 아버질 위해 꼭 복수할 거예요."

가진악이 곽정을 슬쩍 떠볼 양으로 물었다.

"아버지는 무공이 뛰어났는데도 그놈한테 당했는데, 네가 무예를 익히

지 않고 무슨 수로 그놈에게 복수하겠다는 거냐?"

곽정은 멍해져 아무 대답도 하지 못했다. 한소영이 거들었다.

"그러니까 무예를 배워야지."

주총이 왼쪽에 보이는 야트막한 산을 가리켰다.

"무예를 배우고 싶거든 오늘 밤 저 산으로 와라. 너 혼자 와야 한다. 그

리고 이 친구 외엔 아무한테도 얘기하면 안 돼. 알겠지?"

— 『사조영웅전』 1권, p.254.

곽정은 이날 이후 강남칠괴에게 무예를 배우기 시작한다. 열여덟 살이
되던 해 그는 사부들과 함께 태어나 처음으로 북방을 떠나 강남으로 여행
을 시작한다.

마. 변신자재자 - 화쟁(華箏)

화쟁은 대칸(大汗)[47] 테무친의 딸로 어릴 때부터 친오빠 타뢰의 안답(安
答)[48]인 곽정과 남매처럼 자란 사이이다. 화쟁은 원래 도사와 정략 결혼

47　번역본에서는 한자 음역을 하여 대한이라 표기하지 않고 원래 발음을 살려 대칸(大
　　汗)으로 표기하고 있다. 칸(Khan)은 부락의 추장을 의미하며 테무친은 천하를 통일
　　한 후 칭기즈칸으로 불린다.

48　몽고식 의형제를 일컫는 말. 서로 자기가 아끼는 물건을 교환하며 의형제를 맺는다.
　　곽정은 타뢰에게 이평이 만들어 준 빨간 수건을 타뢰는 곽정에게 평소에 걸고 다니
　　던 황금 목걸이를 준다. 테무친은 곽정이 막내아들과 의형제를 맺자 곽정을 친아들
　　처럼 대한다.

해야 했지만 성곤과 찰목합이 테무친을 죽이려는 계략이 드러나자 도사와 파혼하고 테무친은 위기에서 자신을 구해 준 곽정을 부마로 임명한다. 화쟁은 처음부터 곽정을 좋아하지만 곽정은 그녀를 여동생으로만 여긴다. 곽정은 강남으로 떠난 후 황용을 만나고 바로 연인 관계가 된다. 화쟁은 곽정에게 사랑하는 사람이 생겼다는 것을 알지만 여전히 그가 돌아와 자기와 결혼해 주기를 바란다. 곽정은 테무친의 군영에 합류한 후 황용을 찾으려다 호레즘 정벌에 참전하게 된다. 테무친은 서정(西征)에서 큰 공을 세운 곽정에게 계속해서 남정(南征)에도 참전할 것을 명령한다. 이평은 자신들에게 너무나 잘해 주는 테무친에게 다른 속내가 있다고 짐작하고 아들에게 테무친이 남정 후 열어 보라는 밀령을 미리 보자고 제안한다. 주머니 속에서 금을 정벌한 후 남송을 치라는 내용을 본 이평과 곽정은 부대에서 도망치려고 하고 화쟁의 밀고로 이들은 테무친에게 사로잡힌다. 크리스토퍼 보글러는 주인공 영웅이 열정적인 연인에서 이성을 잃고 살의에 사로잡힐 정도로 변해 심각한 문제를 일으키는 변신자재자 여성을 만나 곤란을 겪는다고 하였다.[49] 화쟁은 곽정에게 황용이 있는 것을 알면서도 여전히 그를 사랑하고 곽정이 돌아올 때까지 영원히 기다리겠다고 하였지만 막상 이들 모자가 부대에서 도망치려고 하자 그 사실을 아버지에게 밀고한다. 곽정은 여러 번 테무친 군영을 떠났지만 어머니 이평은 늘 군영에 남아 아들을 기다렸다. 화쟁은 아마도 이번에 곽정이 이평과 함께 떠나면 영영 곽정을 볼 수 없다고 생각하고 이들이 도망치는 것을 막기 위해 아버지에게 이 사실을 알렸을 것이다. 이 일로 이평은 자결

---

49 Christopher Vogler, 앞의 책, p.98.

하고 곽정은 테무친에게서 도망친다. 곽정은 이 일이 벌어지고 한참이 지나서도 어머니와 자신 둘만이 아는 계획이 어떻게 발각되었는지 알지 못한다. 훗날 화쟁의 편지를 받고서야 몽고포 밖에서 자신들의 이야기를 엿들은 화쟁의 소행이었다는 것을 알게 된다.

바. 그림자 - 매초풍(梅超風)

매초풍은 황약사의 제자로 사부의 허락 없이 동문사형인 진현풍(陳玄風)과 정을 통한다. 이 둘은 사부에게 들켜 혹독한 벌을 받을 것이 두려워 도화도에서 도망치기로 결심한다. 진현풍은 이날 황약사가 목숨처럼 아끼는 비급『구음진경』하권을 훔친다. 진현풍은 아내인 매초풍에게조차 『구음진경』을 보여 주지 않고 자기가 먼저 익히고 아내에게 전수해 주는 방식으로 함께 무공을 익힌다. 이 둘은 곧 내공 수련법을 다룬 상권이 없으면 하권을 익히는 데 한계가 있다는 것을 알게 되지만 자신들만의 해석으로 구음백골조(九陰白骨爪)와 최심장(摧心臟)을 수련한다. 매초풍 부부는 시체와 같은 얼굴에 각각 안색이 누렇고 검다고 하여 동시(銅屍)와 철시(鐵屍)로 불리며 또『구음진경』을 익힌 후 악랄하고 신출귀몰한 수법으로 무림에서 흑풍쌍살(黑風雙煞)로 악명을 떨친다. 강남칠괴의 맏이인 가진악은 흑풍쌍살에게 친형을 잃고 본인은 장님이 되어 이들과 원수 사이이다. 흑풍쌍살은 북방에 은신하며 구음백골조를 연마하던 중 곽정을 찾아온 강남칠괴와 마주쳐 결투를 벌인다. 구음백골조를 연마하는 매초풍의 모습은 보는 사람들의 공포심을 자아내는데 어두운 에너지를 표현하는 전형적인 그림자 유형의 모습이다.

여인은 남자를 중심으로 그 주변을 천천히 맴돌기 시작했다. 그러자 온
몸 뼈마디에서 부드득 하는 소리가 들렸다. 그녀가 걸음을 빨리 할수록 그
소리도 요란해졌다. 그녀는 남자를 축으로 주위를 맴돌며 두 손을 계속 뻗
었다가 거두곤 했다. 그럴 때마다 손과 팔의 관절에서 부드득 하는 소리가
터졌다. 그리고 긴 머리카락이 뒤로 빳빳하게 뻗쳐 참으로 가공스러운 모
습이었다. 한소영은 등골이 오싹해지며 머리카락이 쭈뼛 곤두섰다.

- 『사조영웅전』 1권. p.266.

흑풍쌍살과 강남칠괴가 싸우는 과정에서 진현풍은 곽정의 비수에 찔려
죽고 매초풍은 장님이 된다. 강남칠괴의 다섯째 장아생도 이 싸움에서 목
숨을 잃는다. 그 후 매초풍과 강남칠괴는 철천지 원수지간이 된다. 그녀
는 강호를 떠돌아다니다 우연히 조왕부에 들어가게 되고 그곳에서 소왕
야 양강에게 자신의 무공을 전수해 준다. 그녀는 육관영에게 사로잡혀 도
움을 요청하는 양강의 전갈을 받고 귀운장에 갔다가 사부인 황약사, 사제
인 육승풍, 사매인 황용을 만난다. 천하에 두려울 것이 없는 악녀 매초풍
도 두려워하고 존경하는 유일한 사람이 있는데 그것은 바로 황약사이다.
그녀는 황약사가 죽었다는 구천인의 거짓말을 듣고 대성통곡을 하며 사
부의 복수를 결심한다. 이때 귀운장에 나타난 황약사는 그녀에게 1년 동
안 세 가지 임무를 완수하고 도화도로 돌아올 것을 명령한다. 첫 번째 임
무는 잃어버린 『구음진경』을 찾아오는 것이고 두 번째는 남은 사형제들을
찾아 귀운장에 살게 하라는 것, 마지막 세 번째 임무는 두 가지 임무를 마
치고 스스로 『구음진경』의 공력을 없애라는 것이다. 후일 전진칠자의 담
처단은 매초풍이 살아 있는 사람을 상대로 무공을 연마하는 것을 보고 그

들을 구해 주려다 매초풍에게 쫓기게 되고 곡 낭자의 주막에서 전진육자와 회합하여 함께 매초풍과 싸운다. 이때 구양봉과 황약사가 주막에 나타나고 황약사가 방심한 틈을 타 구양봉이 그를 급습하려고 할 때 매초풍이 온몸으로 사부를 구한다. 그녀는 죽기 직전 스스로 자기 손을 부러뜨려 무공을 폐하고 황약사는 그녀에게 다시 제자로 삼겠다고 한다. 자신의 목숨을 던져 사부를 구하고 죽는 순간까지 사부의 명령을 지키려고 애쓰는 매초풍은 그림자의 인간적인 면모를 보여 준다.

사. 협력자 - 황용(黃蓉), 포석약(包惜弱), 목염자(穆念慈), 정요가(程瑤迦), 손불이(孫不二), 한소영(韓小瑩), 화쟁(華箏)

황용은 『사조영웅전』의 여성 주인공으로 곽정의 최대 협력자이다. 그녀는 무림 천하오절(天下五絶)[50] 중의 하나인 동사(東邪) 황약사의 딸로 부모에게 영특한 머리를 물려받았다. 그녀는 도화도에서 가출하여 만난 곽정이 처음 본 거지 차림의 자신에게 진심으로 대하는 것에 감동하여 그를 도와주기 시작한다. 황화사귀와 후통해가 곽정을 괴롭히지 못하게 뒤에서 도와주고 곽정이 조왕부로 들어가 왕처일을 구할 약재를 찾는 것도 도와준다. 홍칠공을 만났을 때 홍칠공이 좋아하는 요리로 그가 곽정에게 무예를 전수하도록 도우며 황약사와 매초풍이 곽정을 죽이려고 하자 아버지를 협박해 곽정의 목숨을 구한다. 곽정이 황궁에서 양강에게 비수를 맞고 운공조식으로 상처를 치료해야 할 때 일주일 동안 밀실에서 그의 치료

---

50 동사(東邪) 황약사, 서독(西毒) 구양봉, 남제(南帝) 단지흥, 북개(北丐) 홍칠공, 중신통(中神通) 왕중양 다섯 사람을 일컫는다.

를 돕는 것도 황용이다. 곽정과 함께 철장방에 가서 『무목유서』를 구하고 곽정이 호레즘 정벌에 참전했을 때 신분을 숨기고 그의 승리를 도와준다. 화산논검대회에서 곽정이 홍칠공 황약사 등과 대등하게 겨룰 수 있게 해 주고 항몽군에도 같이 들어간다. 이처럼 황용은 곽정의 단순한 협력자가 아닌 거의 모든 모험 과정을 함께하며 그를 도와주는 최대 협력자라고 할 수 있다. 곽정은 자기보다 똑똑한 황용의 의사결정에 많이 의지하고 그녀를 통해 문(文), 사(史), 철(哲)을 배운다.

포석약은 양철심의 아내이자 양강의 엄마이다. 그녀는 우가촌에서 양강을 임신하고 있던 때 구처기를 공격하러 왔다가 부상당한 흑의인을 구해 준다. 이 흑의인은 금나라 왕자인 완안홍열로 포석약을 얻기 위해 계략을 꾸며 관군으로 하여금 양철심과 곽소천 일가를 공격하게 하고 가짜로 포석약을 구조한다. 포석약은 완안홍열의 말대로 남편이 죽은 줄로만 알고 어쩔 수 없이 그의 아내가 된다. 그녀는 조왕부 안에 우가촌의 옛집을 그대로 재현하여 그 속에서 생활하며 항상 양철심을 잊지 않고 산다. 한편 양철심은 의형의 아들 곽정을 찾기 위해 강호를 떠돌며 양녀 목염자의 비무초친(比武招亲)[51]을 연다. 이들은 연경에서 연 비무초친에서 양강을 만나고 양강은 목염자를 희롱하며 무예에서 이기지만 결혼을 약속하지 않는다. 이를 지켜보던 곽정이 분을 참지 못하고 양강과 한바탕 대결을 벌인다. 포석약은 아들이 곽정과 싸우는 장면을 보고 계속해서 양강을 말리지만 양강은 어머니의 말을 듣지 않는다. 싸움이 끝난 후 양강은 양

---

51 무예를 겨루어 배우자를 구하는 길거리 경연.

철심과 목염자를 조왕부의 감옥에 가두고 포석약은 이 소식을 듣고 감옥으로 찾아가 이들 부녀를 풀어 준다. 포석약을 알아본 양철심은 그녀를 찾아가고 18년 만에 재회한 이들은 함께 왕부에서 도망친다. 왕비가 도망친 사실을 안 완안홍열은 이들을 뒤쫓고 둘은 더 이상 도망칠 곳이 없자 함께 자결한다. 포석약의 경우 곽정과 직접적인 관계가 있는 인물은 아니다. 그러나 그녀는 곽정의 부모와 친밀한 관계의 인물이고 선량한 성품으로 양강과 곽정이 싸울 때 곽정이 다칠까 봐 싸움을 말린다.

목염자는 양철심의 양녀로 가족들이 모두 전염병으로 죽게 되자 양철심이 양녀로 삼고 무예를 가르친다. 그녀는 열세 살 되던 해 우연히 홍칠공을 만나 3일 동안 무공을 배우고 그 후로 무공이 강해진다. 목염자는 양부와 함께 곽정을 찾기 위해 비무초친을 다니다 양강을 만난다. 양철심은 죽으면서 곽정에게 목염자와 결혼할 것을 부탁하지만 목염자는 이미 양강에게 마음이 뺏겨 그에게 일생을 바치기로 결심한다. 그녀는 양강이 자신의 근본을 받아들이고 완안홍열과 금나라에 복수하기를 바라지만 양강은 끝내 왕족으로서의 부귀영화를 포기하지 못하고 완안홍열의 아들로 사는 길을 택한다. 단황야를 만나 부상을 치료하고 다시 길을 떠난 곽정과 황용은 도화현에서 비구니 행색의 목염자를 만난다. 목염자는 그간의 일을 그들에게 간략히 알려 준다.

"그날 밤, 침상 휘장 너머로 양강과 그 구씨 늙은이가 나라와 백성을 팔아먹을 음모를 꾸미는 것을 내 귀로 똑똑히 들었어요. 들을수록 화가 나 차라리 귀를 막고 싶었어요. 그때 뛰어나가 그 늙은이를 죽이지 못한게 지금까지도 한스러울 뿐이죠." (……)

"그 늙은이가 가고 나서 양강은 또 변명을 늘어놓더군요. 나는 아까 그 늙은이와 주고받은 이야기가 진심인지, 거짓인지 물었죠. 그는 이제 부부가 되었으니 뭘 속이겠냐면서 속내를 드러냈어요. 금국의 대군이 곧 남하할 것이고 철장방의 힘을 빌릴 수 있게 되었으니 안팎에서 힘을 모으면 이 땅도 완전히 차지할 수 있게 된다는 거였어요. 그는 아주 신이 나서 그의 부왕인 조왕이 보위에 올라 금의 황제가 될 것이 분명하니, 자기는 자연히 황태자가 될 것이고, 그때는 부귀영화가 쏟아져 들어올 것이라고 떠들어댔어요." (……)

"나는 더 이상 듣고 있을 수가 없어 그의 따귀를 때리고 말았죠. 그리고 뛰어나와 곧장 산 아래로 내달렸어요."

-『사조영웅전』 7권. pp.157-158.

목염자는 양강과 하룻밤 정을 통하지만 끝내 금나라 왕자로 살려고 하는 양강을 더 이상 믿지 못하고 혼자 우가촌으로 떠난다. 곽정에게 목염자는 아버지의 의형제 양철심의 양녀이자 같은 사부 홍칠공의 제자이다. 곽정과 함께 양강의 개과천선을 위해 노력하고 양강이 끝내 송을 배신하려고 하자 그를 떠난 것도 그녀가 곽정과 같은 가치관을 가지고 있는 것을 보여 준다. 그녀는 우가촌으로 떠나면서 곽정에게 철장방에서 구한 책 한 권을 건네는데 그 책 속에는 악비가 어떻게 『무목유서』를 남겼는지에 대한 비밀이 담겨 있다. 이 책으로 곽정과 황용은 『무목유서』에 얽힌 전체 내막을 이해하게 된다.

정요가는 전진칠자 손불이의 제자로 무공을 배우기는 했지만 어려서부터 부잣집에서 부모의 총애를 받으며 자란 탓에 말이나 행동에 애교가 많고 부끄러움이 많다. 곽정과 황용이 보응에 도착했을 때 이 둘은 구양극이 이 동네에서 미모의 처자들을 납치하고 있고 개방의 여생과 여조홍이 다음 납치 대상으로 지목된 정요가를 도와줄 작전을 짜고 있다는 것을 알게 된다. 여생은 정요가를 대신해 납치되지만 구양극에게 바로 발각되어 그와 대결을 벌이고 두 눈이 찔릴 위기에 곽정이 나서 그를 구해 준다. 이때 홍칠공이 나타나 곽정을 제자로 받아들이고 항룡십팔장의 마지막 3장을 알려 주어 구양극과 겨루어 이기게 한다. 이로써 정요가는 구양극에게서 풀려나고 무사히 집으로 돌아간다. 곽정과 황용이 우가촌의 곡 낭자주막의 밀실에서 부상을 치료하고 있을 때 정요가가 곽정을 찾아 주막까지 찾아온다. 그녀는 자기를 구해 준 뒤 곽정을 잊지 못하고 무작정 그의 고향으로 찾아온 것이다. 정요가는 그곳에서 마찬가지로 곽정을 찾아온 육관영을 만난다. 구처기의 제자 윤지평도 이곳으로 곽정을 찾아온다. 이 셋이 팽련호와 후통해 무리들과 다투고 있을 때 황약사가 나타나고 이 모두를 쫓아낸 후 반강제로 육관영과 정요가가 부부의 연을 맺게 한다.

"낭자 만약 내가 싫으시다면 고개를 저으십시오." (……)

한참이 지나도록 정요가는 머리부터 다리까지 얼어붙은 듯, 손가락 하나도 움직이지 않았다. 육관영은 기쁜 마음을 감출 수 없었다.

"낭자가 저를 허락하시면 고개를 끄덕여 주십시오."

그러나 정요가는 여전히 나무인형처럼 꼼짝도 하지 않았다. 육관영은 초조해졌고, 황약사도 짜증이 났다.

"고개를 가로젓지도 않고 끄덕이지도 않으니, 도대체 그게 무슨 의미냐?"

정요가는 기어들어 가는 소리로 대답했다.

"고개를 젓지 않은 것은⋯⋯그, 그건⋯⋯고개를 끄떡인 것입니다."

(⋯⋯)

황약사는 호탕하게 웃어젖혔다.

"왕중양같이 통 큰 사람이 어찌 이렇게 수줍은 규수를 제자로 거두어 들였을꼬? 참으로 우습구나. 좋다. 오늘 내가 너희들의 혼례를 치러 주마."

- 『사조영웅전』 6권, pp.24-25.

황약사가 가고 나서 다리가 부러진 채로 주막에 숨어 있던 구양극이 나타나고 때마침 주막으로 들어온 목염자와 정요가를 함께 희롱하려고 한다. 이때 양강이 주막으로 돌아와 이 장면을 목격하고 구양극을 죽인다. 육관영과 정요가는 정신이 없는 틈을 타 얼른 이 자리를 떠난다. 정요가는 전진파의 제자로 곽정과 전진칠자는 깊은 인연이 있으며 강남육괴 및 홍칠공과도 우호적인 관계에 있다. 그녀는 끝에 육관영과 부부가 되긴 하지만 자기를 구해 준 곽정에게 연정을 품고 그를 찾아 우가촌까지 온 인물이다. 무공을 익힌 여성 인물 중에 가장 수줍음을 많이 타는 인물로 묘사된다.

손불이의 별호는 청정산인(淸淨散人)으로 중신통(中神通) 왕중양의 제자들인 전진칠자[52] 중 홍일점이다. 전진칠자 중 맏이인 마옥(馬鈺)이 속세

---

[52] 단양자(丹陽子) 마옥(馬鈺), 장진자(長眞子) 담처단(譚處端), 장생자(長生子) 유처현

에 있을 때 부인이었으며 함께 전진교에 입문하였다. 작품에서 손불이는 곡 낭자의 주막에서 매초풍과 마주쳐 그녀와 싸울 때 등장하는 것이 전부이며 단독으로 곽정을 돕는 장면은 없다. 그러나 곽정의 부모와 구처기의 인연, 마옥에게 2년간 내공을 배운 것, 목염자의 비무초친자리에서 양강과 싸웠을 때 왕처일이 그를 구해 준 것 등을 감안하면 전진칠자는 곽정의 협력자라고 할 수 있으며 그중 한 명인 손불이도 협력자에 속한다고 할 수 있다.

앞서 전령관으로 소개했던 스승 한소영은 협력자 역할도 한다. 그녀는 다른 사부들이 아둔한 곽정에게 짜증내고 화를 낼 때 끝까지 그를 믿고 보호해 주며 곽정이 매초풍에게 무공을 배워 자신들을 죽이려 한다고 의심하는 가진악 등이 곽정을 죽이려고 할 때 강력하게 이를 말린다.

> 그가 천막을 열고 뛰어 들어가는 순간이었다. 갑자기 양쪽 손목이 뒤로 꺾이며 무릎에 극렬한 통증이 느껴졌다. 누군가 그를 발로 차는 바람에 땅바닥에 그대로 엎어졌는데, 휙 하는 소리와 함께 머리 위로 쇠 지팡이가 날아왔다. 곽정이 몸을 돌려 보니 쇠 지팡이를 내리치려는 사람은 다름 아닌 대사부 가진악이었다. 그는 너무 놀란 나머지 반항할 생각도 못 하고 조용히 죽음을 기다렸다. 그런데 갑자기 땅 하며 병기가 맞부딪치는 소리가 들리더니 누군가가 자신의 몸을 감쌌다. 한소영이 곽정을

(劉處玄), 장춘자(長春子) 구처기(邱處機), 옥양자(玉陽子) 왕처일(王處一), 광녕자(廣寧子) 학대통(郝大通), 청정산인(淸淨散人) 손불이(孫不二) 일곱 명을 일컫는다.

보호하며 소리쳤다.

"대형, 잠깐만요!"

그녀가 자신의 장검으로 가진악의 지팡이를 쳐냈던 것이다. 가진악이 지팡이로 땅바닥을 치며 한숨을 내쉬었다.

"일곱째 사매는 마음이 너무 약해서 탈이야."

- 『사조영웅전』 2권, pp.32-33.

다른 사부들이 모두 황약사의 딸인 황용과의 관계를 반대할 때 곽정과 황용의 사랑을 응원해 주기도 한다.

화쟁은 마지막 순간 곽정을 배신하고 변신자재자 역할을 하지만 그전까지는 곽정의 충실한 협력자라고 할 수 있다. 곽정이 어릴 때 목숨을 걸고 화쟁을 구해 준 것으로 화쟁과 테무친 가족은 곽정 모자에게 각별히 잘해 준다. 이들은 곽정과 이평이 테무친의 군영에 있는 동안 의식주 걱정을 하지 않게 해 주었으며 곽정이 강남으로 떠난 후 혼자 있는 이평을 보살펴 주었다.

아. 장난꾸러기/익살꾼 - 곡 낭자(曲娘子)

곡 낭자는 황약사의 제자 곡영풍(曲靈風)의 딸로 아버지의 갑작스러운 죽음에 실성하여 바보가 된 것으로 나온다. 곽정과 황용, 주백통, 홍칠공은 도화도에서 중원으로 돌아와 한 주막에 들어서고 거기서 처음으로 바보 곡 낭자와 만난다. 사람들은 그녀가 바보라고 생각해 방심하기도 하고 또 천진난만하고 순수한 모습에 악인들도 차마 잔인하게 그녀를 죽이지 못한다. 장난꾸러기/익살꾼의 중요한 기능은 희극적인 상황에서 긴장 완화라는 극적인 기능을 실행하는 것인데[53] 『사조영웅전』 여성 인물 중에는 곡 낭자가 이 역할을 하고 있다. 그녀는 이야기의 긴장감을 풀어 주는 감초 역할을 톡톡히 한다.

고개를 숙여 자세히 보니 비수가 곽정의 왼쪽 허리에 꽂혀 있었다. 황용은 또다시 크게 놀랐지만 이상하게도 마음은 더욱 차분해졌다. 조심조심 허리 쪽의 옷을 찢었다. 살이 드러나면서 비수 양쪽으로 피가 응고되어 있고, 예리한 칼날이 살 속으로 몇 촌 정도 깊이 박혀 있는 걸 발견했다.

'이 비수를 뽑으면 바로 죽게 될 거야. 그렇다고 뽑지 않고 놓아두면 더욱 구할 수가 없게 돼. 어떡하지?'

황용은 이를 악물고 손잡이를 움켜쥐고 뽑으려고 했다. 그러다 다시 마음이 어지러워져 자신도 모르게 손을 움츠렸다. 이렇게 수차례 반복했지만 도무지 뽑을 자신이 서지 않았다. 바보 소녀는 옆에서 계속 지켜보다가 황용이 네 번째 손을 움츠리자 갑자기 손을 뻗어 손잡이를 움켜쥐더니 비수를 힘껏 뽑아 버렸다.

"으악!"

"아!"

곽정과 황용은 동시에 비명을 질렀다. 그러나 바보 소녀는 재미있는 장난을 친 듯 킬킬거리며 웃었다.

-『사조영웅전』 5권, p.278.

---

53 Christopher Vogler, 앞의 책, p.117.

황약사는 제자의 딸인 곡 낭자를 거두어 도화도로 간다. 황약사가 도화도를 비운 사이 섬을 찾아 온 구양봉과 양강은 곡 낭자에게 길을 안내하게 해 섬에 와 있던 강남오괴를 죽이고 자신들을 본 곡 낭자를 우가촌으로 데리고 온다. 가흥의 한 철창묘에 숨은 가진악과 황용은 곡 낭자의 이야기로 강남오괴를 죽인 것은 황약사가 아니라 구양봉과 양강이라는 것을 알게 된다.

2. 『신조협려(神鵰俠侶)』

양강과 목염자의 아들인 양과는 엄마가 죽은 후 고아가 되어 혼자 살고 있다. 양과는 이막수(李莫愁)가 육가장을 찾아와 육립원 일가를 살해하려는 과정에서 곽정과 황용을 만나고 곽정은 양과를 거두어 도화도로 간다. 도화도에서 양과는 곽부, 무씨형제들과 잘 지내지 못하고 불미스러운 사건을 벌인다. 곽정은 어쩔 수 없이 양과를 중양궁으로 데리고 가 전진교에 입문시킨다. 양과는 전진교에서도 잘 적응하지 못하고 사부인 조지경(趙志敬)과 불화를 일으키고 중양궁에서 도망친다. 그는 도망치다가 큰 부상을 입고 손 노파에게 구조되어 소용녀가 사는 고묘(古墓)에서 치료를 받게 된다. 양과는 이 이후 고묘파에 입문하여 소용녀의 제자가 되고 둘은 서로를 의지하며 무예를 익힌다. 소용녀의 사저인 이막수는 고묘파의 옥녀심경이 책으로 된 비급인 줄 알고 옥녀심경을 찾으러 고묘에 와서 이들을 해치려고 한다. 양과와 소용녀는 이막수를 피하기 위해 고묘 밖으로 나가기로 하고 둘은 고묘 밖에서도 계속해서 옥녀심경을 수련한다. 구양봉이 찾아와 양과에게 무예를 전수하는 사이 혈도를 찍힌 소용녀는 눈이 가려진 채 그녀를 사모하던 전진교의 견지병(甄志丙)에게 순결을 뺏긴다. 소용녀는 견지병이 양과라고 생각하고 자신을 아내라고 부르지 않는 양과에 분노해 그를 떠난다. 영문을 모르는 양과는 소용녀를 찾기 위해 강호를 헤매고 과정에서 정영, 육무쌍, 홍칠공 등을 만난다. 그는 우연히 육가장에서 열리는 개방(丐幫)의 영웅대연에 참석하게 되고 거기서 곽정과 황용 그리고 전진파 사람들과 조우한다. 영웅대연은 무림 인사들이 항몽보국맹(抗蒙保國盟)을 결성하고 맹주를 추대하기 위한 자리였는데 이 자리를 방해하기 위해 몽고왕자 곽도와 금륜국사무리들이 나타난다. 여기에 소용녀가 나타나 둘은 재회하고 소용녀는 금륜국사가 겨루어 그를 이긴다. 승리의 연회자리에서 곽정은 양과와 곽부의 혼사 이야기를 꺼내고 양과와 소용녀는 모두 앞에서 둘이 이미 혼인을 약속한 사이라고 선포한다. 사람들은 사부와 제자 사이에 결혼을 하겠다는 그들이 천륜을 어기는 것이라 생각하고 경악한다. 황용은 소용녀에게 그들이 진짜 결혼하면 양과가 손가락질을 받고 불행한 삶을 살 거라고 말하고 이에 소용녀는 다시 양과를 떠난다. 이 둘은 절정곡에서 다시 재회하지만 소용녀와 양과 모두 중독되어 곧 죽을 운명에 처한다. 자신은 희망이 없지만 양과는 살릴 방법이 있을지도 모른다고 생각한 소용녀는 16년 뒤에 만나자는 메시지를 남기고 또 양과를 떠난다. 소용녀의 생사를 모른 채 16년을 기다리는 동안 양과는 신조협으로 불리며 강호에서 이름을 날린다. 양과와 소용녀는 우여곡절 끝에 절정곡 밑 계곡에서 재회하고 양과는 양양성에서 몽고군을 물리치는 데 큰 공을 세운 후 소용녀와 함께 강호를 떠난다. 『신조협려』에는 총 16명의 여성 인물이 등장한다. 정신적 스승(현로)에는 소용녀,

관문 수호자에는 영고, 전령관에는 손 노파, 변신자재자에는 곽부, 그림자에는 이막수, 홍능파, 구천척, 협력자에는 곽양, 황용, 육무쌍, 정영, 공손녹악, 소용녀, 손 노파, 곽부, 장난꾸러기/익살꾼에는 곡 낭자가 해당한다.

가. 영웅 - 양과(楊過)

양과는 아버지 양강과 어머니 목염자 사이에 태어난 사생아이다. 목염자는 양과가 11살 되는 해 병으로 죽고 양과는 고아가 된다. 양과의 이름은 목염자의 임신 당시 황용이 지어 준 것으로 아버지 양강처럼 나쁜 길을 선택하지 말고 개과천선(改過遷善)하라는 의미이다. 어린 양과는 성정이 강하고 오만해서 남에게 신세 지기를 싫어하며 머리가 아주 똑똑하지만 어른 말을 잘 듣지 않고 교활하다. 또 곧잘 상대방을 골탕 먹이거나 오기를 부려 반항하는 행동을 한다. 양과는 도화도에서 황용이 자신에게 무예를 가르쳐 주지 않고 곽정이 자기를 전진교로 보내자 곽정 부부에게 버림받았다고 생각한다. 그는 반항심으로 전진교에 와서도 사부인 조지경과 잘 지내지 못하다가 결국 크게 싸우고 도망치고 고묘에서 소용녀를 만난다. 양과는 곽정과 달리 예교에 얽매이지 않고 애증관계가 분명한 인물로 묘사되는데 특히 호불호가 너무 뚜렷한 성격은 영웅 양과의 가장 큰 단점이라고 할 수 있다.

'나한테 왜 이렇게 잘해 주는 거지? 그동안 힘든 일도 많이 겪고, 수모도 많이 당했지만 나한테 잘해 주는 사람도 참 많구나. 선자는 말할 필요도 없고, 손 할멈, 홍 방주님, 의부 구양봉, 황 도주, 정영, 육무쌍 그리고 공손녹악 낭자까지. 모두 나에게 너무나 잘해 주는 고마운 사람들이야.

내 운명은 참으로 기구하구나. 잘해 주는 사람은 이렇게 잘 대해 주고, 나

한테 나쁘게 하는 사람은 참으로 악독하니…….'

양과는 친구와 적이 이토록 분명한 이유가 바로 자신의 천성에서 비롯

된 것이라고는 생각지 못했다. 양과 스스로가 자신의 뜻과 맞는 사람에

게는 성의껏 잘 대해 주고, 맞지 않는 사람에게는 철천지원수처럼 대하

기 때문에 다른 사람도 마찬가지로 자신을 그렇게 대한다는 사실을 몰랐

던 것이다.

-『신조협려』 4권, pp.214-215.

크리스토퍼 보글러는 흥미로운 결점은 캐릭터를 인간답게 하며 영웅의

불완전함은 도리어 관객들이 그들에게 이끌리게 한다고 하였다.[54] 곽정

의 경우 너무 모범적인 영웅이라 인간적인 매력이 부족한 반면 양과의 결

점은 오히려 그가 우리와 더 가까운 인간이라는 느낌이 들게 한다. 절정

곡의 구천척은 정화독에 중독된 양과에게 황용의 머리를 가지고 오면 해

독약을 주겠다고 한다. 또 양과는 아버지 양강을 죽게 한 사람이 황용이

라는 것을 알고 곽정과 황용를 죽이러 소용녀와 함께 양양성을 찾아간다.

그는 곽정이 나라를 위해 자신의 목숨도 돌보지 않고 자신을 친아들처럼

대하는 것을 보고 마음속으로 갈등한다.

'내가 지금 곽정을 죽이는 거야 순간이면 끝나겠지만, 그가 죽고 나면

---

54 Christopher Vogler, 앞의 책, p.72.

양양이 위험해진다. 이 성에는 수천, 수만의 아이들이 있겠지? 이 아이들
도 몽고군의 노리개가 되는 것은 아닌가. 내가 나 하나의 원수를 갚기 위
해 수많은 백성의 생명을 해하는 것은 안 될 일이다.'

- 『신조협려』 4권, p.350.

결국 양과는 대의를 위해 자신의 복수를 포기하고 오히려 위기에서 곽
정의 목숨을 구한다. 양과는 소용녀를 기다리는 16년 동안 신조(神鳥)를
통해 독고구패의 검법을 익히고 정상의 무예수준에 이른다. 그는 또한 수
많은 의행으로 강호에서 신조협(神鳥俠)으로 불린다. 우여곡절 끝에 16
년 후 절정곡에서 소용녀와 재회하고 양양성 대전투에서 몽고의 대칸인
몽가를 직접 죽이고 소용녀와 함께 조용히 강호를 떠난다.

나. 정신적 스승(현로) - 소용녀(小龍女)

소용녀는 양과의 사부이자 연인이다. 그녀는 고묘파의 삼대 장문인으
로 아기 때 부모에게 버림받아 중양궁 밖에 버려진다. 손 노파와 사부가
전진교에 찾아와 아기 소용녀를 데리고 가고 그 후 그녀는 쭉 활사인묘
(活死人墓)[55]에서 자라난다. 사부가 돌아가시고 난 후에는 고묘에서 손 노
파와 단둘이 생활한다.

"그녀의 이름이 뭔지는 아는 사람이 없단다. 오늘 우리를 공격해 온 적
의 무리들은 그녀를 소용녀라고 부르더구나. 그러니 우리도 일단 소용녀

---

55 약칭으로 고묘(古墓)라 부른다.

라고 부르는 수밖에. 그러니까 이야기는 18년 전으로 거슬러 올라가야 겠다. 18년 전 어느 날 밤. 중양궁 밖에서 갑자기 아기 우는 소리가 들려왔다. 누군가가 이불에 싸인 아기를 중양궁 앞에 버리고 간 것이지. 사실 중양궁에서 아이를 기른다는 것은 매우 힘든 일이지만 출가한 자들은 자비를 베푸는 것이 원칙이기에 모른 척할 수 없었단다. 그 시기에 나와 마옥 사형은 중양궁에 없었으니 제자들은 어떻게 해야 할지 고민했다고 한다. 그때 마침 어디선가 중년의 부인이 나타나 아이가 가엾으니 자기가 키우겠다고 하여 제자들은 다행이라고 여기며 아이를 그 부인에게 맡겼단다. 나중에 나는 마 사형과 돌아와 상황을 전해 들었지. 그 부인의 생김새를 물어본 뒤에야 그녀가 바로 활사인묘에서 시중을 들었던 여자라는 걸 알았다."

- 『신조협려』 1권, pp.245-246.

양과가 손 노파에게 구조를 받고 손 노파는 학대통과 다투다 죽으면서 소용녀와 양과에게 서로를 보살펴 주라는 유언을 남긴다. 그날 이후 양과는 소용녀를 사부로 모신다. 양과는 소용녀를 만난 14살이 되어서야 비로소 정식으로 무예를 배운다. 소용녀는 그에게 유강세, 요교공벽, 천라지망세, 옥녀심경 등 각종 무예를 가르쳐 준다. 크리스토퍼 보글러는 영웅은 정신적 스승으로부터 여행에 필요한 필수품을 얻는다고 하였다.[56] 양과는 소용녀로부터 무공의 기초를 배우고 고묘파의 무공을 바탕으로 무림고수로 성장한다. 정신적 스승은 또한 부모의 역할도 하는데 사생아로 태어나 4살

---

56   Christopher Vogler, 앞의 책, p.163.

에 엄마를 잃은 양과에게 초기의 소용녀는 보호자의 역할을 한다.

> 양과는 어릴 때부터 홀로 강호를 떠돌아다니며 주로 황량한 야산의 사
> 당에서 잠을 잔 탓에 담이 크고 무서움이 없었다. 그런데 무덤 안에서 홀
> 로 잠을 자자니 석관에 있는 시신들이 생각나서 너무 무서웠다. 소용녀
> 가 연거푸 말해도 그는 대답을 하지 않았다.
> "내 말 안 들려?"
> "무서워요."
> "뭐가 무서워?"
> "몰라요. 혼자 못 자겠어요."
> 소용녀가 눈살을 찌푸렸다.
> "할 수 없지. 그럼 나와 함께 가자."
> 소용녀는 양과를 데리고 방으로 들어갔다. 그녀는 어둠이 익숙해서 평
> 소에는 촛불을 켜지 않지만 지금은 양과를 배려해서 촛불을 하나 켰다.
>
> – 『신조협려』 1권, p.332.

소용녀는 작품 후반부로 갈수록 점차 보호자인 스승에서 누이 더 나아
가서는 연인의 역할을 한다.

다. 관문 수호자 - 영고(瑛姑)

『사조영웅전』에서 관문 수호자 역할을 한 영고는 『신조협려』에서도 관
문 수호자 역할을 한다. 양과와 곽양은 사숙강의 생명을 구하기 위해 그
를 치료할 수 있는 유일한 방법인 구미영호(九尾靈狐)를 구하러 흑룡담으

로 간다. 흑룡담에 간 양과와 곽양은 늪 중간의 한 섬에서 구미영호를 발견한다. 섬은 기문오행에 따라 배치되어 있고 곽양이 기지를 발휘해 섬으로 들어간다.[57] 영고는 이들이 구미영호를 잡아가려면 곽양이 자기와 함께 10년을 살아야 한다고 우긴다. 영고는 양과와 내공을 겨루다가 그의 내공이 대단히 높은 것을 보고 놀란다. 이때 단황야와 구천인이 영고에게 용서를 구하러 오고 영고는 이들에게 주백통을 다시 만나게 해 주면 구미영호를 내어 주고 구천인과도 화해하겠다고 한다.

관문수호자인 영고가 제시한 조건은 주백통을 다시 만나게 해 달라는 것이다. 양과와 곽양은 주백통을 찾아가 그를 설득하지만 주백통은 영고를 절대 만나지 않겠다고 한다.

> "사실대로 말씀드리죠! 영고가 형님을 너무 그리워하고 있습니다. 무슨 일이 있어도 꼭 그분을 만나셔야 합니다."
>
> 주백통은 순간 낯빛이 파랗게 변하면서 두 손을 벌벌 떨더니 정색을 하며 말했다.
>
> "아우, 그런 말을 꺼내려면 이 백화곡에서 나가 주게. 앞으로는 절대 아는 척하지 않을 거야."
>
> 양과는 소매를 휙 털고는 말했다.
>
> "형님. 저를 백화곡에서 쉽게 쫓아내지는 못할 겁니다."
>
> "허허. 나와 겨뤄 보겠다는 건가?"

---

57 『사조영웅전』에서 곽정과 황용이 영고의 초가집에 들어가기 위해 기문오행의 배치를 풀어야 했던 것과 일치하는 설정이다.

"한 수 배워 보지요. 만약 제가 지면 당장 백화곡을 나가서 영원히 찾지 않을 것입니다. 하지만 형님께서 지면 저를 따라 영고를 뵈러 가셔야 합니다."

　　"그건 아니지! 먼저, 내가 너 같은 애송이한테 질 리가 없고, 둘째, 내가 졌다고 하더라도 영고를 만나지는 않을 거야. 절대로."

- 『신조협려』 7권. p.287.

　　양과는 자신이 창시한 암연소혼장(暗然銷魂掌)으로 주백통의 환심을 사고 주백통은 결국 이들과 함께 영고를 찾아간다. 영고는 기쁨에 겨워 대성통곡하고 양과에게 구미영호 두 마리를 내어 준다. 양과는 구미영호를 얻어 만수산장으로 돌아가 사숙강의 목숨을 구한다. 영고는 주백통과 다시 만난 후 일등대사와 함께 셋이서 백화곡에 함께 머물며 여생을 보낸다.

라. 전령관 - 손 노파(孫老婆)

　　손 노파는 소용녀의 사부를 모시는 여종이었다. 사부가 돌아가시자 손 노파는 소용녀와 함께 고묘에서 서로 의지하며 살아왔다. 그녀는 조지경에게 쫓겨 절벽에서 뛰어내렸다가 독벌에 쏘여 기절해 있는 양과를 구해 준다. 고묘파의 규율에 따르면 외부인 특히 남자가 무덤 안에 들어와서는 안 되지만 그녀는 위급한 상황의 어린아이라 금기를 어기고 데려온다. 손 노파는 정성을 다해 양과를 보살펴 주고 양과가 이제까지 겪은 이야기들을 듣고 진심으로 그를 위로해 준다. 손 노파는 고묘 앞까지 찾아온 견지병 등의 도사들에게 양과가 끌려가자 양과를 구해 주고 그를 보호하고 변호해 준다.

손 노파는 전진교 도사들에게 양과가 소용녀를 사부로 삼게 되었다고 거짓말을 하고 계속해서 양과를 데려가려고 하는 이들과 맞서 싸운다.

> 손 노파는 뺨이 돼지 머리만큼 크게 부어오른 이 사람이 바로 양과의 사부라는 것을 알았다. 무림의 법도를 논하자 순간 대꾸할 말을 찾지 못 한 그녀는 그저 되는 대로 억지를 부릴 수밖에 없었다.
> "어쨌든 난 애를 내줄 수 없으니 어쩔 셈이냐?"
> "그 아이와 무슨 관계라도 있소? 대체 왜 끼어드는 것이오?"
> 조지경의 호통에 손 노파는 지지 않고 소리를 질렀다.
> "이 아이는 이제 전진교 문하가 아니다. 우리 소용녀 아가씨를 사부로 섬기게 되었으니 이 아이가 잘하고 잘못하고는 소용녀 아가씨만 간섭할 수 있다. 그러니 쓸데없이 참견하지 말고 돌아가라."
>
> - 『신조협려』 1권, p.301.

손 노파는 전진칠자 중의 한 명인 학대통과 다투게 되고 학대통이 실수로 중수(重手)를 써 치명상을 입고 죽음에 이른다. 죽기 직전 그녀는 소용녀에게 양과를 평생 돌봐 주라고 부탁하고 양과에게는 소용녀를 평생 보살피라고 부탁한다. 손 노파의 죽음으로 인해 학대통도 소용녀에게 양과를 요구하지 않고 데리고 가라고 한다. 손 노파는 이렇게 양과가 전진교에서 고묘파로 입문하고 소용녀와 사제 관계가 되게 이끌어 주는 역할을 하고 죽는다. 양과는 손 노파의 희생으로 전진교에 복수하겠다는 동기를 부여받고 소용녀에게 열심히 무예를 배운다.

마. 변신자재자 - 곽부(郭芙)

곽부는 곽정과 황용의 큰딸이다. 곽정은 의형제의 아들인 양과와 곽부를 혼인시키는 것이 평생의 숙원이다. 어렸을 때 곽부와 양과는 도화도에서 잠시 함께 지내지만 양과가 물의를 일으킨 후 전진교로 보내지자 거의 8년이 지나서야 육가장의 영웅대연에서 처음으로 다시 만난다. 양과와 곽부는 처음에는 서로 호감을 느끼지만 양과가 제멋대로인 곽부에 맞춰 주지 않자 둘은 티격태격하는 사이가 된다. 이런 양과에게 곽부는 점점 무례하게 굴고 무씨형제의 싸움을 말리기 위해 양과가 그들에게 한 이야기를 듣고 그와 다투다 양과의 한쪽 팔을 자르기까지 한다.

> 양과는 더욱 화가 치밀고 머리가 어지러워져 저도 모르게 손을 들어 곽부의 얼굴을 때렸다. 화가 난 나머지 힘껏 때렸기 때문에 곽부는 눈앞이 어질어질했다. 한쪽 뺨이 즉시 붉게 부어올랐다. (……)
> '이 녀석은 내 동생을 해하려 한 비열한 놈이다. 널 죽여 동생의 복수를 했다고 하면 아빠 엄마도 책망하지 않으실 거야.'
> 양과는 힘없이 바닥에 쓰러진 뒤 오른팔을 들어 가슴을 보호했다. 그의 눈에는 동정을 구하는 빛이 전혀 보이지 않았다. 곽부는 분노가 극에 달해 손에 힘을 주어 검을 내리쳤다.
>
> – 『신조협려』 5권, pp.222-223.

양과는 이 일로 곽부에게 복수하려는 마음으로 어린 곽양을 데리고 고묘로 가 버린다. 곽부는 곽양을 찾으러 고묘에 갔다가 소용녀를 이막수로 오해하고 빙백은침(冰魄銀針)을 쏘아 소용녀에게 치명상을 입히고 생명을 위험하게 한다. 곽부는 양양대전에서 양과가 자신과 남편을 구해 주자 비로소 양과에게 진심으로 고마움을 느끼고 그에 대한 자신의 진심을 깨닫게 된다.

이렇게 양과와 곽부는 처음에는 친한 동문지간으로 관계를 시작하지만 공주처럼 자라 뭐든지 자기에게 맞춰 줘야 하는 곽부의 성격 때문에 점차 관계가 멀어지게 된다. 곽부가 양과의 팔을 자르고 나서 관계는 더 소원해지고 곽부로 인해 소용녀가 죽을 위기에 처하자 양과는 아예 그녀를 원수처럼 대한다. 그럼에도 불구하고 양과는 여러 번 곽부의 목숨을 구해 주고 작품의 마지막에 곽부도 사실 자기가 양과를 좋아했음을 깨닫고 우호적인 관계로 바뀐다.

바. 그림자 - 이막수(李莫愁), 홍능파(洪凌波), 구천척(裘千尺)

이막수는 고묘파 소용녀의 사저이자 홍능파와 육무쌍의 사부이다. 그녀의 무기는 불진(佛塵)과 빙백은침이라는 암기이다. 그녀는 그림자 유형의 성취되지 못한, 수용 거부당한 측면의 에너지를 잘 보여 준다.[58] 그녀는 사부에게 쫓겨나고 육전원에게 버림받은 이후 포악한 성격으로 변한다. 그녀는 사부가 소용녀만 편애하여 자기에게는 『옥녀심경』을 전수해 주지 않았다고 생각하고 그 사실에 한을 품고 있다. 또한 연인 육전원이 자신이 아닌 하원군과 결혼하자 그가 이미 죽었음에도 동생 일가를 몰살시켜 버린다. 이막수는 이렇게 수많은 악행으로 강호에서 악명을 떨친다. 이막수는 소용녀로부터 『옥녀심경』을 빼앗기 위해 고묘로 돌아오고 이막

---

58   Christopher Vogler, 앞의 책, p. 105.

수의 공격으로 양과와 소용녀는 평생 고묘에서 머물려고 했던 계획과 달리 고묘에서 도망쳐 나와 강호를 떠돌게 된다. 이막수는 작품 내내『옥녀심경』비급을 빼앗기 위해 양과와 소용녀를 뒤쫓는다.『옥녀심경』은 비서로 남아 있는 것이 아니라 고묘 안에 새겨져 있지만 이막수는 죽는 순간까지도 이 사실을 모른다. 그림자 이막수에게 다분히 인간적인 면도 있다. 그녀는 양과와 소용녀의 서로의 목숨을 아끼지 않는 사랑을 부러워하는 한편 곽양을 납치했을 때 아기가 소용녀와 양과의 아기라고 생각하면서도 정성으로 돌보아 준다.

> 이막수는 아기 옆에 앉아서 천천히 불진을 흔들며 숲의 모기며 곤충들을 쫓아 주었다. 수많은 사람들을 죽음으로 몰아넣었고 무림을 벌벌 떨게 하는 불진이 처음으로 좋은 용도에 쓰이고 있는 순간이었다. (……) 양과는 예전에 정영과 육무쌍이 했던 말을 떠올렸다. 이막수가 이렇게 악독해진 데는 필시 무슨 가슴 아픈 사연이 있을 터. 양과는 이막수라면 치가 떨렸지만 지금 그녀의 모습을 바라보고 있자니 동정심과 가련한 마음이 일었다.
>
> — 『신조협려』5권, pp.151-152.

이막수는『오독비전』을 훔쳐간 제자 육무쌍을 쫓아 절정곡까지 왔다가 정화독에 중독되고 고통을 이기지 못하고 발작 증세를 보이며 스스로 불길에 몸을 던져 생을 마감한다.

홍능파는 이막수의 제자로 작품에서 비중이 그리 큰 인물은 아니다. 어떻게 해서 이막수의 제자가 되었는지도 나오지 않는다. 이막수가 가는 곳이면 어디든 동행해 악행을 함께 하며 사부의 명령에 절대적으로 복종한다. 홍능파는 이막수에게 고묘에 가서 『옥녀심경』을 빼앗아 오자고 여러 차례 설득하지만 이막수가 자기 말대로 하지 않자 혼자 고묘를 찾아간다.

> 홍능파는 병색이 완연한 소용녀의 얼굴을 바라보았다. 앞가슴에 피가 맺혀 있었고 말할 때 심하게 숨을 헐떡거리는 것이 중병이 든 것처럼 보였다. 일단 경계심을 조금 늦출 수 있었다.
>
> '정말 하늘이 내린 기회가 아닌가. 뜻밖에 이 홍능파가 활사인묘의 후계자가 되겠구나.' (……)
>
> "사숙님, 사부님께서 저에게 『옥녀심경』을 받아오라 하셨습니다. 『옥녀심경』을 주시면 즉시 사숙님을 치료해 드리겠습니다." (……)
>
> 홍능파는 문파의 비급을 마침내 손에 넣을 수 있다는 생각에 마음이 급해져 더는 참을 수가 없었다. 그녀는 차가운 미소를 지으며 품에서 길다란 은침 두 개를 꺼냈다.
>
> "사숙님, 이 침을 아시는지요. 어서 『옥녀심경』을 내놓지 않으면 제가 무례를 저지를지도 모르겠습니다."
>
> - 『신조협려』 2권, pp.85-86.

홍능파 역시 인간적인 면모도 보인다. 그녀는 이막수에게 납치당해 온 육무쌍을 돌봐 주고 이막수가 그녀를 죽이지 않고 제자로 받아들이게 도와준다. 절정곡에서 이막수가 정화 덤불 밖으로 나오기 위해 그녀를 발디딤판으로 삼으면서 잔인하고 허망하게 죽는다.

구천척은 철장방 구천인의 누이이자 절정곡주 공손지(公孫止)의 부인
이다. 구천척 역시 수용 거부당한 어두운 에너지를 표현하는 인물이다.
남편인 공손지가 몸종과 바람이 나자 이 둘을 정화독에 중독시키고 공손
지에게 해독약을 한 알만 주어 그가 스스로 정인(情人)을 죽이게 한다. 공
손지는 이에 구천척에게 복수하려고 그녀에게 술을 먹이고 사지를 끊어
지하동굴에 던져 버린다. 구천척은 10년간 지하동굴에서 대추 열매를 먹
으며 살아남아 입으로 대추씨를 발사하는 특이한 무공을 익힌다. 공손지
에 의해 양과와 공손녹악도 지하동굴에 떨어지게 되고 10년 만에 딸과 재
회해 밖으로 탈출한다. 구천척은 자신을 구해 준 양과에게 오빠를 죽인
원수 황용의 머리를 가지고 와야 해독약을 주겠다고 협박한다. 양과는 구
천척의 협박으로 곽정과 황용을 죽이기 위해 양양성으로 찾아가지만 끝
내 복수를 포기한다. 사정을 알게 된 황용이 직접 절정곡으로 찾아오지만
구천척은 끝내 진짜 해독약을 주지 않고 오히려 양과에게 자신의 딸과 결
혼하라고 종용한다. 철천지원수인 남편 공손지를 유인해 지하동굴에 떨
어뜨리려고 하다가 본인도 함께 떨어져 한날한시에 죽는다.

사. 협력자 - 곽양(郭襄), 황용(黃蓉), 육무쌍(陸無雙), 정영(程英), 공손녹악 (公孫綠萼), 소용녀(小龍女), 손 노파(孫老婆), 곽부(郭芙)

곽양은 곽정과 황용의 둘째 딸이다. 그녀는 양양성 전투 중에 태어나 바
로 이막수에게 납치된다. 양과는 이막수를 쫓아가 그녀가 곽양을 해치지
못하게 보살펴 주지만 곽부에게 팔이 잘린 그는 복수심에 황용과 이막수
가 싸우는 사이 곽양을 데리고 고묘로 가 버린다. 갓난아기인 곽양은 양
과 소용녀와 함께 꽤 오랜 시간 여행을 하다 절정곡에서 비로소 엄마에게

넘겨진다. 곽양은 어린 시절 양과와의 인연을 모르고 한 객잔에서 신조협의 소문을 듣고 그를 흠모한다. 그녀는 대두귀를 통해 양과를 직접 만나게 되고 그와 함께 구미영호를 찾는 모험을 한다. 또 양과와 함께 주백통을 찾으러 백화곡까지 같이 가기도 한다. 그녀는 양과와 소용녀의 이야기를 듣고 그들의 사랑을 진심으로 응원해 준다.

"오빠 부인은 어떤 사람이에요? 어떻게 만났어요?"

"처음에는 내 사부였지. 어릴 때 항상 무시당하기만 했는데 그런 나를 거두어서 무공을 가르쳐 줬어. 나한테 참 잘해 줬지. 난 진심으로 좋아했고 그녀도 날 진심으로 좋아했단다. 그런데 내가 부인으로 맞으려고 하자 아주 많은 사람들이 반대했어. 사부와 제자는 절대 혼인을 할 수 없다고 말이야. 그런데도 우린 부부가 되었단다."

곽양은 손뼉을 치며 좋아했다.

"멋져요! 그럼요, 그래야죠! 큰오빠, 오빠는 진정한 영웅이고 부인도 진정한 영웅이에요. 모두들 반대했다고요? 피! 젠장, 웃기고들 있네, 이런 미안해요. 욕을 배워서……."

곽양은 얼굴이 빨개지며 손으로 입을 막았다. 양과는 그런 곽양이 너무 귀여워서 번쩍 안아서 주백통이 그랬던 것처럼 위로 세 바퀴 돌려서 던진 뒤 받아 안았다.

"이렇게 축하를 받는 것은 처음이야. 정말 고맙다."

– 『신조협려』 7권, p.307.

곽양는 황용으로부터 양과가 소용녀를 기다리는 이유와 실제 상황에 대해 듣는다. 그녀는 16년이 되는 날 소용녀가 나타나지 않으면 양과가 자살할 것이라는 생각에 집을 나와 그를 찾아간다. 양과가 단장애에 몸을 날리는 순간 그곳에 도착한 곽양은 자신의 안위는 아랑곳하지 않고 뒤따라 몸을 날린다. 양과와 소용녀가 재회한 후 이들은 몽고군에 인질로 잡혀 있던 곽양을 구해 준다. 곽양은 양과와 함께 있고 싶지만 두 사람의 행복을 빌어 주기로 한다. 곽양은 비록 여자 주인공은 아니지만 작품에서 꽤 큰 비중을 차지하는 인물이다. 그녀는 양과가 소용녀를 기다리면서 성격이 점점 어두워지고 염세적으로 변하는 시기에 그와 만난다. 양과는 처음에는 데면데면하게 곽양을 대하지만 곽양의 순수하고 밝고 긍정적인 성격에 점차 마음을 열고 그녀의 생일에 세 가지 큰 선물을 하기도 한다. 곽양은 양과가 힘든 시기에 그와 함께 모험을 하며 그가 감정적으로 치유되게 하는 협력자 역할을 한다.

황용은 고아가 되어 있는 양과와 만난 후 그가 양강의 아들이라는 이유로 선입견을 가지고 그를 대한다. 곽정이 곽부와 그를 맺어 주려는 것을 반대하고 자기가 양과를 직접 가르치겠다고 해 놓고 그에게 무공을 가르치지 않고 학문만 가르친다.

그때 양과를 바라본 황용은 문득 두려운 생각이 들었다. 고개를 푹 숙인 채 뭔가 이상한 표정을 짓고 있는 양과의 모습이 양강의 모습과 너무 닮았기 때문이었다.

'내가 직접 양강을 죽인 것은 아니었지만, 결국은 나 때문에 죽은 셈이지……. 저 아이를 거두는 건 호랑이 새끼를 키우는 꼴이 될 거야. 언젠가

큰 화근을 불러올지도 몰라.'

육가장에서 열린 영웅대연에서도 황용은 조지경이 자신에게 무술을 하나도 가르쳐 주지 않고 오히려 자신을 괴롭히기만 했다는 양과의 말을 그대로 믿지 않고 천령개를 쳐서 양과의 무예를 시험한다. 그러나 황용은 자신과 곽정을 비롯해 곽부, 곽양 등 가족들의 목숨을 여러 번 구해 주는 양과를 보고 그의 진심을 느끼고 점차 양과의 협력자로 변한다. 황용과 곽부, 무씨형제들이 금륜국사에게 사로잡혔을 때 황용은 임신한 몸으로 딸과 제자들을 데리고 그 자리를 피할 수 있었음에도 양과와 소용녀가 위기에 처하면 도와주기 위해 끝까지 그들의 싸움을 지켜본다.

'목숨을 걸고 나를 구해 줬는데 내 안위만을 생각해서 달아날 수는 없지.'
황용은 무씨형제들의 혈도를 풀어 준 후 만약의 경우에 대비해 계단 끝에 서서 이들의 싸움을 지켜보았다. 그러자 무씨형제들이 연신 재촉했다.
"사모님, 어서 가요, 건강도 안 좋으신데 몸을 생각하셔야죠."
황용은 처음에는 귓전으로 흘려듣다가 연이어 재촉하자 불같이 화를 냈다.
"너희들은 협의도 모르면서 무슨 무공을 연마한단 말이냐? 이런 쓸모없는 것들! 양과가 너희들보다 백배는 낫다. 잘 생각해 보거라."

-『신조협려』 3권, pp.257-258.

양과의 목숨을 구할 해독약이 구천척에게 있음을 알고 자신의 목숨과 해독약을 바꾸기 위해 절정곡을 찾아가기도 하며 양과가 단장애 밑으로 떨어진 것을 알고서 그를 구하러 절벽 밑으로 내려가 연못을 직접 수색한 것도 황용이었다. 16년 후에 만나자는 소용녀의 메시지를 보고 괴로워하는 양과에게 가짜 남해신니 이야기를 들려주어 그가 죽지 않고 살아갈 이유를 만들어 준 것도 그녀이다.

육무쌍은 이막수의 연인 육전원의 조카로 이막수가 육립원 일가를 몰살시키려 찾아온 날 사촌 언니 정영 및 무씨형제와 꽃을 따며 놀다가 다리가 부러진다. 무 부인이 그녀를 위해 접골을 하던 때 홍능파가 사부의 명을 받아 습격해 오는 바람에 제대로 접골이 되지 않았고 그 후로 그녀는 왼쪽 다리를 절게 된다. 이막수는 육무쌍의 부모와 하인들을 모두 죽이고 그녀를 납치해 간다. 어린 육무쌍은 자신의 생명이 이막수에게 달려 있음을 알고 최선을 다해 그녀의 비위를 맞추어 살아남는다. 그녀는 이막수와 홍능파가 고묘로 떠난 사이 이막수의 비급 『오독비전』을 훔쳐 달아난다. 그녀는 우연히 소용녀를 찾아 헤매던 바보 행세를 하는 양과를 만나고 처음에는 그에게 함부로 대하다가 점차 그를 좋아하게 된다. 절정곡에서 곽부와 마주친 그녀는 양과의 팔을 자른 그녀와 한바탕 싸움을 벌이고 곽부는 난생 처음 뜻밖의 강적을 만나 당황한다.

"그런데 넌 어때? 너는 양 형의 팔을 자르고 선한 사람을 궁지에 몰아넣는 버릇없는 아이잖아. 그런 행동이 곽 대협 부부와 뭐가 닮았니? 그러니 의심이 들 수밖에."

"의심이라니?"

"흥! 그렇게 머리가 안 돌아가다니."(……)

이쯤 되자 정말 야율제가 자신을 무시하는 것은 아닌지 의심스러웠다. 게다가 그녀는 어려서부터 부모의 사랑을 독차지했고, 무씨형제는 그녀의 말이라면 죽는 시늉도 하곤 했다. 양과와 가끔 부딪치는 일이 있긴 했지만, 그밖에는 누구도 그녀의 뜻을 거스르지 못했다. 그러다 오늘 뜻밖의 강적을 만나다 보니 제정신을 잃은 듯했다.

- 『신조협려』 7권, pp.25-27.

절정곡에서 16년 후에 만나자는 메시지를 보고 절망하는 양과의 곁에서 정영과 함께 그의 곁에 머물며 그를 위로해 주기도 한다.

정영은 육무쌍의 이종사촌으로 부모가 일찍 죽은 후 육무쌍의 부모에게 맡겨진다. 이막수가 육가장에 찾아와 육립정 일가를 몰살시키려고 했을 때 정영은 죽을 뻔하다가 마침 지나가던 황약사의 도움을 얻어 목숨을 구한다. 그 후 그녀는 황약사의 마지막 제자가 된다. 정영은 영리함이나 기지는 황용만 못하지만 세심하고 꼼꼼한 성격이라 황약사의 재주를 상당히 물려받을 수 있었다. 무공에 조금 자신이 생기자 그녀는 사부에게 고하고 사촌 동생을 찾기 위해 길을 나섰다.[59] 그녀는 이막수에게 납치된 육무쌍을 구하러 가는 길에 우연히 양과를 만나고 그 후 그를 좋아하게 된다. 정영은 육무쌍, 곡 낭자 등과 양과의 모험에 함께하는 한편 양과가 곡 낭자를 통해 자기 아버지를 죽게 만든 사람이 황용이라는 것을 알고

---

59 김용, 이덕옥 옮김, 『신조협려』 3권, 김영사, 2005, p.312.

분노하자 양과에게 따뜻한 위로와 충고의 말을 건넨다. 양과 역시 그녀의 마음을 받아들인다.

> "양 소협, 부모님의 원수와는 같은 하늘 아래에 살 수 없다고 했지요. 물론 원수를 갚아야겠군요. 허나 충고하고 싶은 말이 있어요." (……)
>
> "제 사자가 바보스럽기는 해도 우직해서 거짓말은 하지 않아요. 하지만 정신이 또렷하지 않아 때로는 헷갈려서 잘못 알고 있는 경우도 있죠. 복수를 하지 말라고는 하지 않을게요. 하지만 행동에 옮기기 전에 꼭 세 번은 다시 생각해 주세요. 제가 한 말 잊지 마세요. 원수를 잘못 안 게 아닐까, 혹 잘못 알았다면 어떻게 할까? 또 정말 행동을 해야 할 때가 오더라도 다시 한번 신중히 생각해 보겠다고 약속해 주세요. 절대 후회하지 않도록 행동하겠다고요." (……)
>
> 양과는 고개를 끄덕이며 두 팔을 뻗어 가볍게 정영을 안아 주었다. 정영은 얼굴이 온통 빨개졌고 눈에는 따뜻한 정이 넘쳐흘렀다.
>
> – 『신조협려』 2권, p.43.

정영은 육무쌍과 함께 절정곡에서 소용녀가 사라지고 절망하는 양과의 곁을 지켜 주는 등 양과의 뒤에서 끝까지 양과를 응원하고 도와주는 역할을 한다.

공손녹악은 절정곡주 공손지와 구천척의 딸로 아버지 밑에서 무공을 익히며 극도로 감정을 절제하며 자랐다. 그녀는 자유롭고 활발한 양과를 보고 첫눈에 반한다. 공손녹악은 양과가 아버지 때문에 정화독에 중독되자 몰래 해독약을 훔치러 갔다 아버지에게 들킨다. 양과는 그녀를 구하러 갔다가 함께 지하동굴로 빠지고 그곳에서 구천척을 만난다. 구천척은 양과에게 딸과의 결혼을 종용하고 공손녹악은 그런 어머니로부터 양과를 보호해 준다.

> "어머니, 양 대형이 도와주지 않았다면 어머니는 지금도 석굴에 갇혀 계셨을 거예요. 양 대형이 어머니께 잘못한 일도 없잖아요. 은혜를 입었으면 갚아야죠. 그의 몸에 퍼진 독을 풀 방법을 알려 주세요."
>
> - 『신조협려』 4권, p.317.

그녀는 황용이 내기에서 이겼음에도 어머니가 해독약을 내놓지 않자 공손지로부터 해독약을 구하려다 아버지의 칼에 목숨을 잃는다. 절정곡에서 양과의 위기의 순간마다 그를 도와준 협력자이다.

소용녀는 양과의 정신적 스승인 동시에 협력자 역할을 한다. 그녀는 양과와 함께 『옥녀심경』을 익힌다. 『옥녀심경』은 두 사람이 하나의 마음으로 연마해야 하는 무공으로 양과와 소용녀는 『옥녀심경』으로 힘을 합쳐 금륜국사와 공손지 등 무림 고수들을 이겨 낸다. 소용녀는 양과의 목숨을 살리기 위해 16년 뒤에 만나자는 메시지를 남기고 단장애 밑으로 몸을 날리고 16년 동안 연못 밑 계곡에서 홀로 산다.

손 노파는 전령관이자 동시에 협력자 역할을 한다. 손 노파는 외부인, 특히 남자가 무덤 안으로 들어와서는 안 된다는 금기를 어기고 부상당한 양과를 구조해 주고 양과의 그간 이야기를 들으며 줄곧 양과의 편을 들어 준다. 그녀는 자신을 살갑게 대해 주는 양과를 보며 양과를 보호해 주기로 결심한다. 전진교 도사들이 고묘로 양과를 찾아오자 그를 대신해 전진교 도사들과 싸우고 그 과정에서 목숨을 잃는다.

곽부는 변신자재자이자 동시에 협력자인 인물이다. 그녀가 자기 뜻대로 들어주지 않는 양과에게 사납게 굴고 양과와 소용녀에게 적대적으로 군 것은 사실이지만 곽부는 기본적으로 양과에게 호감이 있고 그와 잘 지내고 싶어 한다. 양과의 팔을 자르고 소용녀의 목숨을 위태롭게 해 원수처럼 지냈지만 양과가 끊임없이 자신과 가족들의 생명을 구해 주자 마지막 순간에 곽부도 그의 협력자로 돌아온다.

> 곽부는 양과 앞으로 다가가서 공손하게 절을 했다.
> "양 오빠, 제 일생 동안 오빠에게 미안한 짓만 했는데도 이렇게 넓은 아량으로 과거의 허물을 덮어 주니……."
> 곽부는 더 말을 잇지 못하고 목이 메었다. (……)
> "동생, 우린 어려서부터 함께 자랐어. 비록 이런저런 일들이 있기는 했지만, 그래도 남매나 다름없다고 생각해. 날 미워하고 싫어하지만 않는다면 난 괜찮아."
>
> – 『신조협려』 8권, pp.277-278.

아. 장난꾸러기/익살꾼 - 곡 낭자(曲娘子)

곡 낭자는 『사조영웅전』에 이어 『신조협려』에서도 장난꾸러기/익살꾼 역할을 한다. 곡 낭자는 황약사 밑에서 배운 간단한 무공으로 악녀 이막수를 물리친다. 바보 같은 그녀가 간단한 몇 가지 공격만으로 무림의 고수 이막수를 이기는 장면은 독자로 하여금 통쾌함을 느끼게 한다. 이 밖에도 곡 낭자는 작품 곳곳에서 웃음을 주고 긴장을 풀어 주는 역할을 수행한다. 육무쌍을 잡으러 온 이막수는 슬픈 음악과 노래로 양과와 정영, 육무쌍의 마음을 흩트리고 그사이에 불진으로 셋을 동시에 공격하려 한다. 그런데 그때 곡 낭자가 나타나 밝고 경쾌한 노래로 이막수의 공격을 방해한다.

"슬픈 곡을 타란 말이다! 세상은 고통이다. 살아서 기쁜 일이 뭐가 있겠느냐!"

이막수는 불진을 멈추고 차가운 표정으로 노래를 시작했다. (……) 버림받은 여자가 슬픔을 삼키는 듯, 억울한 원한으로 구천을 떠도는 귀신이 통곡을 하는 듯 구슬픈 곡조였다.

서로 손을 맞잡은 양과와 자매는 노래를 듣다 보니 솟아나는 슬픔을 막을 길이 없었다. (……) 이막수의 노랫소리는 점점 낮아지다가 나중에는 거의 들리지 않게 되었다. 세 사람이 모두 눈물을 흘리면 불진을 휘둘러 단숨에 목숨을 거둘 생각이었다. 그런데 노랫소리가 가장 구슬프로 애절한 대목에 이르는 순간, 움막 밖에서 웃음소리와 함께 누군가 박수에 맞춰 노래를 부르는 소리가 들렸다. (……) 구슬프게 이어지던 이막수의 노래가 그 가락에 일순 흐트러지고 말았다. (……) 오히려 이막수의 노래가 그녀 때문에 뒤엉켰다. 이막수는 화가 머리끝까지 치밀었다.

– 『신조협려』 4권. pp.33-35.

그녀는 양과에게 아버지 양강을 죽음에 이르게 한 사람이 황용이라는 것을 이야기를 하고 다시 등장하지 않는다.

3. 『의천도룡기(倚天屠龍記)』

때는 원말(元末). 무림에는 '도룡도를 얻는 자 천하를 얻는다'는 말이 떠돈다. 장무기의 아버지 장취산(張翠山)은 도룡도 때문에 화를 입은 사형 유대암(兪岱嚴) 사건을 조사하다 장무기의 어머니 천응교 은소소(殷素素)를 만나게 된다. 그들은 천응교의 도룡도 양도입위행사[60]에 도룡도를 뺏으러 온 무림에서 악명 높은 사손(謝遜)을 만난다. 사손은 도룡도의 비밀을 밝힐 때까지 함께 있어야 한다며 장취산과 은소소를 데리고 북방의 무인도(빙화도)로 함께 간다. 이 둘은 부부의 연을 맺고 이곳에서 장무기를 낳고 장무기가 태어난 날 사손과 의형제를 맺은 후 10년을 보낸다. 사손은 장취산 가족이 계속해서 빙화도에 살 수는 없다고 생각해 그들을 중원으로 보내지만 이들은 중원에 도착하자마자 도룡도와 사손의 행방을 찾는 무리들에 끊임없이 쫓긴다. 무당산에 도착한 장취산은 사형 유대암을 해친 사람이 부인 은소소와 그의 오빠 은야왕이라는 것을 알게 되고 이 일에 책임을 지기 위해 사부 장삼봉(張三丰)에게 아들을 부탁하고 자결한다. 남편이 자신 때문에 죽는 것을 본 은소소도 아들에게 자신들을 겁박한 이들에게 복수를 하라는 유언을 남기고 자결한다. 고아가 된 장무

---

60   무림에 정식으로 한 도(刀)가 본파의 소유가 되었음을 밝히는 행사.

기는 현명신장이라는 독에 중독되어 목숨이 위태롭게 된다. 장삼봉은 장무기를 구하기 위해 소림사까지 갔다가 문전박대 당한다. 그가 장무기의 치료를 포기하고 있던 때 우연히 만난 명교 상우춘(常遇春)이 의선 호청우(胡青牛)를 통해 장무기를 꼭 치료하겠다고 하자 그에게 장무기를 맡긴다. 장무기는 몇 년간 호청우에게 의학을 배우고 독학(毒學)을 공부하여 의술이 일정 경지에 오른다. 한편 곤륜산에서 자신을 속여 도룡도를 갈취하려는 계략을 짜던 주장령에게 쫓기다가 들어가게 된 동굴에서 우연히 『구양진경(九陽眞經)』을 발견하여 독학하게 된다. 그는 『구양진경』을 익혀 몸의 한독을 치료하고 높은 무공에 다다르게 된다. 그는 명교 본산인 광명정에 끌려갔다가 아소와 함께 명교 비밀통로에서 비급 『건곤대나이법』을 발견하여 익히게 되고 이로 인해 짧은 시간 안에 무림 최고의 고수가 된다. 그는 육대문파로부터 공격받던 명교를 구하고 명교의 교주가 된다. 한편 몽고 여양왕의 딸 조민은 중원의 무림을 해체시키고 몽고에 귀순시키기 위해 명교 및 육대문파의 토벌 전략을 실시한다. 장무기는 조민의 작전에서 만안사에 갇혀 있던 육대문파를 모두 구해 낸다. 일련의 사건을 거치며 장무기와 조민은 비록 적이기는 하지만 서로 좋아하는 사이가 된다. 장무기는 조민 외에도 여러 과정에서 만난 주지약, 아리, 아소도 동시에 좋아하게 된다. 이들은 장무기와 함께 양부 사손을 구하기 위한 모험을 함께한다. 그 과정에서 아소는 페르시아 명교의 교주가 되어 떠나고, 나머지 일행은 무인도에서 하룻밤을 지내게 되는데 다음 날 눈을 떠보니 아리는 죽고 조민과 도룡도, 의천검은 사라지고 없다. 장무기는 이것이 조민의 소행이라고 믿고 사손의 권유로 주지약과 약혼을 한다. 중원으로 돌아온 후 사손은 갑자기 사라지고, 장무기와 주지약이 혼례를 올리려는 순간 조민이 나타나 자기를 따라오면 사손의 행방을 알려 줄 것이라고 한다. 이때 사손은 사부이자 원수인 성곤의 계략에 의해 소림사에 갇혀 있다. 소림사는 도사(屠獅)영웅대회를 열어 무림 고수들을 불러 모으고 이 대회에서 파혼 후 악독하게 변한 주지약이 승리한다. 주지약이 사손을 죽여 장무기에 대한 복수를 하려던 찰나 황삼여인이 나타나 주지약을 저지한다. 사손은 출가하고 죽은 줄 알았던 아리도 소림사에 나타난다. 주지약이 장무기와 조민의 관계를 인정하면서 이야기는 마무리가 되고 장무기는 명교 교주의 신분을 내려놓고 조민과 함께 북방으로 떠난다. 『의천도룡기』에는 약 20여 명의 여성 인물이 등장한다. 정신적 스승(현로)에는 은소소, 관문 수호자에는 왕난고, 전령관에는 기효부, 변신자재자에는 주지약, 그림자에는 멸절사태, 반숙한, 금화파파, 정민군, 협력자에는 조민, 아리, 아소, 황삼여인, 양불회, 기효부, 주지약, 사홍석, 장난꾸러기/익살꾼에는 사홍석이 해당한다. 프롤로그에서 등장해 장무기와 겹치는 기간이 없는 곽양과 이름만 잠깐 등장하는 단역은 인물 유형 분류에서 제외하였다.[61]

가. 영웅 - 장무기(張無忌)

장무기는 무당파 장취산의 아들이자 천응교 교주의 딸 은소소의 아들이다. 또 명교 사대호교법왕 사손의 양자이다. 장무기는 10살 되던 해 중원에 오자마자 고아가 되고 현명신장에 중독된다. 그는 목숨이 얼마 남

---

61 곤륜파 위사랑 및 열두 명의 아미파 제자들, 『사조영웅전』 및 『신조협려』와 달리 상대적으로 여성 단역 인물들이 많이 등장하는 것도 『의천도룡기』의 특징 중 하나이다.

지 않았지만 자신의 힘으로 상우춘과 유대암 사숙을 치료하고 싶다는 마음에 호청우 밑에서 열심히 의학을 익혀 명의의 수준에 오른다. 크리스토퍼 보글러는 영웅의 여행은 대부분 가족과 부족에게서 분리되는 것과 관련된 스토리이며, 이는 유아가 엄마에게서 분리될 때 경험하게 되는 느낌에 상응한다고 하였다.[62] 장무기 역시 작품 초반에 바로 부모를 여의고 병을 치료하기 위해 무당파를 떠나 명교인 호청우에게 보내진다. 그 후로도 그는 한참 동안 혼자 강호를 떠돈다. 장무기는 우연한 기회에 『구양진경』과 『건곤대나이법』 등 당대 최고의 무림비급을 독학하게 되고 장삼봉에게 태극검법도 전수받아 스무 살이 갓 넘은 나이에 무예에 있어서는 최고의 경지에 오르게 된다. 그는 태사부 장삼봉의 당부에 따라 명교에 입교하지 않으려고 최대한 노력하지만 본인의 뜻과 무관하게 많은 사람의 추대를 받고 명교의 교주에 자리에 오른다. 조국의 원수 몽고의 황족인 조민과 가까이하지 않으려고 노력했지만 끝내 그녀에게 마음을 주게 된다. 의천도룡기를 통해 작가는 정파는 옳고 사파는 나쁜 것인지, 한족은 옳고 몽고족은 나쁜 것인지 등 우리의 가치관에 대한 질문을 던진다. 장무기가 곽정, 양과와 가장 큰 차이점은 원수를 갚아야 한다는 복수심이 없다는 것이다.

> " (……) 내가 만약 주 소저를 죽인다면 당신은 날 어떻게 대할 거죠?
> 날 죽여서 원수라도 갚아 주실 건가요?" (……)
> "내 부모님은 남에게 핍박을 받아 돌아가셨소. 부모님을 죽게 만든 사

---

62 Christopher Vogler, 앞의 책, p.67.

람들은 소림파, 화산파, 공동파, 이런 명문정파 사람들이었오. 그런데 나이가 들고 사리 판단을 분명히 할 수 있을 때가 되자 부모님의 진정한 원수가 도대체 누구인지 알 수가 없었소. 도대체 누가 부모님을 죽음으로 몰아넣었을까? (……) 이 잘못된 사건의 내막에는 운명이랄까 아니면 하늘의 도리라고나 할까, 이해하지 못할 아주 우연한 요소들이 숱하게 개재되어 있소. 설령 그 사람들이 진범이라고 해서 내 손으로 낱낱이 찾아내어 죽여 없앤들 그게 또 무슨 소용이 있겠소? 원수를 갚든 말든 어쨌거나 부모님은 살아서 돌아오시지 못하는데 말이오. (……) 모든 사람들이 살인을 저지르지 않고 친구처럼 화기애애하게 사귈 수만 있으면 오죽이나 좋으랴? 부모님이 돌아가신 일은 나도 말로 형언하지 못할 만큼 가슴 아프게 여기고 있소. 하지만 그렇다고 내 자신이 사람을 죽여 보복하고 싶지는 않소. 또 다른 이가 남을 죽이고 해치기를 바라지도 않소."

– 『의천도룡기』 6권. pp.126-127.

장무기가 곽정, 양과와 다른 또 하나의 특이할 만한 점은 동시에 네 여인에게 사랑받았고 또 본인 스스로도 네 여인 모두를 사랑했다는 것이다. 마지막에 조민을 선택하기는 했지만 그는 넷 모두를 사랑하는 마음을 숨기지 않았다. 장무기는 명교 교주의 자리를 계속 불편해하던 시기에 조민과의 관계 등에 불만을 가진 주원장 세력의 저항에 부딪히자 교주의 자리를 내려놓고 조민과 함께 북방으로 떠난다.

나. 정신적 스승(현로) - 은소소(殷素素)

은소소는 천웅교 교주 은천정의 딸로 장취산의 아내이자 장무기의 엄마이다. 은소소는 오빠 은야왕과 함께 유대암을 공격하여 도룡도를 갈취하고 용문표국에게 거금을 주어 전신이 마비된 유대암을 무당산까지 운송하게 한다. 무당산 아래에서 가짜로 마중 나온 악인들이 유대암을 빼돌려 도룡도의 행방을 묻고 그의 전신 뼈마디를 끊어 폐인으로 만든다. 은소소는 임무를 제대로 완성하지 못한 용문표국 일가족을 몰살시키고 이일을 장취산이 한 것처럼 꾸민다. 그녀는 사건을 조사하러 온 장취산을 만나자 마음이 움직여 그와 함께 도룡도의 양도입위행사에 가게 된다. 그곳에 도룡도를 뺏으러 온 사손에 사로잡혀 셋은 빙화도까지 가게 된다. 악녀였던 은소소는 장취산을 만나고 빙화도에서 생활하면서 성격이 점점 바뀐다.

"당신 말이 맞소. 이제 우리한테 아기가 생겼으니까, 예전처럼 목숨 걸고 싸울 수는 없소. 조용히 잘 있으면 모르거니와 또다시 발작을 일으키면 어쩔 수 없잖소? 죽여 버리는 수밖에…… 눈이 멀었으니 우리를 끝내 어쩌지는 못할 거요."

아기를 가진 뒤부터, 은소소는 마음씨가 착하고 어질어졌다. 옛날 처녀 적에는 외눈 하나 깜짝하지 않고 한꺼번에 수십 명씩이나 죽이고도 거리낌이 없었다. 그런데 이제는 들짐승 한 마리 잡는 것도 차마 손을 대지 못했다. 언젠가 한번은 장취산이 어미사슴 한 마리를 산 채로 잡아 온 일이 있었는데, 새끼사슴이 졸랑졸랑 백곰 동굴까지 따라왔다. 은소소는 그것이 애처로워 어미사슴을 놓아주라고 남편에게 고집을 부렸다. 그 덕분에 부부는 이틀 동안 과일만 먹고 지내야 했다. 그런데 이제 남편에게서 사손을 죽여야 한다는 말을 듣자, 그녀는 자신도 모르게 몸이 먼저 떨려 왔다.

- 『의천도룡기』 2권, pp.116-117.

은소소가 장무기를 출산할 때 사손이 발작을 일으켜 아기가 위험에 처하지만 아이의 울음소리를 듣자 사손이 정신을 되찾는다. 은소소는 빙화도에 있는 동안 사손이 장무기를 더 사랑해 주었으면 하는 마음에서 사손에게 이름을 지어 줄 것과 무기를 양자로 거두어 줄 것을 청한다. 은소소와 장취산은 장무기에게 직접 글과 무예를 가르친다. 이들이 중원으로 돌아온 후 무당산으로 가는 길에 장무기가 괴한에게 납치당하자 은소소는 필사적으로 아들을 찾지만 끝내 찾지 못하고 이에 다시 일어나지 못하고 몸져눕는다. 아들을 끔찍이 사랑했던 은소소는 남편이 자결하자 곧 그를 따라 자결하며 아들에게 예쁜 여자들을 믿지 말라는 유언을 남긴다. 장무기는 10살이라는 어린 나이에 고아가 되고 어른이 되는 과정에서 만난 여성들을 보며 늘 죽은 엄마를 떠올리거나 예쁜 여자에게 속지 말라고 했던 엄마의 유언을 떠올린다.

다. 관문 수호자 - 왕난고(王難姑)

왕난고는 의선 호청우의 부인으로 둘은 같은 사문에서 무예를 익힌 동기동문이다. 이들 두 사람은 무공 이외에도 각자 다른 학문을 연구했는데 호청우는 의술을 왕난고는 독술을 공부했다. 왕난고는 승부욕이 강하여 남편의 명성이 자기보다 높아지는 것을 견딜 수가 없었고 남편을 시험해 보기 위해 멀쩡한 사람을 중독시켜 몰래 남편에게 보내고는 하였다. 호청우는 아내가 죄 없는 사람을 극독에 중독시켜 보내는 것을 보고 아내가 독을 먹어 보내는 환자에게 절대로 의술을 베풀지 않겠다고 다짐을 한다. 그리고 아내가 명교 사람들은 해치지 않을 것임을 알기에 명교 사람은 고쳐 주기로 한다. 그는 이 원칙을 지키다가 금화파파의 원한을 산다. 장무기가 호청우의 의술을 빌려 금화파파가 보낸 열다섯 환자의 병을 하나하나 고쳐 나가자 왕난고는 또 경쟁심이 발동해 이들에게 몰래 독약을 먹이고 증상이 호전되지 못하게 한다. 그리고 자신의 존재를 어렴풋이 알아챈 장무기도 독살하려고 한다. 호청우가 장무기에게 여러 가지 암시로 호접곡을 떠나라는 신호를 보내자 왕난고는 남편 앞에서 독약을 먹고 호청우는 아내를 살리지도 못하고 죽게 내버려 두지도 못하는 신세가 된다. 이때 장무기가 왕난고를 구해 주고 그사이 역시 독약을 먹은 호청우의 목숨도 구해 준다. 호청우와 왕난고는 금화파파의 눈을 피해 가짜 무덤을 만들고 호접곡을 떠난다. 떠나기전 호청우는 장무기에게 본인이 직접 쓴 의서를 준다. 며칠 뒤 양불회와 함께 호접곡을 떠나던 장무기는 이들 부부의 시체를 발견하고 왕난고의 품에서 독약에 관한 책을 발견한다. 크리스토퍼 보글러는 영웅은 관문 수호자의 힘에 정면으로 대항하기보다는 그것을 이용하는 법을 배우며 관문 수호자가 종종 영웅을 더 강하게 만들어 준다고 하였다.[63] 장무기는 왕난고와의 만남으로 인해 의술과 독술에 관한 최고의 비급을 모두 손에 넣고 새로운 모험의 길에 오른다.

라. 전령관 - 기효부(紀曉芙)

기효부는 멸절사태의 애제자이자 무당파 은리정의 약혼녀이다. 장무기

---

63 Christopher Vogler, 앞의 책, p.93.

의 부모가 모두 자결하던 날 현장에 있었으며 당시 어린 장무기를 위로하
려고 황금목걸이를 건네주려다 거절당한다. 왕반산도 사건 후 멸절사태
는 제자들에게 사손의 행방을 수소문하게 하였다. 기효부는 서부지역을
수소문하다 명교의 광명좌사 양소를 만나고 뜻하지 않게 그에게 정절을
잃는다. 그 후 그녀는 홀로 사생아 양불회를 낳고 아미파로 돌아가지 못
하고 떠돌이 생활을 하게 된다. 기효부는 금화파파가 호청우에게 보낼 병
자들을 만들기 위해 정파 무림인들을 유인한 자리에 오게 되고 이 인연으
로 호접곡에서 다시 장무기를 만난다. 그녀는 청리문호(淸理門戶)[64]를 하
기 위해 호접곡으로 찾아 온 멸절사태의 양소를 죽이라는 명을 거부하고
사부의 손에 죽는다.

> "양소라, 양소! 내 여러 해 동안 네놈의 행방을 끝내 몰랐더니 오늘에
> 야 내 손아귀에 떨어졌구나!"
> 　그러고는 갑작스레 기효부 쪽으로 돌아섰다.
> "좋다, 네가 그놈에게 몸을 잃고, 팽화상을 감싸고돌았고, 사저 되는
> 정민군에게 죄를 지었으며, 이 스승을 기만했고, 사생아를 낳아 기른 행
> 위……. 그 모든 것을 내 따지지는 않으마. 그 대신 너는 우리 아미파를
> 위해 한 가지 일을 해야 한다. 그 일을 완수하고 돌아온다면, 내 그날로
> 아미파 장문의 의발과 의천검을 네게 전수하고 내 후계자로 삼겠다."
> 　　　　　　　　　　　　　　　　　　　　　– 『의천도룡기』 3권, p.245.

64　문중에서 발생한 불미스러운 사건을 처리하는 일.

죽기 전 기효부는 장무기에게 양불회를 아버지 양소에게 데려다 달라는 부탁을 한다. 그녀의 죽음으로 장무기는 어린 양불회를 데리고 곤륜산으로 떠난다.

> 장무기는 초가집에서 삽을 한 자루 찾았다. 그러고는 구덩이를 깊게 파서 기효부의 시신을 묻어 주었다. 울음 끝에 지쳐 버린 양불회는 어느새 혼곤히 잠들어 있었다. 어린아이가 깨어났을 때 장무기는 혀가 닳도록 거짓말을 하느라 진땀을 빼야 했다. 그러고 나서야 엄마가 하늘나라에 올라갔으며 아주 오래오래 있다가 하늘에서 불회를 만나기 위해 내려올 것이라는 것을 믿게 만들었다. (……)
>
> 다음 날 깨어나서 조그만 보따리를 두 개 꾸리고 호청우가 남겨 준 은화 열 냥을 품속에 간직했다. 그리고 둘이서 산등성이로 다시 올라가 기효부의 무덤 앞에 큰절을 올렸다.
>
> 이윽고 두 어린아이는 '나비의 골짜기'를 떠났다.
>
> – 『의천도룡기』 3권, p.253.

기효부는 호접곡에서 한독을 치료하며 의술을 배우고 있던 장무기에게 갑자기 나타나 임무를 주고 세상을 떠난다. 모험에의 소명을 선포하는 전령관의 역할을 하고 있다. 영웅 장무기의 진정한 모험은 양불회를 데려다 주면서부터 시작된다.

마. 변신자재자 - 주지약(周芷若)

주지약은 명교 상우춘이 어린 주군을 데리고 달아나던 배의 뱃사공 딸이다. 장삼봉은 어린 장무기를 치료하기 위해 소림사에 갔다가 돌아오는 길 상우춘과 주지약을 몽고군의 추격으로부터 구해 준다. 추격 과정 중 주지약의 아버지는 죽고 주지약은 고아가 된다. 그녀는 한독 증상으로 혼자서 밥도 먹지 못하는 장무기를 정성껏 돌봐 준다.

> 이것을 본 주지약이 장삼봉의 손에서 밥그릇과 젓가락을 받아들었다.
>
> "도사님, 먼저 진지를 드세요. 제가 이 도련님에게 떠먹일게요."
>
> 무기는 딱 부러지게 고개를 흔들었다.
>
> "난 배불러. 안 먹을 테야!"
>
> "도련님이 안 먹으면 저 할아버지 마음이 언짢으셔서 진지를 못 드시죠. 할아버지를 배고프게 하고 싶은 거예요?"
>
> 무기가 가만히 생각해 보니 그 말이 옳았다. 공연히 태 사부님의 마음을 아프게 해서 진지도 못 드시게 해서야 되겠는가? 그는 주지약이 다시 밥숟가락을 입술 언저리에 가져다대자 입을 딱 버리고 넙죽 받아먹었다. 주지약은 밥 한 술 뜨고 생선가시와 닭 뼈를 말끔히 발라낸 다음 고기를 얹어 또 건넸다. 밥 한 입마다 고기 국물을 떠서 먹여 주니, 무기는 얼마나 맛있는지 잠깐 사이에 밥 한 그릇을 깨끗이 비웠다.
>
> – 『의천도룡기』 3권. pp.32-33.

장무기는 상우춘과 함께 호접곡으로 떠나고 주지약은 장삼봉이 거두어 그의 추천에 의해 아미파(峨嵋派)에 입문하게 된다. 그녀는 멸절사태의 애제자로 성장하고 기효부가 죽은 후 장문제자로 촉망받아 정민군에게 질투와 핍박을 받는다. 육대문파의 명교 토벌작전 길에 다시 만난 주지약과 장무기는 서로 애틋한 감정을 느끼기 시작한다. 광명정 전투에서 장무기가 육대문파 고수들과 하나하나 싸울 때 그는 주지약의 도움으로 여러 번 위기를 모면한다.

　조민의 계략에 의해 육대문파 모두가 만안사에 잡히고 멸절사태는 주지약에게 장문인의 자리를 넘겨주며 장무기를 유혹하되 진짜 정절을 주지 말고 의천검과 도룡도를 뺏어 비밀을 밝혀내라는 유언을 남긴다. 주지약이 멸절사태에게 어떤 임무를 부여받은지 꿈에도 모르던 장무기는 무인도에서 자신들을 십향연근산에 중독시키고 도룡도와 의천검을 훔치고 아리를 죽인 모든 것이 조민의 소행이라고 생각한다. 주지약은 장무기와 약혼하고 중원으로 돌아온 후에도 이 사건이 자신의 소행임을 비밀에 부친다. 주지약은 조민을 버리지 못하고 오히려 자기보다 더 사랑하는 장무기를 보며 그를 떠난다. 그녀는 임시로 아미파의 본거지를 동해 정해현으로 옮기고 의천검과 도룡도의 비밀에서 구한 『구음진경』의 구음백골조(九陰白骨爪)를 속성으로 익히기 시작한다. 장무기와의 혼례식 날 조민 때문에 결혼식을 망치자 주지약은 그녀를 구음백골조로 공격한다.

　　장무기가 이제 막 대문 곁까지 뒤쫓았을 때였다. 돌연 눈앞에서 붉은 빛 그림자가 번뜩하더니 웬 사람이 조민의 뒤에 바짝 따라붙었다. 그 다음 찰나, 붉은 소맷자락 밑에서 뻗어 나온 다섯 손가락이 번쩍 치켜 들리기가 무섭게 조민의 정수리를 겨냥하고 내리꽂혔다. (……) 공격자는 오늘 경사스런 날의 주인공 신부, 바로 주지약의 솜씨였다. 장무기는 가슴이 철렁 내려앉았다.

　　'정말 지독스럽기 짝이 없는 초식이다! 지약이 언제 어디서 저런 정묘

한 무공 초식을 배웠단 말인가?'

– 『의천도룡기』 8권, p.257.

주지약은 또 도사영웅대회에 송청서(宋靑書)와 함께 나타나 남편이라고 소개한다. 장무기는 나중에 주지약이 그에게 충격을 주기 위해 거짓말을 했다는 것을 알게 된다. 주지약은 생전 듣도 보도 못한 길이가 50척에 가까운 연편을 사용하여 도사영웅대회에서 승리한다. 그녀는 장무기의 절체절명의 순간 사손의 생명을 위협함으로써 장무기의 진기를 흐트러뜨리고 소림 고승들의 공격에 당하게 한다. 크리스토퍼 보글러는 변신자재자는 마음과 겉모습을 바꿈으로써 주인공 영웅과 관객이 한 명의 동일한 인물로 이해하는 데 어려움을 겪게 한다고 했다.[65] 주지약은 원래 장무기를 애틋하게 보살피던 뱃사공의 딸에서 도룡도를 훔치기 위해 장무기를 속이고 무고한 사람을 해치는 인물로 변한다. 또한 사악한 무공을 익혀 장무기의 양부를 공격하고 심지어 장무기의 생명까지 뺏어 가려고 하는 악녀로 변한다.

바. 그림자 - 멸절사태(滅絶師太), 반숙한(班淑嫺), 금화파파(金花婆婆), 정민군(丁敏君)

멸절사태는 아미파의 제3대 장문인이다. 그녀는 스스로의 법명 멸절(滅絶)을 요사스러운 마귀의 무리를 한 놈도 남김없이 '섬멸'하고 씨알머리를 '끊어놓겠다'는 뜻이라고 설명한다. 즉, 손속에 인정사정이란 게 없다는 뜻

---

65   Christopher Vogler, 앞의 책, p.98.

이다. 그녀는 친오빠가 양소의 손에 죽었기 때문에 명교를 끔찍하게 증오
한다. 모든 명교 인물들을 적대시하며 훗날 장무기가 명교의 교주가 되자
그에게도 적대적으로 대한다. 멸절사태가 기효부를 죽이자 장무기는 그녀
의 유언에 따라 양불회를 양소가 있는 곤륜산에 데려다주게 된다. 갖은 고
생 끝에 장무기는 임무를 완수하고 그 후 곤륜산 근처의 절벽 속 동굴에서
수년간『구양진경』을 익힌다. 그 후 장무기는 아리와 함께 있다가 아미파
에 생포당하고 그들이 육대문파와 연합하여 명교를 공격하는 자리에 함께
있게 된다. 멸절사태는 이미 반격할 수 없는 명교의 오행기 일행을 잔인하
게 처치하려 하고 장무기는 이를 저지하려다 둘은 크게 다툰다.

하지만 멸절사태는 귓등으로도 듣지 않고 매몰차게 호통쳤다.

"닥쳐라! 우선 한 놈씩 오른팔을 다 끊어내고 나서 그래도 완강히 뻗대
거든 다시 왼쪽 팔뚝마저 모조리 끊어 버려라!"

스승에게 거절당한 정현사태는 어쩔 수 없이 칼자루를 고쳐 잡고 다시
두세 명의 팔뚝을 베어 모랫바닥에 떨어뜨렸다.

장무기는 이 끔찍스런 광경을 차마 더 보고 있을 수가 없었다.

"멈추시오!"

외마디 소리로 호통친 그는 썰매에서 벌떡 솟구쳐 오르기가 무섭게 정
현사태의 앞을 가로막고 나섰다. 뜻밖에 제지를 당한 정현사태는 자기도
모르게 흠칫 뒤로 물러섰다.

"저항도 못 하는 사람들에게 이렇듯 잔인하고 모진 행위를 저지르다
니! 당신네들, 부끄럽지도 않소?"

- 『의천도룡기』 4권, pp.238-239.

그녀는 후에 광명정 전투에서도 명교의 편에선 장무기와 승부를 겨루다 끝내 패한다. 육대정파 모두 광명정 전투가 끝나고 돌아가다가 조민의 계략에 빠져 만안사 탑에 감금당하게 되고 멸절사태는 장무기의 도움을 받지 않기 위해 주지약을 살리고 본인은 지상으로 떨어져 죽는다. 그녀는 주지약으로 하여금 장무기를 유혹해 도룡도를 훔치되 대신 진심으로 장무기를 사랑해서는 안 된다고 저주 담긴 맹세를 하게 한다. 그리고 도룡도의 비밀을 푼 후 비급을 얻어 아미파를 중흥시키라고 한다. 이 과정에서 주지약은 본의 아니게 나쁜 일을 하게 되며 장무기에 대한 감정에도 큰 갈등을 겪는다. 그녀는 사악한 무공인 구음백골조를 익히며 점차 악녀로 변한다. 멸절사태는 이렇게 명교에게 복수하고 무림 비급을 얻기 위해 수단과 방법을 가리지 않는 인물로 그려진다.

반숙한은 곤륜파 하태충의 부인으로 원래 곤륜파에서 배출된 사람들 가운데 가장 뛰어난 여걸이었다. 나이도 하태충보다 두 살이나 위인 데다 입문한 시기가 빨라서 무공 실력도 그보다 한 수 높은 편이었다. 하태충은 젊었을 때 생김새가 영준하고 인품이 소탈해 반숙한의 환심을 샀고 이들의 스승이던 백록자가 명교의 어느 고수와 결투 끝에 후계자를 지정하지 못하고 죽자 반숙한이 전심전력으로 하태충을 도와 결국 그가 장문인의 자리에 오르게 된다. 하태충은 반숙한이 도와준 은혜에 감사하는 마음으로 연상의 사저를 아내로 삼았다. 그러나 나이를 먹어가면서 두 살 연상이던 반숙한은 남편 하태충보다 열 몇 살이나 늙어 보였고 이때부터 하태충은 가문의 대를 이을 자식을 두지 못했다는 핑계로 측실을 두기 시작했다.[66] 반숙한은 남편의 애첩을 질투하여 몰래 그녀를 뱀독에 중독시킨다. 때마침 양불회를 양소에게 데려다주기 위해 곤륜산에 온 장무기는 신기(神技)에 가까운 의술로 하태충의 애첩을 치료해 준다. 그러나 이것이 반숙한의 소행임이 밝혀지자 그녀는 대신 누군가 하나는 죽어야겠다며 장무기가 억지로 독주를 마시게 한다.

> "당초 내 마음 같아서는 여기 앉은 다섯 연놈을 모조리 독살해 버릴 생각이었지만, 요 도깨비 같은 놈이 알아차렸으니 하는 수 없지! 네 사람의 목숨만은 살려 주기로 하죠. 이 독배를 누가 마시고 죽든 살든 내 상관하지 않을 테니까. 영감! 당신이 다섯 가운데 한 사람만 골라서 마시게 하세요!" (……)
>
> 하태충이 그녀(양불회)의 멱살을 덥석 움켜잡더니 울음보가 터진 입에 강제로 쏟아부으려 했다. 이때 냉랭한 눈초리로 이들의 꼬락서니를 지켜보던 장무기가 불쑥 한마디 던졌다.
>
> "내가 마시죠!" (……)
>
> 남편보다 연상인 반숙한은 성격이 억센 만큼 시샘과 질투심도 강했다. 그래서 남편이 가장 아끼고 사랑하는 다섯째 첩을 독살하려고 마음먹고 일을 꾸몄는데, 일이 잘되어 가는 판에 장무기가 불쑥 끼어들어 그녀의 목숨을 구해 주었으니 결국 만 리 바깥에서 나타난 훼방꾼 탓으로 산통이 다 깨져 버린 셈이었다. 그렇기에 모든 증오의 화살이 장무기 한 사람에게 쏠리고 말았다.

---

66 김용, 임홍빈 옮김, 『의천도룡기』 3권, 김영사, 2007, pp. 334-335.

장무기가 어린 소녀 대신 독배를 마시겠다고 나서자, 그녀는 차갑게 대꾸했다.

"어린 나이에 하는 짓거리가 괴상야릇하니 어쩌면 해독약을 지니고 있을지도 모르겠구나. 네놈이 정 마시겠다면, 그 한 잔 가지고는 모자랄 테고 이 주전자 술을 통째로 마셔 비워야겠다."

- 『의천도룡기』 3권, pp.336-337.

장무기는 양소의 도움으로 겨우 하태충과 반숙한 부부에게서 도망가지만 이후로도 이들과 악연은 계속된다. 이들 부부는 광명정 전투에서 화산파와 연합하여 장무기를 공격하는가 하면 도룡도를 찾으러 소림사에 사로잡힌 사손을 찾아갔다가 결국 성곤의 손에 허망하게 죽는다. 멸절사태와 마찬가지로 반숙한도 성취되지 못한 에너지를 표현하는 그림자라고 할 수 있다. 그녀는 무림 최고의 자리에 오르기 위해 어떤 일도 불사한다. 남편과 애정관계에 있어서는 순탄하지 않지만 무공으로 공동의 적과 맞서는 데는 뜻이 잘 맞아 함께 영웅의 적대자 역할을 한다.

금화파파의 본명은 다이치스이다. 페르시아인과 한족의 혼혈로 원래 페르시아 명교 교주의 후보인 성처녀 중 한 명이었다. 페르시아에서 실종된 비급 『건곤대나이법』을 찾기 위해 중원 명교에 잠입한다. 복수를 위해 광명정으로 교주 양정천을 찾아온 한천엽과 겨루어 이기고 이 공으로 명교 사대호교법왕 중의 하나인 자삼용왕(紫衫龍王)이 된다. 그녀는 순결을 잃으면 안 되는 성처녀의 규율을 어기고 발각되면 화형을 받을지도 모르는 두려움도 극복하고 한천엽을 선택한다. 명교에서 그들의 사랑을 반대하자 그녀는 분노에 차서 스스로 명교에서 나오고 중원 명교에서 스스로 파문한다. 그녀의 남편은 한 라마승에게 당해 치명상을 입고 이들은 호청우를 찾아오지만 호청우는 왕난고와의 약속을 지키기 위해 그들이 명교가 아니라는 이유로 끝내 한천엽을 치료해 주지 않아 죽게 된다. 금화파파는 남편이 죽은 뒤 악랄한 성격으로 변하고 복수를 위해 살아간다. 수용 거부당한 측면의 에너지를 표현하는 그림자 역할이라 할 수 있다.

> "헤헤헤! 명교, 명교라. 그러고 보니 명교 신도만 치료해 주는 의원이
> 셨군! 두고 보시오, 호 선생! 내 남편이 죽는 날 다시 만나게 될 테니. 그때
> 까지 맹세한 걸 깨뜨리지 마시구려. 만약 그 맹세를 깨뜨리면 내 손에 죽
> 을 줄 아오!"
>
> – 『의천도룡기』 3권, p.199.

금화파파는 원래 아름다운 중년여인이지만 중원에서 자신의 원래 신분을 속이기 위해 늘 추한 인피가면을 쓰고 다닌다. 남편과 광명정의 벽수한담에서 승부를 겨룬 후 그녀는 늘 기침을 달고 사는데 중병 들린 가난뱅이 노파처럼 보이는 외모와 달리 전광석화와 같은 움직임의 가공할만한 무예를 지니고 있는 것으로 묘사된다. 금화파파는 남편의 복수를 위해 호접곡을 찾아왔다가 처음 장무기를 만난다. 그녀는 장무기가 장취산의 아들이라는 것을 알고 사손의 행방을 찾기 위해 그를 영사도로 데리고 가려고 하지만 그의 완강한 저항에 실패한다. 그녀는 사손의 행방을 수소문해 빙화도를 찾아가 사손을 속여 영사도로 데리고 온다. 장무기와 조민 등은 사손을 구하기 위해 금화파파를 따라 몰래 영사도로 잠

입하고 이때 교주가 죽은 페르시아 명교에서 금화파파를 찾아와 이들은 결투를 벌인다. 그녀는 친딸 아소를 교주로 추대하고 함께 페르시아로 향한다.

정민군은 멸절사태의 제자로 시기심과 권력욕이 강하다. 자신보다 사부의 사랑을 받는 기효부와 주지약을 시샘하여 틈만 나면 그들을 괴롭히고 중상모략한다. 그녀는 기효부가 명교의 양소에게 순결을 잃고 사생아를 낳은 사실을 알고 그녀를 괴롭히는 한편 사부에게 이 사실을 알린다. 그러나 멸절사태가 기효부를 죽이고 나서도 장문제자의 자리를 정민군에게 주지 않고 사매인 주지약에게 주자 정민군은 질투로 눈이 뒤집힌다. 멸절사태가 끝내 장문인의 자리를 주지약에게 넘겨주고 원적하자 이에 정면으로 반대한다.

"주 사매, 너는 네 입으로 무당파 장진인의 천거를 받아 우리 사부님의 문하제자로 들어왔다고 말했지! 허나 그 마교 교주 노릇을 하는 고 음탕한 놈은 바로 무당파 장취산의 아들이야! 무당파와 마교, 이들 사이에 무슨 해괴한 음모가 숨겨져 있을지 누가 알겠어?"

이윽고 정민군이 동문들을 돌아보고 목청을 드높여 말했다.

"사저, 사형 여러분! 그리고 사매와 사제들! 비록 스승님은 주 사매에게 장문인 직을 이어받으라고 유언을 남기셨지만, 그 어르신은 당신의 원적한 유해가 미처 식기도 전에 본파 장문인 될 사람이 곧바로 마교 교주를 찾아가 정을 통하리라고는 전혀 예상치 못하셨을 겁니다. 이 문제는 우리 아미파의 흥망성쇠가 걸린 일입니다. 만약 돌아가신 사부님께서 오늘 일을 아셨더라면 반드시 다른 이를 장문으로 선택하셨을 것입니다. 사부님께서 남기신 뜻은 오로지 우리 아미파의 명성을 크게 빛내는 데 있지 결코 간악한 마교의 손에 복멸당하기를 원치 않으셨을 겁니다. 제 소견으로는, 우리가 사부님의 이런 유지를 받들어서 주 사매가 넘겨받은 장문인의 표지 철지환을 도로 내놓게 하고, 우리 동문들 가운데 재덕을 겸비한 사저를 별도로 추대하여 장문으로 모셔야 한다고 생각합니다."

- 『의천도룡기』 6권, pp.212-213.

그녀 역시 성취되지 못하고 수용 거부당한 에너지를 표현하는 그림자 유형에 속한다. 그녀는 줄곧 사부에게 인정받지 못하고 장문인의 자리에 오르고 싶지만 뜻대로 되지 않는다. 그녀는 금화파파에게 호되게 당하고 그 뒤로는 작품에 등장하지 않는다.

사. 협력자 - 조민(趙敏), 아리(阿離), 아소(阿昭), 황삼여인(黃杉女人), 양불회(楊不悔), 기효부(紀曉芙), 주지약(周芷若), 사홍석(史紅石)

조민의 본명은 민민테무르로 『의천도룡기』의 여성 주인공이다. 그녀의 아버지는 여양왕으로 원나라 전체 군권을 통솔하는 높은 지위에 있는 사람이며 스스로도 소민군주에 책봉된 황실의 귀한 신분이다. 아버지의 왕위를 이어받을 오빠가 한 명 있다. 그녀는 중원의 무림을 모두 토벌하고 황실에 귀순시키라는 아버지의 명령을 수행하던 중 어린나이에 명교의 교주가 된 장무기를 만난다. 조민은 명교와 육대문파를 토벌하는 과정에서 장무기와 끊임없이 싸우고 갈등을 일으키지만 차츰 그에게 마음을 빼앗긴다. 사손을 찾아 장무기와 함께 영사도에 간 조민은 자기 목숨도 아끼지 않고 그를 구해 주는가 하면 중원으로 돌아온 후 가족들과 의절하고 장무기와 함께하는 길을 택한다. 그녀는 영특한 머리로 명교의 교주인 장무기가 위기에 처할 때마다 어떻게 대처해야 할지 함께 고민해 주고 전략을 알려 준다. 장무기는 마지막에 사랑하는 네 명의 여인 중 조민을 선택하고 같이 북방으로 떠난다.

아리의 본명은 은리(殷離)이다. 장무기의 외삼촌 은야왕의 딸이며 금화파파의 제자이다. 아버지가 계모를 친모보다 사랑하자 계모를 죽이고 이 사건으로 친모가 자결한다. 원래 아름다운 얼굴이나 거미의 독을 흡수하는 사악한 무공 천주만독수를 익히느라 얼굴이 추악한 모습으로 바뀌었다. 금화파파와 함께 호접곡에서 처음 장무기를 만난다. 금화파파가 장무기를 영사도로 데리고 가려고 하지만 장무기의 강력한 저항에 데려가지 못한다. 아리는 그때 자기 손등을 깨물었던 악다구니 소년 장무기를 잊지 못하고 그를 찾아 온 세상을 떠돌아다닌다. 그녀는 곤륜산 절벽 밑 농가에서 장무기를 만나고도 그가 호접곡에서 만난 장무기라는 것을 알아차리지 못한다. 무인도에서 주지약의 손에 죽은 줄 알았으나 살아 돌아와 장무기와 재회한다. 그러나 자신이 사랑하는 사람은 호접곡에서 만난 장무기라는 말을 남기고 그를 떠난다.

아소는 금화파파의 딸로 금화파파가 완수하지 못한 임무를 수행하기 위해 광명정에 잠입한다. 그곳에서 그녀는 장무기를 만나고 성곤이 도망간 비밀통로로 그를 안내해 준다. 비밀통로 안에서 둘은『건곤대나이법』을 발견하고 아소는 옆에서 장무기가 비급을 익히도록 도와준다. 비밀통로에서 나온 후 교주가 된 장무기를 사랑하게 되고 꼭 아내가 아니라도 장무기 옆에서 평생을 함께하고 싶다고 생각한다. 영사도에서 페르시아 명교 사람들이 일행을 공격하여 위기에 처하자 금화파파의 의견대로 페르시아 명교의 교주가 되기로 하고 중원을 떠난다.

황삼여인은 장무기가 영사도에서 중원으로 돌아온 후 사손과 주지약이 한꺼번에 사라지고 개방에 실마리를 찾으러 갔을 때 만난 사람이다. 그녀는 방주 사화룡의 딸 사홍석을 데리고 나타나 팔대 장로 진우량이 실은 성곤의 제자이며 이들이 개방을 장악하기 위해 방주 사화룡을 죽이고 가짜 꼭두각시 사화룡을 세웠다는 사실을 폭로한다. 그녀는 개방에게 사홍석을 맡기고 홀연히 사라진다. 두 번째로 황삼여인이 등장하는 것은 도사 영웅대회에서 주지약이 구음백골조로 개방의 여러 고수들을 죽인 후이다. 그녀는 장무기가 도액, 도겁, 도난 세 스님과 겨루고 있는 사이 주지약이 구음백골조로 사손을 공격하려고 하자 이를 저지한다.

> 이때였다. 누른빛 그림자 하나가 허공에 번뜩이는가 싶더니 황삼여인이 몸을 날려 싸움터 쪽으로 들이닥쳤다. (……) 이어서 비스듬한 각도로 회전하던 몸뚱이가 어느새 주지약 앞으로 유령처럼 나타나, 그녀의 정수리를 겨냥하고 다섯 손가락을 활짝 펼쳐 언제든지 내리꽂힐 태세로 곤두세웠다. (……)
>
> 주지약은 꼼짝달싹 못 한 채 두 눈을 감고 죽기만을 기다렸다.
>
> – 『의천도룡기』 8권. pp.317-320.

그녀는 무인도에서 사손, 장무기, 조민, 아리를 십향연근산으로 중독시키고 도룡도와 의천검을 훔친 것은 다름 아닌 주지약이라는 것을 밝힌다. 그녀는 만인 앞에 미스터리로 남았던 사건의 진실을 밝히고 다시 홀연히 사라진다. 작품 속에서 양과와 소용녀의 후대임이 암시되고 있다.

양불회는 기효부와 양소의 딸이다. 불회(不悔)는 후회하지 않는다는 뜻이다. 기효부는 비록 양소에게 강제로 정절을 잃어 사생아를 낳았지만 그것을 후회하지는 않는다는 뜻으로 딸의 이름을 지었다. 기효부는 죽으면서 장무기에게 양불회를 아버지가 있는 곤륜산으로 데려다 달라고 부탁한다. 양불회와 장무기는 곤륜산으로 가면서 각종 시련을 겪는다. 양불회는 영웅 장무기의 모험에서 동반자 역할을 한다.

장무기는 좌망봉이 어디 있는지 물론 알지 못했다. 그저 곤륜산이 서쪽에 있다니까 서쪽으로만 갈 뿐이었다. 어린 소년 소녀가 낯설고 험한 길을 가며 겪은 풍상(風霜)과 춥고 배고픔의 쓰라림이란 이루 말로 표현하기가 어려울 정도였다. 그나마 양불회의 양친이 모두 무학명가 출신이라 선천적으로 튼튼한 체질을 타고난 덕분에 어린 몸으로 그 머나먼 여행길을 가면서도 병이 나지 않았다. 사소한 감기 정도는 장무기가 약초를 채집해서 조제한 약으로 거뜬히 고쳐 줄 수 있었다. 하지만 굶주리고 허약한 몸이라 가다 쉬고 가다 쉬기를 거듭하다 보니 하루에 고작 20-30리 길밖에 가지 못했다. (……)
어느 날 그는 길에서 우연히 만난 노인과 한담을 나누던 끝에 '곤륜산 좌망봉이 어디 있느냐'고 물었다. 깜짝 놀란 노인은 두 눈을 휘둥그레 뜨고 한참 동안 바라보더니 고개를 절레절레 저었다.

- 『의천도룡기』 3권, p.291.

　장무기는 양불회와의 곤륜산까지 가는 과정에서 한층 성장한다. 양불회는 아버지와 함께 광명정에서 지내다 광명정 전투에서 장무기와 재회한다. 장무기가 명교의 교주가 되고 사손을 찾아 떠나는 일행에 양불회도 참여하고 유대암과 마찬가지로 사지의 뼈마디가 으스러지는 부상을 입은 어머니의 옛 약혼자 은리정을 보살피게 된다. 그녀는 은리정에게 서서히 연민의 정을 느끼고 모친 대신 그와 결혼하여 평생을 함께하기로 결심한다. 장무기에게 유대암과 은리정 사숙이 거의 불구가 되다시피 된 상황은 마음의 큰 짐이다. 더구나 은리정은 이미 죽은 약혼녀 기효부를 잊지 못하고 늘 마음에 담아두고 있다. 이런 상황에 양불회가 은리정을 돌봐 주고 결혼까지 하면서 장무기는 마음의 큰 짐 하나를 내려놓게 된다.

　기효부는 전령관의 유형이면서 협력자 유형이기도 하다. 그는 장삼봉의 백세 생일날 무당산에서 장무기의 부모가 죽자 그를 위로하는 마음에 황금목걸이를 건넨다. 그러나 어린 장무기는 그녀의 호의를 거절한다. 호접곡에서 다시 장무기를 만났을 때 그녀는 자신의 부상이 어느 정도 호전되자 장무기를 도와 같이 환자들을 돌본다.

　　기효부와 양불회 모녀가 잠에서 깨어 바깥으로 나와 보니 장무기가 얼굴이 온통 땀으로 뒤범벅이 된 채 환자들을 치료하느라 바쁘게 움직이고 있었다. 그것을 본 기효부도 곧장 달려들어 환자의 상처에 붕대를 감아

주고 장무기가 조제하는 대로 약을 받아 넘겨주었다.

- 『의천도룡기』 3권. p.149.

주지약은 작품 후반부로 가서 변신자재자 유형의 인물로 바뀌지만 그 전까지는 협력자 유형의 인물이라고 할 수 있다. 그녀는 장무기와 처음 만났을 때 한독으로 혼자 밥을 먹지 못하는 어린 장무기의 밥 시중을 들 며 그를 위로해 주었다. 주지약은 육대문파의 명교 토벌 연합작전을 위해 광명정으로 가는 길 장무기를 다시 만난다. 멸절사태에게 사로잡힌 장무 기와 아리에게 그녀는 먹을 것을 나누어 주고 은근히 보살펴 준다. 또 광 명정에서 명교의 편에서 육대문파의 고수들과 겨루는 장무기를 옆에서 도와준다.

장무기가 등장한 후부터 주지약의 관심은 줄곧 그에게 쏠려 있었다. 그녀는 아미 문하에서 멸절사태의 환심을 적지 않게 얻은 덕분으로 스승 에게 직접 역학 원리의 진수를 전해 받고 있던 터였다. 장무기에게 관심 을 쏟고 있는 만큼 그녀는 어떻게 해서든지 그를 도와야겠다는 생각이 들어, 짐짓 낭랑한 목소리로 스승과의 대화를 이끌어 갔다.

"사부님, 정과 반, 이 양의 초식은 비록 변화가 많다고 해도 결국은 태 극이 음과 양 두 형식으로 변화하는 도리에서 벗어나는 것은 아니지 않 습니까, 제자가 보기에 저 네 분 선배님의 초식은 과연 정교하고 오묘하 기는 하나 제일 중요한 것은 역시 두 발로 내딛는 보법의 방위인 것 같습 니다." (……)

장무기는 정신없이 힘써 싸우는 와중에도 그 말뜻만큼은 또렷하게 알

아들었다. 누군가 싶어 흘끗 바라보니 주지약 소저였다. 목소리의 주인
공을 알아보자, 그는 가슴이 철렁했다. 왜 저렇게 큰 소리로 얘기하고 있
을까? 설마 나에게 뭔가 암시라도 주어 도우려는 것은 아닐까?

- 『의천도룡기』 5권, pp.122-123.

영사도에서 장무기 일행들과 함께 페르시아 명교 무리에 맞서 사손을
보호하기도 한다. 그녀는 장무기를 진심으로 좋아하지만 장무기가 자신
보다 조민을 더 좋아하자 질투심으로 장무기를 배신하게 된다.

사홍석은 개방 방주 사화룡의 딸이다. 성곤과 진우량의 계략에 의해 아
버지가 죽고 어머니도 부상을 입는다. 황삼여인의 도움으로 개방의 진실
이 밝혀지고 사홍석은 구대장로들에게 넘겨져 보호를 받게 된다. 그녀는
아버지를 이어 개방의 신임방주가 된다. 개방을 구원해 준 장무기의 은혜
에 보답하기 위해 도사영웅대회에 참여하고 명교의 편에서 무림고수들과
맞선다.

장무기는 거지들이 모두 상복을 입고 저마다 비분에 가득 찬 것을 눈
여겨보았다. 게다가 등에 짊어진 포대자루 속에 무엇이 들었는지 꿈틀거
리는 품이, 필경 무슨 일인가 저지를 준비까지 갖추고 왔으리라는 것을
눈치챘다. 그는 속으로 반가움을 금치 못하고 싱긋 웃으며 곁에 앉은 양
소에게 한마디 건넸다.
"아무래도 우리 편에 응원군이 온 것 같습니다." (……)
"삼가 명교 장 교주님의 호령을 받들어 우리 개방 제자는 끓는 물, 타

는 불더미 속에라도 거침없이 뛰어들겠습니다!"

구호를 외치듯 입 맞춰 지르는 함성에, 군웅들은 모두 대경실색했다. 이게 도대체 어찌된 일인가? 개방이 언제부터 명교와 생사고락을 같이 하는 사당(死黨)이 되었단 말이냐?

– 『의천도룡기』 8권. pp.146-147.

아. 장난꾸러기/익살꾼 - 사홍석(史紅石)

사홍석은 협력자 유형이며 동시에 장난꾸러기/익살꾼 유형의 인물이다. 그녀는 황삼여인과 함께 처음 등장하는데 아주 못생긴 외양으로 묘사된다.

어린 소녀의 모습은 추루하기 짝이 없었다. 하늘 위로 불쑥 쳐들린 들창코, 메기주둥이처럼 길게 찢어진 입, 절반쯤 벌어진 입술 사이로 앞니두 대를 고스란히 드러낸 생김새가 한마디로 흉신악살(凶神惡煞)의 자식이라고나 해야 옳았다. 한 손은 아리따운 여인의 손길에 이끌리고 다른 한 손에는 유별나게 푸른 대나무 지팡이를 한 자루 쥐고 있었다.

– 『의천도룡기』 7권. pp.253-254.

여성 인물들 대부분이 미인인 데 반해 이런 극단적인 외양묘사는 독자들로 하여금 매우 희극적인 느낌을 준다. 아름다운 황삼여인과 함께 등장함으로 못생긴 외모가 더욱 비교된다. 그녀는 개방 방주에 어울리지 않은 치기 어린 언행을 보이기도 하는데 이런 장면 역시 극적 긴장감을 해소하고 웃음을 유발하는 장치의 하나라고 볼 수 있다.

개방의 소녀 방주 사홍석이 먼저 알아보고 쪼르르 달려가더니 그녀의
품에 덥석 안겼다.

"양 언니, 양 언니! 우리 장로와 용두 어른 네 분이 모조리 죽었어요!"

고자질하는 소녀의 손끝이 주지약을 가리켰다.

"저 여자, 아미파하고 소림파 중놈한테 죽었다니까요!"

황삼 미녀가 고개를 끄덕거렸다.

- 『의천도룡기』 8권, p.290.

　　본장에서는 『사조삼부곡』에 등장하는 여성 인물들을 크리스토퍼 보글
러의 인물 유형의 관점에서 분석해 보았다. 작품에 등장하는 인물 수는
『사조영웅전』, 『신조협려』, 『의천도룡기』로 갈수록 점점 많아지는데 이는
후기 작품으로 갈수록 이야기 구조와 인물의 양상도 점점 복잡해지고 있
는 것을 의미한다. 『사조영웅전』에는 총 11명의 여성 인물이 등장하고 『신
조협려』에는 총 16명의 여성인물이 등장한다. 『의천도룡기』에는 20명 이
상의 여성 인물이 등장한다. 인물 유형별 양상을 살펴보면 우선 정신적
스승의 유형에 해당하는 여성 인물수가 남성 인물에 비해 확연히 적은 것
을 알 수 있다.[67] 정신적 스승의 유형은 실제 부모이거나 영웅에게 스승
의 역할을 한 인물이 해당한다. 이평과 은소소는 영웅의 어머니이고 한소
영과 소용녀는 영웅의 사부인데 여성으로 영웅의 스승 역할을 하는 인물

67　곽정의 남성 정신적 스승에는 한소영을 제외한 강남육괴, 철별, 마옥, 홍칠공, 주백통
　　이 있다. 양과의 정신적 스승에는 곽정, 구양봉, 황약사, 홍칠공, 독고구패가 있다. 장
　　무기의 정신적 스승으로는 장취산, 사손, 장삼봉, 아버지를 제외한 무당오협을 꼽을
　　수 있다.

이 적다는 것을 보여 준다. 강남칠괴만 보더라도 일곱 명 중에 여섯이 남성이고 한소영은 홍일점이며 곽정의 사부는 아니지만 전진칠자도 여섯 명이 남성이고 손불이 한 명만 여성이다. 양과는 소용녀를 사부로 모셔서 그녀가 정신적 스승 역할을 했지만 장무기의 경우 따로 사부 밑에서 무예를 배운 적이 없기에 어머니를 빼고는 여성 정신적 스승이 없다. 이것은 김용의 무협소설에서 무림에 몸담고 있는 여성 특히 영웅의 스승 역할을 할 만한 여성은 소수라는 것을 보여 준다. 그러나 작품 후반으로 갈수록 여성 문파가 등장하고 특히『의천도룡기』에서 아미파가 점점 세력을 확장하는 모습을 보여 주는 것은 의미 있는 변화라고 할 수 있다. 변신자재자의 경우 오히려 해당하는 남성 인물이 거의 없다고 볼 수 있는데[68] 이는 대부분의 변신자재자가 영웅이 만나는 이성이고 일반적으로 영웅의 로맨틱한 이성이 변신자재자의 특질을 잘 보여 준다는 유형 설명과 일맥상통한 결과이다. 화쟁, 곽부, 주지약은 모두 원래 영웅의 협력자였다가 영웅이 자신을 사랑하지 않자 배신자나 적대자로 돌아서는 경우이다. 그림자 유형도 여성 그림자가 남성 그림자에 비해 수가 적다. 이는 대부분의 그림자가 무림의 고수로 영웅과 대립하는 적대자로 나오는데 정신적 스승 유형과 마찬가지로 작품 속 여성 무림 인물이 상대적으로 적은 것과 관련이 있다.[69] 반면 가장 많은 수의 여성 인물이 속한 유형은 협력자 유형이

---

68 『사조영웅전』에서 테무친은 남성 변신자재자로 분류될 수 있다. 그는 늘 곽정을 친아들이라고 생각한다고 말하고 그들에게 끔찍이 잘해 주다가 곽정이 송 정벌을 거부하자 모자를 잡아들여 그들을 처벌하려고 한다.
69 『사조영웅전』에서 남성 그림자는 양강, 구양봉, 구양극, 완안홍열, 영지상인, 후통해, 양자옹, 진현풍 등이 있고, 『신조협려』에서 남성 그림자는 공손지, 조자경, 견지병, 무

다. 특히 여성 협력자 중 다수가 남성 영웅과 애정관계에 있는 인물이라
는 점은 특이할 만한 점이며 이는 남성 협력자가 대부분 영웅과 의리로
연결된 관계라는 점에서 다르다고 할 수 있다.

돈유, 무수문, 소상자, 달이파, 금륜국사, 곽도 등이 있다. 『의천도룡기』의 남성 그림자
는 현명이로, 주장령, 무열, 하태충, 송청서, 주원장, 진우량, 아대삼형제 등이 있다.

협력자
: 남성 주인공과의 애정 관계를 중심으로

 Ⅱ장에서는 영웅서사라는 관점에서『사조삼부곡』의 전체 여성 인물들을 크리스토퍼 보글러의 8가지 인물 유형에 따라 분류하고 분석해 보았다. 여성 인물들의 유형 분포는 남성 인물들의 그것과 다소 차이를 보였다. 여성 인물들이 가장 많이 속해 있는 인물 유형은 협력자였는데 흥미로운 점은 이 협력자 중 다수가 남성 주인공과 애정 관계[70]에 있다는 것이다.『사조영웅전』에는 총 7명의 여성 협력자가 등장하는데 이 중 황용, 화쟁, 정요가 3명이 곽정과 애정 관계에 있다.『신조협려』에는 총 8명의 여성 협력자가 등장하고 이 중 소용녀, 곽양, 육무쌍, 정영, 공손녹악, 곽부 6명이 양과와 애정 관계에 있다.『의천도룡기』에는 총 8명의 여성 협력자가 등장하고 이 중 조민, 아리, 아소, 주지약 4명이 장무기와 애정 관계에

---

70 애정 관계도 감정의 깊이에 따라 여러 가지가 있다. 여기서는 단순한 호감에서 깊이 사랑하는 감정까지 모두 애정 관계라고 표현하였다.

있다. 특이할 만한 점은 여성 인물과 남성 주인공의 애정 관계가 깊을수록 협력 관계도 깊어지는 양상을 보인다는 것이다.

『사조삼부곡』의 세 작품은 신문 연재, 즉 돈을 벌기 위한 상업적 목적으로 창작되었다.[71] 따라서 독자의 흥미를 끌 만한 통속적인 내용이 필요했을 것이다. 김용의 작품은 단순한 무협소설(武俠小說)을 넘어 인간의 정(情)에 대한 뛰어난 묘사로 높은 평가를 받으며 특히 남성 주인공과 여성 인물(들) 간의 애정묘사는 그의 특기라 할 수 있다.『사조삼부곡』역시 남성 주인공과 여성 인물(들)의 애정에 관한 서사의 비중이 높은 편이다. 그중『신조협려』는 애정소설로 분류될 만큼 인물들 간의 애정관계가 서사의 주류를 이룬다.

이에 해당 여성 인물들을 단순히 남성 주인공의 협력자가 아닌 한 단계 깊은 층위인 영웅과의 애정 관계 측면에서 분석해 볼 필요가 있다고 생각하였다. 즉, 이들이 어떻게 영웅을 만나고 사랑하게 되었는지 영웅에 대한 감정의 양상이 어떠한지 살펴보았다. 또한 일방적인 감정인지 영웅도 이들을 사랑했는지와 그에 따른 관계 양상도 살펴보았다. 동시에 영웅과

---

71 『사조영웅전』은 1957년 홍콩「상보(商報)」에,『신조협려』와『의천도룡기』는 1959년 김용 스스로 창간한「명보(明報)」에 연재하였다. 1950년대 창간된 언론사만 85군데나 되는 상황에서 빈약한 자본과 인력이 부족한「명보」는 1년을 버티기도 힘든 상황이었다.「명보」의 위기를 극복하게 해 준 원동력은 무협소설과 김용 자신이 직접 쓰는 정치 사설이었다. 무협소설의 연재는 상업적인 면에서, 정치 사설은「명보」의 권위 수립에 큰 도움을 주었다. 창간과 더불어『신조협려』가 연재되었고, 1961년부터 『의천도룡기』가 연재되었다. 이어『백마소서풍』과『원앙도』도 연재하면서「명보」는 발행부수 4만을 넘는 신문사로 성장했다. (『사조영웅전』부록, 김용 대하역사무협 『사조영웅전』미리읽기, 김영사, 2003, pp.95-96)

의 애정 관계에 영향을 미친 이들의 사랑과 결혼에 관한 가치관도 검토해 보았다. 각 절의 제목으로 삼은 『사조영웅전』의 순정(純情), 『신조협려』의 격정(激情), 『의천도룡기』의 온정(溫情)은 홍콩 작가 오애의(吳靄儀)의 『김용 소설의 정(情)』에 나오는 관점을 차용하였음을 밝힌다.[72]

1. 순정(純情) : 처음부터 끝까지 한결같은 사랑

『사조영웅전』인물들의 애정 관계는 순정으로 볼 수 있다. 곽정과 애정 관계에 있는 여성은 황용, 화쟁, 정요가 3명이다. 곽정은 이 셋 모두에게 첫사랑이며 황용은 곽정에게 첫사랑이다. 곽정과 황용은 첫 만남 후 마지막까지 변하지 않고 처음의 마음을 지킨다. 화쟁은 어릴 때부터 남매처럼 자란 곽정을 사랑하고 그에게 황용이 있음을 알고도 그와 결혼하기를 원하지만 끝내 이루어지지 못한다. 정요가는 자기를 구해 준 곽정에 첫눈에 반해 그를 찾아갔다가 육관영을 만난 후 그와 결혼한다. 다른 두 작품에 비해 『사조영웅전』의 애정 관계는 상대적으로 단순한 편이다.[73]

---

72 『의천도룡기』부록, 무림지존, 천하를 호령하다, 김영사, 2007, p.82 (재인용)
73 정요가는 황용과 화쟁에 비하면 작품에서 비중이 매우 작다. 곽정을 좋아했다가 육관영을 만난 후 바로 그에게 마음을 주고 결혼한다. 그녀와 곽정의 애정 양상을 순정으로 분류하기는 무리가 있으나 곽정과 애정관계에 있는 인물이 많지 않은 관계로 정요가도 분석의 대상에 포함시켰다.

가. 황용(黃蓉)

황용은 열여섯 되던 해 도화도에서 가출해 혼자 강호를 떠돌아다닌다. 거지 소년 차림의 황용은 장가구에서 우연히 곽정과 마주친다. 곽정 역시 처음 사부들과 떨어져 혼자 가흥으로 가던 중 만두집 점원과 실랑이하고 있는 황용을 만난다. 황용을 측은하게 생각한 곽정은 그녀를 불러 식사를 권하고 황용은 일부러 비싼 요리를 잔뜩 시키지만 곽정은 아까워하지 않고 황용이 원하는 대로 시켜 준다. 황용은 곽정의 진심을 시험하기 위해 한혈보마와 입고 있던 담비옷까지 달라고 하지만 순진한 그는 황용을 친구라고 생각하고 달라는 대로 모두 준다. 자신의 무리한 요구를 다 들어주는 곽정에게 크게 감동한 황용은 이날 이후 몰래 곽정을 뒤따르며 그를 도와준다. 황용은 연경에서 곽정에게 호숫가에서 만나자는 편지를 보내고 그 자리에 나간 곽정은 황용이 실은 거지 소년이 아닌 선녀처럼 아리따운 소녀라는 것을 알게 된다. 곽정은 황용에게 첫눈에 반하고 황용 역시 자기를 위해 조왕부에서 얻어 온 음식을 싸 온 곽정에게 감동한다. 둘은 이 첫 만남에서 바로 서로의 감정을 확인하고 영원히 함께하자는 밀담을 나눈다.

  "내가 예뻐요?"

  "예쁘고 말고, 설산 꼭대기에 사는 선녀 같아." (……)

  "내가 남자든 여자든, 예쁘든 추하든, 나를 진심으로 대해 주는 것 잘 알아요." (……)

  "내가 이런 옷을 입고 있으면 누구나 내게 잘해 줄 테지요. 하지만 내가 거지 차림일 때도 오빠는 친절했어요. 그게 진심이지요." (……)

황용은 천천히 손을 뻗어 곽정의 손을 잡고 속삭였다.

"나는 이제 아무것도 무섭지 않아요."

"어째서?"

"오빠라면 내가 함께하는 걸 막지 않겠죠? 그렇죠?"

"물론이지. 용아, 난 너와 함께 있는 지금이 정말…… 정말…… 기쁜걸." (……)

"오빠가 아무리 저를 위해 말리셔도 그럴 수는 없어요. 만일 오빠가 위험에 빠진다면 나 혼자서 살 수 있을 것 같아요?"

곽정은 명치끝이 찡하게 울리며 감격, 애틋함, 기쁨, 동정 등 온갖 감정이 한꺼번에 용솟음치는 것을 느꼈다.

- 『사조영웅전』 2권, pp.200-205.

강남육괴가 황용이 원수의 사부 황약사의 딸인 것을 알고 둘 사이를 반대하자 황용은 머뭇거리는 곽정을 홍마에 태워 멀리 달아나 버린다. 둘은 함께 여기저기를 돌아다니며 여행을 한다. 이들은 여행 중 홍칠공을 만나 몇 달간 함께하며 무예를 배우는데 이때 황용은 이미 곽정을 남편으로 받아들이고 그와 부부가 되는 것을 당연한 것으로 생각한다. 『사조영웅전』에서 황용은 결혼을 하면 부부가 되는 것은 알지만 아직 부부 관계에 대해서는 전혀 모르는 소녀로 나온다. 황용은 양철심이 죽으면서 곽정에게 목염자와 결혼할 것을 유언으로 남기자 목염자를 극도로 경계하며 곽정과 결혼하지 않을 것을 맹세하게 하기도 한다.

둘은 태호를 여행하다 귀운장에 들르게 되고 그곳에서 육승풍, 육관영, 양강, 매초풍, 구천인, 강남칠괴, 황약사 등과 한 자리에 모이게 된다. 매초풍이 원수 강남칠괴를 죽이려 하자 곽정이 이를 저지하려고 하고 이때 황약사가 나타나 곽정에게 살수(殺手)를 쓴다. 이를 본 황용은 곽정을 죽인다면 다시는 보지 않을 거라고 하면서 태호로 뛰어든다. 황용은 그 후로도 몇 번이나 자신의 안위는 뒤로한 채 곽정의 목숨을 구한다. 황궁에서 곽정이 양강의 비수를 맞고 생사를 넘나들 때 황용은 곽정이 곧 죽을 거라 생각하고 크게 슬퍼한다.

"왜 울어?"

황용은 처량하게 웃음 지으며 말했다.

"안 울어요." (……)

"용아, 걱정 마. 『구음진경』에는 상처를 치유하는 방법도 적혀 있으니까, 난 안 죽을 거야."

이 말을 듣자 황용은 캄캄한 밤에 등불을 본 듯 마음이 환해지면서 검은 두 눈에 생기가 돌았다. (……)

"칼이 깊게 박히긴 했어도…… 그, 그래도 급소를 찌르진 않았으니까 괜찮을 거야. 노독물의 합마공에 맞은 게 더 큰일이야. 다행히 진력이 실려 있지는 않아서 살 수는 있을 것 같아. 7일 밤낮으로 네가 수고 좀 해 줘야겠다."

"오빠를 위해서라면 70년이라도 기꺼이 하겠어요."

— 『사조영웅전』 5권, pp.279-280.

곽정의 부상을 다 치료하고 난 후 이들은 밖으로 나오고 곽정을 찾아온 타뢰, 화쟁, 철별, 박이출 등과 만나게 된다. 황약사와 황용은 화쟁이 곽정의 약혼녀라는 것을 알고 크게 분노한다. 곽정은 처음에는 화쟁과 결혼하지 않고 황용과 함께하겠다고 한다. 그러나 곧 자신이 한 말을 지켜야 한다는 생각에 다시 화쟁과 결혼하겠다고 선언한다. 황용은 이런 곽정의 결정에 마음이 찢어지는 듯 아프지만 곧 받아들이고 대신 자신도 다른 사람과 결혼하겠다고 선언한다.

> "아버지, 오빠가 다른 사람을 아내로 취했으니 나도 다른 사람에게 시
> 집을 가야죠. 오빠 마음에도 저 하나뿐이고, 내 마음에도 오빠 하나뿐이
> 니……. 그럼 된 거 아니에요?"
>
> "하하! 역시 도화도주의 딸이로구나. 그것도 좋겠다. 그러나 만약 네
> 남편이 네가 저 녀석과 만나는 것을 싫어하면 어쩔 테냐?"
>
> "흥! 누가 감히 날 막아요? 내가 누구 딸인데요?" (……)
>
> 송은 예를 중시하는 나라였다. 황약사는 비록 무공뿐만 아니라 주역과
> 유교 이론에 정통한 사람이었지만 동사(東邪)라는 별명에서도 알 수 있
> 듯이 모든 일에 일반적인 세속, 정리와는 반대로 행동하는 사람이었다.
> 황용도 어려서부터 아버지의 영향을 받은지라 정조 따위를 중요시하지
> 않았다. 황용의 머릿속에는 결혼은 결혼이고 사랑은 사랑이라는 사고방
> 식이 자리 잡고 있었다.
>
> - 『사조영웅전』 6권, pp.139-140.

둘은 뺏긴 타구봉을 찾기 위해 악양으로 가서 개방 방회에 참석한다. 적들에 둘러싸이자 곽정은 황용을 집어던져 그녀를 살린다. 곽정이 화쟁과 결혼하겠다고 선언한 이후 서먹했던 두 사람은 이 일을 계기로 다시 서로

에 대한 감정을 확인한다. 황용처럼 곽정도 그 후 수차례 자신의 안위는 돌보지 않고 황용의 생명을 구한다.

> "용아, 무슨 일인지 말을 해 봐."
>
> "좋아요. 어젯밤, 우리가 개방진법에 몰려 위험해졌을 때 왜 나를 집어 던졌어요? 오빠가 죽어도 내가 살 수 있을 거라고 생각한 거예요? 아직 도 내 마음을 그렇게 모르겠어요?"
>
> 어느새 황용의 얼굴에 눈물이 흘러 방울방울 술잔으로 떨어졌다. 황용 의 깊디깊은 사랑에 곽정은 새삼 놀라면서도 그 모습이 사랑스러워 견딜 수가 없었다.
>
> - 『사조영웅전』 6권, p.232.

황용은 곽정과 화쟁의 결혼을 받아들이겠다고 했지만 마음속으로 너무 나 괴로워한다. 이런 황용을 보며 곽정도 자신의 잘못을 깨닫고 이제 마 음을 바꾸지 않고 영원히 황용과 함께하겠다고 다짐한다.

> 곽정은 황용의 손을 꼭 잡고 그녀의 얼굴을 뚫어지게 바라보았다.
>
> "용아, 하늘이 무너지는 한이 있어도 나는 도화도에서 평생 용이와 살 거야!"
>
> 황용이 흠칫 놀라며 고개를 들었다.
>
> "오빠…… 지금…… 뭐라고 했어요?"
>
> "더 이상 테무친과 화쟁 공주의 일로 고민하지 않을 거야. 이제 평생 용이 곁에만 있을 거야."

황용이 짧게 숨을 내쉬며 곽정의 품에 안겼다. 곽정은 팔을 돌려 그녀를 꼭 감싸 안았다. 그동안 줄곧 그를 괴롭히던 문제였다. 이제 완전히 마음을 정하니 더할 수 없이 마음이 후련했다.

- 『사조영웅전』 7권. p.202.

그러나 좋은 순간도 잠시 곽정은 강남오괴가 도화도에서 처절하게 죽임 당한 것을 보고 황약사의 짓이라고 생각하고 황용을 원수로 대하기 시작한다. 황용은 아버지의 누명을 벗기기 위해 위험을 무릅쓰고 구양봉의 인질이 된다. 곽정은 황용을 찾다가 다시 테무친 군영에 합류하고 황용은 신분을 숨기고 곽정을 돕다가 끝내 곽정에게 정체를 들킨다. 황용은 호레즘 정벌을 도우며 곽정에게 승리하면 포상으로 테무친에게 화쟁과 파혼하겠다는 소원을 말하라고 시키지만 곽정은 마지막 순간 황용의 기대를 저버리고 백성들의 목숨을 구해 달라고 요청한다. 이에 실망한 황용은 다시 곽정을 떠난다. 둘은 화산논검대회에서 만나 결국 다시 화해한다.

곽정과 황용은 각각 18살과 16살에 처음 만난다. 둘 다 태어나고 자란 곳을 떠나 혼자 처음 하는 여행에서 우연히 만나 첫눈에 반한다. 황용에게는 구양극이라는 구혼자가 곽정에게는 화쟁이라는 약혼자가 등장하기는 하지만 끝까지 큰 흔들림 없이 관계를 유지하고 행복한 결말을 보여준다. 황용은 개방적인 결혼관을 보여 주지만 곽정이 화쟁과 결혼할 것이라는 생각에 너무나 고통스러워하고 우울해하는데 이로부터 그녀가 당시의 결혼제도로부터 완전히 자유롭지는 못하다는 것을 알 수 있다.

나. 화쟁(華箏)

화쟁은 네 살 때 왕한의 손자 도사의 표범을 만지려다 공격당해 죽을 뻔한다. 옆에 있던 여섯 살 곽정은 자기 몸을 돌보지 않고 화쟁을 구해 준다. 이날 테무친은 서로의 의를 상하지 않기 위해 왕한에게 도사와 화쟁의 결혼을 제안한다. 곽정은 화쟁의 막내 오빠인 타뢰와 의형제를 맺고 두 살 터울인 화쟁과도 친남매처럼 지낸다. 막내딸로 부모의 사랑을 듬뿍 받으며 자라난 화쟁은 곽정과 자주 다투다가도 곧 화해하면서 잘 지낸다. 화쟁이 열넷, 곽정이 열여섯 되던 해 왕한이 사신을 보내 화쟁과 도사의 혼례일을 정하려고 한다. 화쟁은 이때 이미 곽정을 마음에 두고 그와 헤어져 도사에게 시집갈 생각에 울적해한다.

어느 날 흰 수리 한 쌍과 검은 수리 떼가 치열하게 싸우고 있는 모습을 보고 사람들이 몰려든다. 테무친이 검은 수리를 맞히는 자에게 상을 내리겠다고 하고 곽정은 활을 쏘아 일석이조로 동시에 두 마리 수리를 명중시킨다. 테무친은 곽정에게 원하는 상이 무엇인지 물어보고 곽정은 화쟁을 도사에게 시집보내지 말라고 부탁한다. 이에 테무친은 웃으며 곽정에게 자신이 아끼는 금도를 하사한다. 이를 본 화쟁은 울면서 말을 몰고 어디론가 가 버린다. 잠시 후 돌아온 화쟁은 곽정에게 자기가 도사에게 시집가지 않으면 누구에게 시집가야 하냐고 물어보고 곽정은 모르겠다고 얼버무린다. 둘은 마옥의 도움으로 부모를 잃은 새끼 수리 두 마리를 얻고 각자 한 마리씩 나누어 키우기로 한다. 화쟁이 열여섯, 곽정이 열여덟 되는 해 테무친은 화쟁과 도사의 혼례를 다시 추진한다. 한편 곽정은 우연히 테무친의 의형제인 찰목합과 왕한의 아들 성곤이 테무친을 함정에 빠뜨려 해하려 하는 계획을 듣는다. 곽정이 화쟁에게 이 사실을 알려 주며 테무친에게 전하라고 하고 화쟁은 도사에게 시집가지 않아도 된다는 생각에 뛸 듯이 기뻐한다. 화쟁은 아버지에게 이 사실을 알렸지만 테무친은 화쟁이 꾸민 이야기라고 생각하고 원래 계획대로 왕한을 찾아간다. 곽정은 홍마를 타고 테무친을 뒤따라가 그를 위기에서 구하고 테무친은 곽정을 금도부마로 임명한다. 어머니 이평은 곽정이 사부들과 함께 강남으로 가 양강과 무예를 겨루고 아버지의 원수를 갚은 뒤 결혼하기를 원하고 테무친도 이에 동의한다. 타뢰와 화쟁은 곽정을 배웅하고 화쟁은 이별을 앞두고도 무뚝뚝한 곽정 때문에 서운해한다.

곽정은 강남으로 오자마자 황용을 만나 연인 사이가 되고 양철심이 죽으면서 목염자를 부탁하자 속으로 황용이 있는데 어떻게 다른 여자를 아내로 맞이할 수 있겠냐는 생각을 한다. 그는 이때 스스로 깜짝 놀라는데 자신이 이미 약혼자 화쟁을 까맣게 잊어버렸다는 사실을 깨달았기 때문이다. 구처기와 강남육괴가 선대의 유언을 들어 목염자와의 혼인을 종용하자 곽정은 자신의 마음을 밝힌다.

> "화쟁 공주와 결혼할 마음도 없습니다."
> 한소영도 가볍게 눈살을 찌푸렸다.
> "그녀와 잘 지내지 않았니?"
> "동생이나 친구로서 잘 지낸 것이지, 그녀와 결혼할 생각은 없었습니다."
>
> - 『사조영웅전』 3권. p.78.

테무친의 넷째 아들 타뢰는 테무친의 명을 받고 몽고 사신의 신분으로 송나라에 오고 화쟁의 부탁으로 곽정의 수리를 데리고 온다. 도화도에서 중원으로 돌아오는 길 곽정이 바다에 빠졌을 때 그의 행방을 끝내 찾지 못한 흰 수리는 북방까지 날아가 화쟁에게 곽정의 위험을 알린다. 화쟁은 곽정 걱정에 수리와 함께 우가촌까지 내려와 그의 소식을 수소문한다. 화쟁은 곡 낭자의 주막에서 타뢰 무리와 마주친다. 그들이 몽고 사신임을 알아본 구천인과 구양봉은 그들을 나무에 결박하고 죽이려 한다. 주막 밀실에서 나온 곽정과 황용은 다급하게 부르는 수리를 따라가 화쟁과 타뢰 무리가 사로잡혀 있는 것을 발견하고 이들을 구해 준다. 황약사와 강남육괴도 한자리에 모이고 화쟁이 곽정의 약혼녀라는 것을 알게 된 황약사는 불같이 화를 낸다. 곽정은 처음에는 황용과 함께할 거라고 했다가 타뢰가 남아일언중천금이라며 의형제의 연을 끊으려 하자 다시 화쟁과 결혼하겠다고 한다. 화쟁은 곽정이 떠난 후 처음으로 그에게 자기보다 더 좋아하는 황용이 있음을 알게 되지만 화를 내기는커녕 곽정이 자기와 결혼하겠다는 말에 기뻐서 어쩔 줄을 모른다. 타뢰와 화쟁은 곽정에게 빨리 원수를 갚고 오라며 먼저 몽고로 떠난다. 곽정은 자기 때문에 괴로워하는 황용을 보며 다시 화쟁과 결혼하지 않고 황용과 함께하기로 마음을 바꾼다. 황용은 아버지 황약사가 강남사괴를 죽였다는 누명을 벗기기 위해 구양봉의 인질이 되고 그녀를 찾아 헤매던 곽정은 다시 테무친 군영으로 돌아가게 된다. 테무친은 돌아온 곽정과 화쟁의 혼사를 서두르고 곽정은 사라진 황용 걱정에 마음이 무겁기만 하다. 곽정은 황용을 찾으러 떠날 것이며 황용을 찾기 전까지 그녀와 결혼하지 않겠다는 말을 하러 화쟁을 찾아간다. 화쟁은 그 사실도 모르고 곽정이 자기를 보러 온 거라고 생각한다.

"화쟁, 할 말이 있어."

"오빠, 나도 마침 할 말이 있었어요." (……)

"오빠에게 시집간 뒤부터는 전 대칸의 딸이 아니라는 말이에요. 전 그저 곽정의 아내일 뿐이에요. 오빠가 절 욕하든 때리든 모두 오빠 뜻에 달렸어요. 제가 대칸의 딸이라고 해서 절대 어려워하지 마시라는 뜻이에요." (……)

곽정은 어찌할 바를 몰랐다. 천진난만한 화쟁의 얼굴을 바라보니 내일 이곳을 떠난다는 말이 쉽게 나오지 않았다.

"요즘 너무 신나요. 그때 오빠가 죽었다는 소식을 들었을 때 나도 따라 죽으려 했는데, 지금 생각하면 타뢰 오빠가 제 손에서 칼을 빼앗아 준 게 얼마나 다행인지 몰라요. 그렇지 않았으면 오빠에게 시집갈 수도 없었을 것 아니에요? 오빠, 전 정말 오빠에게 시집갈 수 없다면 더 이상 살고 싶지 않아요." (……)

"그렇지 않아도 남쪽으로 가려고, 그 이야기 하러 온 거야."

"그렇지만…… 내가 정말 떠난다면 어머니와 아버지가 너무 서운해하실 텐데요." (……)

"화쟁아, 너한테 너무 미안하다. 그렇지만 나 너랑 결혼할 수 없어."

"제, 제가 뭘 잘못했나요? 그때 오빠가 죽었다고 생각했으면서도 자살하지 않아서 화가 나신 거예요?" (……)

"화쟁, 그냥 날 잊어 줘. 난 아무래도 용이를 찾으러 가야 할 것 같아."

"찾은 다음에는요? 다시 돌아오실 건가요?"

"만약 용이가 아무 일 없이 무사하면 반드시 돌아올게. 네가 날 싫다고 하지만 않으면 그때 우리 혼례를 올리자."

"전 영원히 오빠를 기다릴 거예요. 그녀를 찾으러 가세요. 10년이 되든, 20년이 되든 제가 살아 있는 한 이 초원에서 오빠를 기다릴게요."

- 『사조영웅전』 8권, pp.74-79.

화쟁은 곽정이 자신을 사랑하지 않는다는 것을 알면서도 그와의 결혼을 원한다. 더구나 황용을 찾아 떠나는 곽정에게 그가 돌아올 때까지 기다리겠다는 말을 한다. 곽정의 약속은 화쟁을 위로하기 위한 임시방편일 뿐이고 실제 지켜지지도 않지만 화쟁은 그의 말을 철석같이 믿는다. 갑자기 서역정벌에 참전하게 된 곽정이 승리하고 화쟁은 호레즘으로 직접 찾아와 곽정에게 자기가 찾아와 기쁘지 않냐고 물어본다. 이를 본 황용은 다시 곽정을 떠나 버리고 곽정은 화쟁을 버려둔 채 황용을 찾아 떠난다. 곽정은 끝내 황용을 찾지 못하고 화쟁은 곽정 곁에서 그를 위로한다. 테무친에게 송나라를 칠 계획이 있음을 알고 곽정 모자는 몰래 군영을 떠나려 한다. 이를 엿들은 화쟁은 이 사실을 테무친에게 밀고하고 이 일로 이평은 자결하고 곽정은 도망친다. 화쟁은 마지막으로 수리를 통해 송으로 떠난 곽정에게 편지를 남긴다.

우리 군대가 남쪽으로 내려가 송나라를 공격하려고 합니다. 아버지는 오라버니께서 남쪽으로 가신 것을 알고는 계시나, 송을 공격하겠다는 결심을 바꾸지 않으십니다. 나라를 위해 진충보국하실 분임을 잘 알기에 죽음을 무릅쓰고 이 소식을 전합니다. 제 잘못으로 어머니까지 세상을 떠나셨으니 다시 뵐 면목이 없습니다. 저는 지금 서역으로 와 큰 오라버니께 의탁하고 있으며 평생 다시는 고향 땅을 밟지 않을 것입니다. 옛 말에 낙타가 아무리 건장하여도 천 사람을 태우지는 못한다고 했습니다. 너무 무거운 짐을 맡으면 죽기를 각오해도 어찌할 수 없는 일입니다. 부디 스스로 몸을 아끼시고 내내 평안하시기를 바랍니다.

- 『사조영웅전』 8권, pp.310-311.

화쟁은 처음부터 끝까지 곽정을 짝사랑하고 곽정은 시종일관 그녀를 여동생으로만 여긴다. 황용은 곽정에게 약혼녀가 있다는 사실을 알고 다른 남자와 결혼할 것이라고 선언하고 곽정이 화쟁과의 깨끗하게 파혼하지 못하자 여러 차례 그를 떠난다. 반면 화쟁은 곽정이 진짜 사랑하는 사람은 황용이라는 것을 알면서도 곽정에게 마음을 거두지 못하고 끝까지 그와의 결혼을 바라다 결국 화를 자초하고 은거한다. 황용과는 대조적인 모습이다. 자신의 행복을 위해 자신을 사랑해 주는 남자를 찾지 않고 곽정에게만 희망을 거는 모습은 진취적인 여성의 사랑관과는 거리가 있다.

다. 정요가(程瑤迦)

정요가가 구양극에게 납치당할 위험에 처했을 때 원래 그녀를 도와주기로 했던 개방의 여생이 구양극의 상대가 되지 못하자 곽정이 나선다.

"온갖 나쁜 일을 다 저지르면서도 반성하기는커녕 또다시 착한 사람을 해치려 하다니, 천하의 의로운 대장부들을 무시해도 유분수지!"

구양극은 방금의 장풍은 아마도 우연이었을 거라는 생각에 곽정을 비스듬히 내려다보며 무시하듯 말했다.

"네가 의로운 대장부라도 된단 말이냐?"

"나야 그런 자격도 없지만 어쨌든 좋은 말로 할 때 정소저를 돌려보내
고 당신은 어서 서역으로 돌아가시오."

- 『사조영웅전』 4권, p.66.

곽정과 황용이 그녀를 무사히 구하자 그녀는 부끄러워하며 감사의 인
사도 제대로 전하지 못한다.

곽정은 황용과 함께 정 소저를 집까지 바래다주었다. 정 소저는 작은
목소리로 황용에게 자기의 이름을 알려 주었다. 정 소저의 이름은 정요
가였다. 그녀는 비록 청전산이 손불이에게서 무공을 배우기는 했으나,
어려서부터 부잣집에서 부모의 총애를 받으며 자란 탓에 말이나 행동이
애교 있고 부끄러움이 많았다. 명랑하고 활달한 황용과는 전혀 달랐다.
그녀는 감히 곽정에게는 말을 건네지도 못하고 어쩌다 눈이라도 마주칠
라치면 즉시 두 뺨이 빨갛게 달아올랐다.

- 『사조영웅전』 4권, p.90.

정요가는 곽정이 그녀를 구해 준 뒤 그를 잊지 못하고 애를 태우다 무작
정 그를 찾아 집을 나선다. 그러다 우가촌의 곡 낭자 주막까지 오게 되고
이곳에서 마찬가지로 곽정을 찾으러 온 육관영을 만난다. 정요가와 육관
영은 함께 후통해와 맞서 싸우다 차츰 서로에게 호감을 갖게 된다.

정요가는 방금 육관영에게 잠시 왼손을 붙잡히고는 가슴이 두근거렸
다. 옆에서는 세 사람의 대결이 긴박하게 돌아가고 있건만, 그녀는 자신

의 손을 모으고 멍하니 정신이 빠져 있었다.

— 『사조영웅전』 5권, p.315.

육관영으로부터 곽정이 황약사의 사위라는 말을 들었을 때 정요가는 자신이 여기에 온 이유가 자기가 연모해 온 곽정을 찾기 위해서였음을 잊고 이미 마음이 육관영에게 옮겨가 오히려 후련해한다. 이때 주막으로 황약사가 찾아오고 제자의 아들인 육관영과 정요가를 맺어 주려고 한다.

"만약 두 사람의 마음만 맞다면 내가 이 혼사를 주선하겠다. 아, 자식의 혼사는 부모라도 마음대로 할 수가 없지." (……)

"관영아, 질질 끌지 좀 말아라. 도대체 마누라로 삼겠느냐, 말겠느냐?" (……)

"좋다. 낭자는?" (……)

"그런 일은 아버지께서 나서야 하는 일이니……." (……)

정요가는 여전히 묵묵부답이다.

"좋다. 그럼 너는 싫단 말이지? 그것 또한 네 맘이지. 한번 말을 한 이상 그대로 하는 거다. 나 황약사는 나중에 다시 말을 바꾸는 것을 절대 용납하지 않는다." (……)

정요가는 차마 입 밖에 내지 못하고 마음속으로 중얼거렸다.

'아버지는 저를 끔찍이 아끼시니, 저희 고모에게 말씀드려 아버지께 전해지도록 할게요. 후에 공자님 쪽에서 사람을 보내 청혼하면 분명 승낙하실 테니, 당황하지 마세요.'

— 『사조영웅전』 6권, pp.22-23.

황약사의 독촉에 두 사람은 그날 바로 혼례를 올리고 주막에서 신방을 차린다. 이때 주막에 숨죽이고 있던 구양극이 뒤에 등장한 목염자와 정요가를 희롱하려고 하고 양강이 나타나 그를 죽인다. 육관영은 양강이 금나라 사신이라는 것을 알고 정요가의 손을 잡고 주막을 떠난다.

정요가는 자기를 구해 준 곽정에게 첫눈에 반해 과감하게 그의 고향까지 찾아오지만 우연히 만난 육관영에게 또 첫눈에 반해 만난 날 혼례까지 올리게 된다. 그저 스쳐 가는 마음으로 잠시 곽정을 좋아했으며 곽정 역시 그녀에게 호감이 있어서가 아닌 선의로 그녀를 도와주었다고 볼 수 있다.

2. 격정(激情) : 목숨을 던지는 희생적 사랑

『신조협려』인물들의 애정 관계는 격정으로 볼 수 있다. 양과와 애정 관계에 있는 여성은 소용녀, 곽양, 육무쌍, 정영, 공손녹악, 곽부 6명이다. 이중 소용녀와 곽양은 양과를 위해 단장애 밑으로 몸을 날렸고 공손녹악은 실제로 자기의 목숨을 희생하였다. 육무쌍과 정영 역시 양과를 위해 자신을 희생해도 좋다고 생각하였으며 둘 다 양과의 마음을 얻지 못하고도 끝까지 사랑하는 마음을 버리지 못한다. 곽부는 양과의 팔을 자른 장본인으로 작품의 후반부에 가서야 자신의 진짜 마음을 깨닫는다. 양과는 이 모두에게 잠시나마 마음이 흔들렸지만 자신의 아내가 될 사람은 소용녀뿐이라는 것에는 망설임이 없었다. 그는 고통 속에서 16년 동안 소용녀와의 재회를 기다리다 마지막 순간 절망하고 단장애 밑으로 뛰어든다. 특히 양과와 소용녀의 관계는 생사뿐만 아니라 사제 간이라는 예교를 뛰어 넘는 사랑이기에 더 격정적인 사랑이라 할 수 있다.

가. 소용녀(小龍女)

소용녀는 열여덟 되는 해 손 노파에게 구조된 열네 살 양과를 처음 만난다. 그녀는 무정하게 양과를 대하는데 손 노파의 유언 때문에 양과를 제자로 삼고 무예를 가르치기 시작한다. 소용녀는 양과가 고묘에 들어온 지 얼마 되지 않았을 때 자기를 좋아하는 사람이 때리는 것은 기쁘다고 하자 냉소를 지으며 말한다.

> "흥, 나는 너를 좋아하지 않아. 할멈이 보살펴 주라고 하니까 보살펴 주는 것뿐이야. 내가 너에게 호의를 가질 거라고는 평생 기대하지 않는 게 좋을 거야."
>
> 양과는 그렇지 않아도 추위를 참기 힘들었는데 이 말을 들으니 머리에 찬물을 뒤집어쓴 듯했다. 오싹하는 한기를 억지로 참고 따지듯 물었다.
>
> "내가 어디가 나빠서요? 왜 나를 미워하는 거죠?"
>
> "네가 좋고 나쁜 것이 나하고 무슨 상관이야? 그리고 난 너를 미워하지 않아. 난 평생을 이 무덤 안에서 살았어. 아무도 사랑하지 않고 아무도 미워하지 않아."
>
> — 『신조협려』 1권. p.337.

소용녀가 양과에게 고묘파의 기본 무공을 가르친 지 2년이 되는 해 둘은 함께 『옥녀심경』을 연마하기로 한다. 비급의 내공 부분을 수련하기 위해서는 옷을 벗어야 하는데 이 문제를 해결하기 위해 둘은 꽃 덤불 양쪽에서 옷을 벗고 수련을 한다. 이 과정에서 둘 다 전에 몰랐던 행복감을 느끼고 소용녀도 점차 자신의 감정을 표현할 줄 알게 된다. 『옥녀심경』연마과정의 특성상 두 사람은 점차 서로가 사제 간이라는 의식이 없어지고 양과는 소용녀를 자신이 보호해야 할 사람으로 소용녀는 양과를 자신이 의지해야 할 사람으로 여기게 된다. 어느 날 둘이 내공을 연마하고 있는 장면을 조지경과 견지병에게 들켜 소용녀가 큰 내상을 입는다. 이 와중에 이막수와 홍능파가 고묘로 쳐들어오고 양과는 도망가라는 소용녀의 말을 듣지 않고 죽든 살든 소용녀와 함께하겠다며 그녀를 지킨다. 소용녀는 생사를 가르는 순간 자신을 위해 죽겠다는 양과를 보고 감동해 그동안 참았던 감정을 드러낸다.

> '이제 나는 죽을 테고, 과 역시 죽겠지. 그런데 아직도 스승과 제자 관계 때문에 감정을 억제해야 할까? 이젠 거부하고 싶지 않아. 과가 나를 안는다면 절대 밀어내지 않을 거야.' (……)
>
> "과야, 날 좋아하니?" (……)
>
> "만일 다른 여자가 너에게 잘 대해 준다면, 그 여자도 좋아할 거야?"
>
> "선자, 내가 다른 여자들에게 잘해 준다고 해도 그건 선자에 대한 감정과 달라요. 아까 단용석이 떨어졌을 때 앞으로 다시는 선자와 함께 있을 수 없다는 생각을 하니 죽는 것보다 괴로웠어요. 저는 굶어 죽든 이막수의 손에 죽든 이 고묘 안에서 선자와 함께 있고 싶었어요." (……)
>
> "그래, 나도 마찬가지야."
>
> -『신조협려』 2권, pp.113-115.

양과와 소용녀는 고묘 밖으로 나가 계속 무예를 익히기로 한다. 어느 날 구양봉이 찾아와 그에게 무예를 전수하는 동안 소용녀는 견지병에게 순결을 잃는다. 그녀는 견지병을 양과라 여기고 순결을 잃었으니 이제 양과의 아내가 되었다고 생각한다. 영문을 모르는 양과가 여전히 소용녀를 선자라고 부르자 그녀는 양과가 변심했다고 생각하고 그를 떠난다. 두 사람은 애타게 서로를 찾아 헤매다 영웅대연이 열리는 육가장에서 재회하고 양과는 그녀를 아내로 맞겠다고 다짐한다.

> "선자. 난 그동안 선자라고 부르는 것이 습관이 되어 있어 지금도 선자
> 라고 부르지만 마음속으론 부인이라고 부르고 있어요."
> "그래. 사람들이 없을 땐 '부인'이라고 불러. '부인'……. 네가 날 '부인'
> 이라고 부르는 걸 듣고 싶어."
> "평생 내 아내가 되어 줄 거죠?"
> "당연하지. 내 마음은 변하지 않아. 너도 마찬가지로 평생 내 남편이 되
> 어야 해. 그 마음 절대 변하면 안 돼."
>
> 　　　　　　　　　　　　　　　　　　　　　　　－『신조협려』 3권, p.158.

둘은 합심하여 금륜국사를 물리친 후 무림 인사들 앞에서 서로 사랑하고 있으며 결혼할 거라고 한다. 사람들은 이 둘을 보며 천륜을 어기고 있다며 혀를 찬다. 황용은 소용녀에게 둘이 진짜 결혼을 한다면 양과가 사람들에게 손가락질을 받고 무시당할 거라고 말하고 소용녀는 양과의 행복을 위해 그를 떠난다. 그녀는 고묘로 가면 양과가 자신을 찾아올 거라 생각하고 강호를 헤매던 중 부상이 재발한다. 이때 우연히 만난 공손지가

그녀를 구해 주고 청혼한다. 소용녀는 다른 사람의 아내가 되면 양과와의 인연도 끊을 수 있을 거라는 생각에 결혼을 승낙한다. 그러나 뜻하지 않게 절정곡에서 양과와 다시 만나고 양과를 모른 척하다 그가 고통스럽게 피를 토하는 모습을 보고 마음을 바꾼다. 두 사람은 힘을 합쳐 공손지를 이기고 절정곡을 떠나려 하지만 공손지는 두 사람을 모두 정화독에 중독시켜 버린다. 양과의 도움으로 지하동굴에서 탈출한 구천인은 그에게 곽정과 황용의 목을 가져오면 해독약을 주겠다고 하고 양과는 소용녀와 함께 양양성으로 향한다.

황용은 양양성 전투 중 곽양을 낳고 이막수가 곽양을 납치하자 양과는 이들을 뒤쫓는다. 양과는 무씨형제가 곽부를 놓고 목숨 걸고 싸우는 것을 말리기 위해 자신이 곽부의 정혼자라고 거짓말을 한다. 이 장면을 목격한 소용녀는 양과의 말을 곧이곧대로 믿고 다시 그를 떠나기로 결심한다. 이때 그녀는 조지경과 견지병의 대화를 엿듣고 자기가 양과가 아닌 견지병에게 순결을 잃은 사실을 알게 된다.

"그래요. 나예요. 아까 하던 얘기, 모두 사실인가요?"

"예, 그렇습니다. 절 죽여 주십시오."

그는 창밖으로 장검을 거꾸로 들고 소용녀에게 건네주었다. 소용녀의 눈에서 이상한 빛이 발했다. 가슴속에 치욕과 울분이 미친 듯 끓어올랐다. 지금이라면 천 명, 만 명도 죽여 버릴 수 있을 것 같았다. 소용녀는 이제 자신을 깨끗한 몸이 아니고, 또 그래서 전처럼 양과를 사랑할 수 없다고 생각했다.

－『신조협려』 5권, p.236.

소용녀는 이제 자기는 양과와 결혼할 수 없으며 양과가 떠난 것도 실은 이 때문이라고 생각하고 중앙궁까지 견지병을 따라가 그를 죽이려고 한다. 그녀가 금륜국사와 전진오자의 공격을 동시에 받는 위기일발의 순간 한쪽 팔이 잘린 양과가 나타나 그녀를 구한다. 둘 다 생명이 며칠 남지 않은 상황에서 양과와 소용녀는 혼례를 올린다. 절망 중 양과가 소용녀를 치료할 내공 수련법을 생각해 내지만 곽부의 실수로 소용녀의 독이 온몸에 퍼져 부상이 악화된다. 두 사람은 고묘 밖으로 나와 떠돌다 일등대사(단황야)와 자은(구천인)을 만나 함께 절정곡으로 향한다. 소용녀는 공손지와 결투를 벌여 양과의 해독약을 구하지만 양과는 둘이 함께 살지 못하는 바에야 해독약도 필요 없다며 해독약을 절벽 아래로 던져 버린다. 소용녀는 양과를 구할 다른 약초가 있다는 사실을 알고 자신이 먼저 죽으면 양과가 자살을 할까 봐 16년 뒤에 만나자는 메시지를 남기고 단장애 밑으로 몸을 날린다. 16년이 지난 후 둘은 단장애 밑 계곡에서 다시 만나고 양양성에서 항몽 전투를 도운 후 조용히 무림을 떠난다.

소용녀는 처음에는 감정이 없는 냉정하고 무심한 인물로 나오지만 양과를 만난 후 감정을 표현하게 되고 점점 그를 사랑하게 된다. 견지병에게 순결을 잃고 그것을 양과의 소행이라고 생각한 그녀는 양과가 자기를 아내라고 부르지 않자 상심하고 그를 떠난다. 그리고 나중에 자신이 견지병에게 겁탈당한 것이라는 것을 알고 그녀는 양과에게 시집갈 수 없다고 생각하고 견지병을 죽이려고 한다. 그녀는 사제지간에 결혼을 해서는 안 된다는 예법에는 순응하지 않지만 여자는 순결을 지켜야 하고 자기가 순결을 준 사람과 결혼해야 한다는 사고방식에서는 전통적인 결혼관을 고수하는 모습을 보인다. 양과가 자신을 아내라고 부르지 않거나 곽정을 장인이라고 부르는 모습만 보고 섣불리 판단하고 상처를 받는 모습도 사랑과 결혼을 주동적으로 쟁취하는 모습과는 거리가 있다. 그러나 양과의 행복과 그의 생명을 위해 자신의 행복과 생명을 희생하는 모습에서 그녀의 양과에 대한 절절한 사랑을 알 수 있다.

나. 곽양(郭襄)

열여섯의 곽양은 언니, 남동생과 함께 아버지의 명으로 구처기를 초대하러 진양(晉陽)으로 갔다 돌아오는 길, 한 객잔에서 신조협의 이야기를 듣는다. 그녀는 갓난아기 때 양과와의 인연을 모른 채 신조협의 활약상을 듣고 호기심을 갖는다. 곽양은 신조협을 한번 만나보고 싶다고 생각하고 그날 신조협을 만날 일이 있다는 대두귀를 따라나선다. 그녀는 서산 십귀와 사씨형제들이 다투고 있는 자리에서 신조협을 만나고 그와 얼굴을 마주치자 부끄러워 얼굴을 붉힌다. 양과가 사숙강의 목숨을 구할 수 있는 구미영호를 찾아 떠나자 곽양은 자기도 데리고 가 달라고 하고 양과는 이를 승낙한다. 곽양은 이에 뛸 듯이 기뻐한다.

> 곽양은 너무 기뻐 오른손으로 양과의 왼손을 꽉 잡았다. 그녀는 어릴 때부터 양양성의 호걸들과 허물없이 어울렸다. 그들은 곽양을 조카딸처럼 친하게 대했고 그 때문에 그들 사이에는 남녀 간의 감정이 전혀 없었다. 그래서 너무 기쁜 나머지 양과를 전혀 남으로 대하지 않고 서슴없이 손을 잡았던 것이다. (……)
> 양과는 소싯적에는 말과 웃음이 많은 편이었으나 소용녀와 헤어진 후에는 말수가 줄어들었다. 10여 년 동안 강호를 떠돌아다니며 젊은 여자

를 만나기도 했으나 그는 도학을 하는 자들보다 더욱 예를 지켰고 남녀 사이의 정에 얽매이지 않도록 최대한 주의를 기울였다. 비록 순진무구한 어린 소녀의 손이었지만 10여 년 동안 감정을 절제하는 것에 익숙해서 손을 금세 빼게 되었던 것이다.

– 『신조협려』 7권, p.252.

　곽양은 양과와 함께 구미영호를 찾는 모험을 하면서 차츰 그를 이성으로 좋아하기 시작한다.

　'정말 나한테도 이런 오빠가 있었으면 좋겠다. 그러면 항상 날 보살펴 주고 도와줄 텐데. 그리고 언니처럼 하루 종일 이건 안 된다, 저건 안 된다 하면서 잔소리나 하고 욕하지도 않을 텐데…….'
　이런 생각이 들자 곽양은 양과가 더욱 좋아졌다.

– 『신조협려』 7권, p.262.

　양과가 주백통을 데리러 백화곡으로 갈 때 곽양은 또다시 양과를 따라 가겠다고 고집을 부린다. 이때 양과도 곽양이 친동생이었으면 좋겠다고 생각한다. 구미영호를 구한 후 곽양은 양과와 곧 헤어져야 한다는 생각에 슬퍼하고 양과도 곽양의 신분을 알고 나서 마음이 뭉클해진다. 양과는 곽양에게 금침 세 개를 주면서 앞으로 뭐든지 그녀의 세 가지 부탁을 들어 주겠다고 약속한다. 곽양은 양과에게 금침 하나를 건네며 자기 생일날 양양에 와 달라고 한다. 양과는 과거 자기가 갓난아기 곽양을 구한 인연과 그녀가 자기를 각별히 따르는 것에 마음이 움직인다. 그는 곽양을 위해 세 가지 큰 생일선물을 준비한다.[74] 곽양은 양과가 잊지 않고 자신의 생일에 찾아와 준 것과 이렇게 거창한 선물을 준 것에 감격하지만 양과가 금세 떠나 버리자 끝내 울음을 터트린다. 황용은 곽양의 양과에 대한 마음을 짐작하고 그의 과거 이야기를 들려준다. 이야기를 들은 곽양은 약속한 날짜에 소용녀가 나타나지 않으면 양과가 자살을 할까 봐 그를 찾아 가출을 한다. 곽양은 양과를 찾으러 길을 나섰다 금륜국사에게 사로잡히고 그의 제자가 된다. 곽양은 무공 수련을 하면서도 양과 생각만 하고 일찍 태어났다면 자기가 양과의 아내가 되었을 거라는 상상을 한다.

> '20년만 일찍 태어났더라면 얼마나 좋았을까? 만약 엄마가 나를 먼저 낳고, 언니를 나중에 낳았더라면. 사부님의 용상반야공과 무상유가밀승을 배운 후 전진교 도관 밖에서 대용녀라 불리며 사는 거야. 어린 양과가 전진교에서 사부님에게 구박을 받아 우리 집으로 도망을 오면 내가 친절하게 무공을 가르쳐 주는 거지. 그랬다면 날 좋아하게 되었겠지. 후에 소용녀를 만나면 소용녀의 손을 잡고 금침 세 개를 주면서 '넌 참 귀여워. 진심으로 널 좋아하기는 하지만 내 마음은 이미 대용녀에게 있단다. 너무 상심하지 마. 무슨 일이 있을 때마다 이 금침을 가지고 오너라. 그러면 내가 반드시 네 소원을 들어줄 테니.'라고 했겠지.'
>
> — 『신조협려』 8권, p.159.

---

[74] 첫 번째 선물은 양양성을 공격하려고 준비하고 있던 몽고군 좌우 선공부대 2천 명의 귀이고, 두 번째 선물은 몽고 10만 대군의 군량미를 불태운 것이며, 세 번째 선물은 노유각을 죽인 범인인 개방에 숨어 있던 곽도를 찾아내어 달이파로 하여금 그를 죽이게 한 것이다.

양과를 찾아 금륜국사와 함께 절정곡까지 찾아간 곽양은 양과가 절벽 밑으로 몸을 날리는 것을 보고 한 치의 망설임도 없이 뒤따라 뛰어내린다. 양과는 절벽 아래 연못에서 자기를 따라 뛰어내린 곽양과 만나고 그녀의 진심에 감동한다. 홀로 수리에게 구출된 곽양은 곧 금륜국사에게 납치되어 몽고군의 인질이 된다. 이때 16년 만에 절벽 밑 계곡에서 재회한 양과와 소용녀가 나타나 곽양을 구하고 양양성 전투도 승리도 끝난다. 곽양은 양과 부부와 함께 있고 싶지만 그럴 수 없다며 스스로를 달랜다.

곽양과 양과는 약 스무 살 차이가 난다. 그녀는 갓난아기 때 양과와 깊은 인연을 맺었음은 물론 자라서 양과를 알고 난 후 바로 호감을 갖고 그를 좋아한다. 양과 역시 밝고 착한 성격의 곽양을 좋아하고 그 마음이 점점 커져 가지만 소용녀를 향한 일편단심과 곽양과의 나이 차 때문에 그녀를 귀여운 동생으로만 생각한다. 곽양은 양과에 대한 마음을 간직하며 다른 남자와 결혼하지 않고 단신으로 살아가고 훗날 출가하여 아미파를 창시한다.

다. 육무쌍(陸無雙)

육무쌍은 소용녀가 견지병에게 순결을 잃고 양과를 떠나자 그가 소용녀를 찾아 헤매다 만난 인물이다. 양과는 소용녀로 추정되는 인물이 개방 사람들과 싸운다는 이야기를 듣고 그 자리에 찾아가지만 그녀가 소용녀가 아니라는 것을 알고 실망해 대성통곡을 한다. 양과는 육무쌍을 보고 고묘파 사람인 것 같다고 생각하지만 자기와는 무관하다며 싸움을 멀리서 지켜보기만 한다.

'이막수의 제자일까? 어쨌든 양쪽이 다 좋은 사람들은 아닌 것 같으니
어느 편이 이기든 내 알 바 아니지.'

양과는 팔베개를 하고 누워 편안한 마음으로 싸움을 구경했다.

'흥, 저 정도의 외모가 무슨 미모의 여인이야? 우리 선자의 몸종 노릇
하기에도 부족해 보이는군.'

-『신조협려』 2권. p.185.

그러나 양과는 육무쌍의 표정이 묘하게 소용녀와 닮았다고 생각하고 위
기에 처한 육무쌍을 돕기로 결심한다. 양과는 일부러 바보 행세를 하면서
육무쌍의 화를 돋우고 그녀의 화내는 모습에 위로를 받는다. 양과는 육무
쌍에게 자기를 데리고 가 달라고 떼를 쓰며 구경하려고 몰린 사람들에게
육무쌍이 자신의 아내라고 거짓말을 하기도 한다. 육무쌍은 자기를 아내
라고 부르는 양과에게 질겁을 하며 거머리같이 자기를 따라오는 그를 죽
일 생각까지 한다. 양과는 육무쌍에게서 소용녀의 모습을 보며 사부와 닮
은 누군가가 자기를 때리고 욕을 하는 것이 아무도 곁에 없는 것보다는 낫
다고 생각한다. 둘이 하룻밤을 묵던 돌집에 도인들이 찾아와 육무쌍을 공
격하고 그녀는 장풍을 맞은 후 갈비뼈가 부러지는 부상을 입는다. 육무쌍
의 갈비뼈를 접골하기 위해 양과는 처음으로 여자의 벗은 몸을 보게 되고
이때 육무쌍도 양과가 실은 바보가 아니라는 것을 어렴풋이 느낀다.

양과는 처음으로 처녀의 몸을 보게 된 데다 육무쌍의 몸에서 풍기는
은은한 향기 때문에 숨이 막히면서 가슴이 두근거렸다.

"난 괜찮으니 어서 해."

육무쌍은 고개를 모로 젖혔다. 양과는 떨리는 손으로 그녀의 속옷을 벗겼다. 뽀얀 젖가슴이 드러났다. 양과는 바라보기만 할 뿐 차마 손을 댈 수가 없었다. (……)

육무쌍이 눈을 떠 보니 달빛에 비친 양과의 얼굴이 발갛게 달아올라 있었다. 수줍은 듯, 그녀의 눈치를 살피다가 그녀와 눈이 마주치자 얼른 고개를 돌렸다.

– 『신조협려』 2권, pp.220-221.

양과가 갈비뼈를 맞춰 준 후 육무쌍은 점점 양과에게 호감을 느끼고 그에게 강남으로 데려다 달라고 요청한다. 한창 혈기왕성한 둘은 이막수의 추격을 피하기 위해 함께 어려움을 겪으며 점점 서로에게 설레는 마음을 갖는다.

그날 저녁, 이막수와 홍능파는 온 마을을 들쑤시며 육무쌍을 찾아다녔지만 양과와 육무쌍은 아주 편안하게 구들장에 나란히 누워서 잠을 청했다. 양과는 육무쌍에게 풍기는 향긋한 여인의 향취를 실컷 만끽하며 누워 있었다. (……)

저 바보가 갑자기 와락 껴안아 버리면 어떡하지 하는 생각에 꼼짝도 하지 않고 누워 있었다. 한참이 지나도 아무런 기척이 없자 오히려 조금 실망스럽기도 했다. 육무쌍은 양과에게서 풍기는 건장한 사내 냄새를 맡으며 설레는 마음을 억누를 수가 없었다. (……)

양과가 잠에서 깼을 때 날은 이미 밝아 있었다. (……) 부드러운 숨소리, 발그레한 두 뺨, 살짝 벌어진 붉은 입술을 바라보면서 양과는 자신도 모르게 가슴이 두근거렸다.

'살짝 입 맞춰도 전혀 모를 거야.'

아침 해가 뜨는 시간은 바로 정욕이 가장 왕성한 시간이었다. 게다가 육
무쌍의 뼈를 접골해 주면서 만져 보았던 풍만한 가슴을 생각하니 양과는
자신도 모르게 욕정이 생겨 육무쌍의 입술에 자신의 입술을 가까이 댔다.

- 『신조협려』 2권, pp.252-253.

양과는 소용녀에게 했던 맹세를 떠올리며 자신의 행동을 책망한다. 그
는 야율제, 정영 등과 함께 이막수에게 잡힌 육무쌍을 구하고 혼자 길을
떠난다. 그 후 이들은 영웅대연에서 만난 소용녀가 다시 그를 떠난 후 정
영의 집에서 재회한다. 이막수의 공격을 기다리는 절체절명의 순간 육무
쌍은 자신은 이미 죽은 목숨이라고 여기고 다만 양과가 무사히 살아남아
정영과 평생 반려자가 되면 여한이 없겠다는 생각을 한다. 세 사람은 함
께 이막수와 맞서 싸우고 양과는 또다시 혼자 길을 떠난다. 훗날 양과가
소용녀와 함께 해독약을 구하러 절정곡에 다시 왔을 때 그곳에서 육무쌍
과 정영을 다시 만난다. 육무쌍은 말로만 듣던 소용녀를 직접 보고 질투
를 하는 한편 그 아름다운 용모에 할 말을 잃는다. 소용녀가 16년 뒤에 만
나자는 글을 남기고 사라지자 양과와 이루어질 수도 있다는 희망을 가진
다. 하지만 양과가 정영과 육무쌍에게 의남매를 맺자고 하자 그의 소용녀
에 대한 사랑을 확인하고 가슴 아파한다. 양과가 절정곡 절벽으로 몸을
던진 후 사람들과 함께 그를 찾으러 왔다가 양양성 전투에 참전한다. 양
과와 소용녀가 함께 떠나는 모습을 안타까운 마음으로 지켜본다.

육무쌍은 처음에는 양과를 무시하고 그를 떼놓기 위해 죽이려는 생각

까지 한다. 하지만 육무쌍은 양과를 바보라고 부르고 양과는 육무쌍을 색시라고 부르며 둘은 점차 남녀의 정을 쌓는다. 양과 역시 소용녀를 닮은 육무쌍에게 위로를 느끼고 그녀를 안고 싶다는 생각까지 하지만 소용녀를 생각하며 그녀에 대한 마음에 선을 긋는다. 육무쌍은 양과를 좋아하지만 그에게 소용녀가 있다는 것을 알고 적극적으로 마음을 표현하지 못한다. 그렇다고 그들의 사랑을 응원하는 태도도 아니다. 소용녀가 사라지고 나서 양과가 의남매를 맺자고 하자 비통하지만 이를 받아들이고 그들이 함께하는 것을 바라본다.

라. 정영(程英)

정영은 양과와 육무쌍을 뒤따르며 그들을 보호해 주다 육무쌍이 이막수에게 잡혀가자 추한 인피가면을 쓰고 양과를 찾아와 함께 육무쌍을 구하러 가자고 한다. 육무쌍을 구한 후 양과는 혼자 길을 떠나고 이들의 첫 만남은 이렇게 끝난다. 이후 정영은 중상을 입은 양과를 구조하면서 다시 그와 만난다. 양과는 정영에게서 다른 여자들에게 없었던 편안함을 느끼며 호감을 갖는다.

> 그녀는 그간 그가 알아 온 여자들과는 너무나 달랐다. 육무쌍처럼 활달하지도 않았고, 곽부처럼 애교를 부리지도 않았다. 쾌활하고 시원시원한 야율연과도 또 한없이 연약한 완안평과도 분위기가 달라 보였다. 그리고 자신의 마음에 드는 것은 목숨을 걸고서라도 지키려 하는 소용녀와도 많은 차이가 있었다.
>
> -『신조협려』 3권. p.301.

정영은 양과가 자신의 안위를 돌보지 않고 육무쌍을 구해 주는 것을 보고 그의 의협심과 영웅다운 풍모에 호감을 느낀다. 정영은 양과가 혼수상태에서 자기를 끌어안고 '선자'라고 부르는 모습에 당황하면서도 조금씩 마음이 끌린다. 한편 양과는 정영이 열심히 연습하고 있던 붓글씨가 시경에 나오는 '기견군자(旣見君子), 운호불희(云胡不喜)'[75]라는 글귀라는 것을 알고 군자가 자기를 가리키는 것이 아닐까 생각하며 가슴 뛰어 한다. 정영은 이막수의 침입을 대비하면서 양과가 위험에 처했을 때 목숨을 구할 수 있도록 자신의 손수건을 준다.[76] 그리고 이막수가 들이닥치자 일생을 외롭게 살았는데 양과 곁에서 죽을 수 있으니 여한이 없다고 생각한다. 이막수를 물리친 후 정영은 양과에게 손수 만든 옷 한 벌을 선물하는데 양과는 그녀의 정성에 크게 감동한다. 그 후 정영은 육무쌍과 함께 절정곡에서 다시 양과를 만난다. 이막수가 정영을 죽이려던 위기의 순간 양과가 탄지신통을 이용해 그녀를 구하고 정영은 그의 한쪽 팔이 없어진 것을 보고 가슴 아파 눈물을 글썽인다. 소용녀가 16년 후에 만나자는 메시지를 남기고 사라지자 육무쌍과 함께 남아서 양과의 곁에서 위로해 준다. 양과가 먼저 떠나고도 정영은 그에 대한 사랑을 지키며 홀로 생활하다 16년 후 양과와 소용녀가 다시 만난 후에도 양양성 전투와 화산행에 함께한다.

육무쌍과 마찬가지로 양과를 알게 된 후 바로 그를 좋아하지만 소용녀

---

75 임을 만났으니 어찌 기쁘지 않겠는가.
76 이막수가 연인 육전원에게 정표로 주었던 손수건으로 이 손수건으로 육무쌍과 정영은 목숨을 부지했다.

의 존재로 양과와 이루어질 수 없음을 받아들인다. 육무쌍이 좀 더 적극적으로 감정을 표현한다면 정영은 옷을 선물한다든지 옆에서 그를 도와준다든지 하는 식으로 간접적으로 양과에 대한 감정을 표현한다. 끝내 양과에 대한 마음을 접지 못하고 홀로 살아간다.

마. 공손녹악(公孫綠萼)

공손녹악은 양과가 주백통의 행방을 쫓아 금륜국사 무리들과 절정곡에 찾아왔을 때 처음 그를 만난다. 공손녹악은 처음부터 양과에게 호감을 느끼고 양과도 특유의 입담으로 감정을 드러내지 않는 수련을 해 온 그녀를 웃게 만든다.

> 절정곡 사람들은 거의 선(禪)에 가까운 무공을 익혔기 때문에 감정 표현이 거의 없고 서로를 대할 때도 극히 냉담했다. 그래서 누가 그녀를 아름답게 생각했다 하더라도 결코 입 밖에 드러내어 말할 리가 없었다. 그런데 양과는 달랐다. 자유롭고 활발했으며, 소녀가 진지하면 진지할수록 더 장난을 치며 다가왔다. (……)
>
> "나보고 미인이라니 그쪽이야말로 장님이군요."
>
> 양과가 정색을 하며 대답했다. (……)
>
> "미인이 한 번 웃으면 성이 망하고 두 번 웃으면 나라가 망한다고 했는데, 원래 두 번 웃으면 나라가 망한다가 아니고 두 번 웃으면 계곡이 망한다였어요. 그러니 낭자가 두 번 웃으면 이 절정곡도 망하게 되는 것 아닙니까?"
>
> – 『신조협려』 4권. pp.92-93.

공손녹악은 외부와 단절되어 지내다 양과와 같이 유쾌한 사람을 만나자 처음으로 인생의 즐거움을 느끼고 그에게 금세 마음을 빼앗긴다. 공손녹악은 아버지와 결혼하기로 한 소용녀와 양과가 연인 사이였다는 것을 추측하고 정화 가시에 찔려 아파하는 양과에게 연민을 느낀다. 그녀는 자신의 아버지가 약속을 지키지 않고 양과를 정화독에 중독시키고 감금하자 그를 구하기 위해 몰래 석실로 들어온다. 양과는 만난 지 하루밖에 안 된 공손녹악이 자신을 위해 큰 위험을 무릅쓰자 이에 감격한다. 양과는 해독약을 구하러 간 공손녹악을 뒤따라갔다가 그녀가 아버지에게 약을 훔치지 않았다는 결백을 증명하려 옷을 다 벗는 장면을 보고 욕정을 느낀다.

> 양과는 백옥같이 하얀 녹악의 살결을 보고 마음이 두근거렸다. 양과는
> 한창 나이의 젊은이었고, 공손녹악은 미끈한 몸매와 옥 같은 얼굴을 한
> 아리따운 낭자였으니 자신도 모르게 뜨거운 피가 솟구쳤다.
>
> - 『신조협려』 4권, pp.219-220.

공손지가 딸을 죽이려 하자 양과가 나서고 둘 다 공손지의 함정에 빠져 함께 지하동굴로 떨어진다. 공손녹악은 지하동굴에서 악어 떼에 물려 죽을 위기에 처하지만 그래도 양과와 함께 죽을 수 있어 행복하다고 생각한다. 양과는 정화독에 중독되어 자살하고 싶을 만큼 고통스럽지만 공손녹악을 구하고 죽어야 한다는 생각에 이를 물고 참는다. 이들은 지하동굴에서 10년간 갇혀 있던 구천척을 만난다. 구천척은 양과와 공손녹악이 연인 사이라고 오해한다. 동굴 밖으로 나간 이들은 공손지와 소용녀가 혼례를 올리려는 순간 그곳에 도착한다. 공손녹악은 양과를 위해 혼신을 다해 싸

우는 소용녀를 보며 자신이 소용녀라면 어땠을까 생각하지만 양과가 자신을 사랑하지 않는다는 사실을 깨닫고 우울해한다.

'만일 내가 소용녀의 입장이었다면 생사가 걸린 화급한 지경에서 나를 버리고 그를 지킬 수 있었을까?'
녹악은 잠시 생각에 잠기더니 긴 한숨을 내쉬었다.
'나도 소용녀처럼 그를 대할 테지만, 저 사람은 나를 소용녀처럼 대해 주지 않을 거야.'

- 『신조협려』 4권, p.298.

한편 구천척은 양과에게 공손녹악과의 혼인을 종용한다. 양과는 이를 거절하고 공손녹악도 이런 어머니를 말리며 양과와 소용녀가 무사히 절정곡에서 나갈 수 있게 도와준다. 공손녹악은 어머니에게 분명하게 자신의 남성관을 밝힌다.

"저는 음흉하게 두 마음을 품고, 정도 의리도 없이 새로운 사람을 위해 옛 여자를 버리는 남자는 싫어요. 만일 양 대형이 옛 여인을 버리고 저와 혼인하겠다고 했다면 저는 절대 저 사람에게 시집가지 않았을 거예요."

- 『신조협려』 4권, p.317.

구천척은 양과에게 곽양과 황용의 목을 가져와야 해독약을 주겠다고 하고 양과와 소용녀는 해독약을 구하러 절정곡으로 와서 다시 공손녹악과 만난다. 구천척은 여전히 자기 딸과 혼인을 해야 해독약을 주겠다고 우기고 양과는 소용녀와 이미 혼인한 몸이기 때문에 그럴 수 없다고 분명히 거절한다. 양과가 돌아오길 손꼽아 기다리던 공손녹악은 이 말을 듣고 무척 상심하며 극단적인 생각까지 한다.

> 그녀는 양과를 만난 후부터 줄곧 그를 마음에 두고 그리워했다. 이미 소용녀와 남다른 감정을 나눈 사이라는 것을 알면서도 단념하지 못했다. 더러는 엉뚱한 망상까지도 했다. 피할 수 없다면 소용녀와 함께 양과를 지아비로 섬기는 생각도 해 본 것이다. 그러나 지금 양과의 이야기를 들으니 그것까지도 부질없는 꿈이었음을 깨닫게 되었다.
>
> 공손녹악은 조용히 일어섰다. 어려서부터 내성적이고 말이 없던 그녀인지라 그저 눈물만 흘릴 뿐 어떤 감정표현도 하지 않았다. 돌아서서 소리 없이 걷기 시작했다. 그녀는 마치 자신의 몸이 깃털처럼 가벼워지는 환상에 빠져들었다. 그래서 저 허공 속으로 사라져 버렸으면 좋겠다는 생각을 했다.
>
> '살고 싶지 않아.'
>
> – 『신조협려』 7권, pp.46-47.

공손녹악은 양과의 해독약을 구하기 위해 끝까지 자기 아버지에게 맞서다 결국 아버지 손에 죽는다.

공손녹악은 처음 만난 양과에게 금방 마음이 뺏겨 자신의 생사도 돌보지 않고 그를 위해 자신을 희생한다. 양과는 안 지 얼마 되지 않는 자기에게 잘해 주는 그녀에게 고마워하지만 육무쌍이나 정영만큼 정이 깊지는 않다. 그녀는 꼭 정실부인이 아니라도 양과와 함께하고 싶다는 생각까지

하지만 양과의 소용녀에 대한 마음을 알고는 단념한다.

바. 곽부(郭芙)[77]

곽부는 열두 살 즈음에 고아가 된 양과를 처음 만난다. 곽정과 황용은
도화도로 그를 데리고 가서 곽부, 무씨형제들과 함께 동문으로 키운다.
곽부는 금지옥엽으로 오냐오냐 자랐고 양과는 자존심 세고 남의 도움을
받기 싫어하는 성격으로 자라 이들 넷은 처음에는 친하게 지내지만 금방
관계가 틀어진다. 덕분에 양과는 곽정의 손에 이끌려 전진교 문하로 들어
가게 된다. 몇 년이 지나 육가장의 영웅대연에서 곽부와 양과는 다시 만
나고 곽부는 거지 몰골의 양과를 가엾게 여기며 그간 어떻게 지냈는지 묻
는다. 양과는 화려한 곽부의 외모에 자기도 모르게 가슴이 뛴다.

> 그렇게 말하면서 미소 짓는 곽부의 얼굴을 마치 화려한 장미꽃 같았
> 다. 가지런한 눈썹에 고운 이마를 보고 있자니 양과는 저도 모르게 가슴
> 이 뛰며 얼굴이 붉어져 얼른 고개를 돌리고 말았다.
>
> – 『신조협려』 3권. p.76.

둘은 오랜만에 만나 이런 저런 이야기를 나누고 곽부는 심지어 무씨형
제에 대한 고민을 양과에게 털어놓기까지 한다. 양과는 곽부에게 자기에
게는 기회가 없냐고 농담을 하지만 속마음은 고집 세고 뭐든 자기 멋대로

---

77 곽부는 양과와 애정관계에 있는 인물 가운데 유일하게 목숨을 던지는 희생적 사랑에
    해당하지 않은 인물이다.

인 곽부와 결혼한다면 정말 피곤할 거라고 생각한다. 이들은 곽정과 황용의 대화를 엿듣다가 실은 곽정이 양과와 곽부를 결혼시키고 싶어 한다는 사실을 알게 된다. 양과와 곽부는 한동안 만나지 못하다가 양과가 곽정과 황용을 죽이기 위해 양양성에 오면서 다시 만난다. 이 당시 곽부는 아직 무씨형제 사이에서 갈등하고 있고 무씨형제도 곽부를 사이에 두고 격렬하게 다툰다. 양과는 거짓으로 곽부와 결혼할 사람은 자기라며 이들의 싸움을 말린다. 곽부는 이 일을 전해 듣고 양과가 자신을 모욕했다고 생각하고 그와 실랑이를 벌이다 결국 그의 한쪽 팔을 자르게 된다.

> 곽부는 어려서부터 제멋대로 구는 성격이라 부모조차도 언제나 그녀에게 양보하곤 했다. 무씨형제가 언제나 그녀를 떠받들고 상전 모시듯 해 주자 그들에게 더욱 기고만장하게 굴었다. 그녀가 소용녀의 말을 전해 준 것은 양과가 소용녀를 떠받드니 질투심에서 이야기를 꺼낸 것이다. 그런데 오히려 도둑 취급을 하다니! 게다가 가만히 상황을 돌아보니 마치 자기가 양과를 붙잡아 시집을 가려는데 양과가 계속 거절을 하는 모양새가 되고 말았다. 곽부는 화가 치밀어서 당장이라도 검을 뽑을 기세로 검 자루를 거머쥐었다.
>
> – 『신조협려』 5권, pp.219-220.

곽부에게 팔을 잘린 후 양과는 곽부를 원수로 생각한다. 설상가상 곽부는 곽양을 찾기 위해 다른 일행들과 고묘로 찾아왔다가 부상을 치료 중인 소용녀에게 실수로 암기를 발사해 그녀의 목숨마저 위태롭게 한다. 양과는 곽부를 증오하면서도 고묘 밖 화염 속에서 그녀가 위험에 처하자 그녀를 살려 주고 곽부는 처음으로 양과에게 진심으로 감동한다. 이때 무씨형제는 각각 완안평과 야율연과 연인 사이가 되고 곽부는 야율제에게 마음이 기울기 시작한다. 소용녀가 16년의 메시지를 남기고 절정곡에서 사라지고 두 사람도 한동안 얼굴을 보지 못하다가 곽양의 생일날 양양성 영웅대연에서 다시 만난다. 이때 곽부는 이미 야율제의 부인이 되어 있다. 곽양의 생일날 양과가 떠들썩한 생일 선물을 준비하자 곽부는 마음이 불편하다. 마침 양과가 생일연회에 나타난 것도 그녀는 기쁘게 생각하지 않는다. 마지막 양양성 대전투에서 양과는 야율제를 위기에서 구해 주고 그제서야 곽부는 자신의 지난날을 뉘우치고 자기가 실은 이제까지 곽양을 질투해 왔고 진심은 양과를 좋아했음을 깨닫는다.

'내가 왜 저 사람을 미워한 걸까? 정말 저 사람을 싫어했던 걸까? 아니야. 무씨형제처럼 내게 조금만 부드럽게 대해 줬다면 나도 그를 좋아했을 거야. 그는 날 본 체도 하지 않았어. 나는 어쩌면 그를 너무 좋아해서 그렇게 미워했는지도 몰라. 내게 조금만 더 부드럽게 대해 줬다면 난 저 사람을 위해서 목숨도 내놓았을 거야.'

20년의 세월 동안 그녀는 자신의 마음이 어떤 것인지 모르고 지내왔다. 양과를 생각할 때마다 그를 적으로 생각했지만, 마음속 깊은 곳에서는 항상 양과가 자리 잡고 있었던 것을 부인할 수가 없었다. 양과가 그녀의 마음을 몰랐듯, 곽부도 제 마음을 몰랐던 것이다. 그를 원망하고 미워했던 마음이 걷히고 나자 그녀는 모든 것을 분명하게 알 수 있었다. 양과에 대한 그녀의 마음은 생각보다 깊은 것이었다.

– 『신조협려』 8권, pp.278-279.

곽부와 양과는 성격상 상극이라고 할 수 있다. 둘은 사실 어렸을 때부터 서로에게 호감을 느끼고 있었지만 강한 성격 때문에 늘 티격태격하고 사이좋게 지내지 못했다. 곽부는 자기가 좋아하는 사람을 선택하기보다는 자기 말대로 해 주고 자기를 좋아해 주는 남자를 선택하였고 그로 인해 질투와 분노의 감정 속에서 지낼 수밖에 없었다. 곽부가 마지막 순간 양과를 좋아했음을 깨달은 반면 양과는 곽부에게 호감을 느낀 적은 있지만 진정한 의미에서 그녀를 좋아하지는 않았다고 할 수 있다.

3. 온정(溫情) : 연민에서 시작된 애틋한 사랑

『의천도룡기』 인물들의 애정 관계는 온정으로 볼 수 있다. 장무기와 애정 관계에 있는 여성은 조민, 아리, 아소, 주지약 네 명이다. 장무기는 이 네 여성 모두에게 첫사랑이지만 장무기의 첫사랑은 이들이 아닌 주구진이다. 장무기는 곽정처럼 한 명을 처음부터 끝까지 순수하게 사랑하지도 양과처럼 자신의 모든 것을 걸고 누군가를 사랑하지도 않는다. 그는 애증이 뚜렷하지 않고 따뜻한 마음을 가진 인물로 대부분 상대방에 대한 연민의 마음에서 시작하여 점점 깊은 정을 쌓아 간다.[78] 아리는 일부종사의 가치관을 가지고 있지만 현실의 장무기를 사랑하는 것이 아닌 기억 속의 장

---

78 아리, 아소, 주지약의 경우 장무기와 이들 상호 간에 연민의 마음이 바탕이 되어 사랑의 감정으로 발전했다면 조민의 경우는 예외적으로 적으로서 증오의 마음에서 시작하여 사랑의 감정으로 발전했다고 할 수 있다.

무기를 사랑하고, 아소는 장무기의 다른 여성에 대한 사랑을 인정하기에 다른 여성들과 갈등이 없다. 하지만 조민과 주지약은 장무기의 다른 여성에 대한 사랑을 받아들이지 못해 끝까지 연적으로 대치한다. 장무기는 작품 내내 네 여성 모두를 사랑하여 한 명을 선택하지 못하는 모습을 보이다 마지막에 조민의 손을 잡고 북방으로 떠난다.

가. 조민(趙敏)

조민은 중원 무림 토벌작전을 수행하기 위해 장무기 일행에게 접근한다. 장무기 일행은 사손을 중원으로 데리고 오기 위해 길을 나섰다 우연으로 가장한 조민 일행을 만나고 녹류산장에 초대받는다. 이들은 녹류산장을 나온 후 곧 조민의 계략에 속아 무색무취의 극독에 중독된 것을 알게 되고 장무기는 해독약을 구하기 위해 바로 산장으로 돌아간다. 조민은 함정을 파놓고 장무기와 함께 빠져 그가 일행들에게 해독약을 전달하지 못하게 하려고 한다. 장무기는 조민의 발바닥을 간지럼 태우고 침 묻힌 헝겊으로 입을 막는 등 사내답지 못한 방법을 써 그곳에서 빠져나온다. 이들은 첫 만남부터 싸웠지만 서로에게 알지 못할 호감을 느낀다. 조민이 소림사를 초토화시키고 무당파로 갔다는 소식을 듣고 장무기는 부리나케 무당산으로 달려간다. 무당산에서 조민 일행을 격파한 장무기는 그녀에게 유대암과 은리정을 치료할 흑옥단속고를 달라고 한다. 조민은 앞으로 세 가지 요청사항을 들어주겠다고 약속해야 약을 주겠다고 한다. 장무기는 이에 약속을 하고 약을 받아 사숙들을 치료한다. 조민은 광명성 전투가 끝나고 각자 본산으로 돌아가던 육대문파 사람들을 만안사 탑에 가두어 두고 그들의 무공을 훔치고 장무기는 수소문 끝에 그들이 이곳에 잡힌 것을 알아내고 찾아온다. 조민은 장무기가 주지약에게 마음이 있다는 것을 알고 이를 질투해 일부러 주지약을 불러 괴롭히려 하지만 장무기가 나타나 그녀가 얼굴이 난도질당할 위기에서 구해 준다. 이날 조민은 장무기를 허름한 술집으로 불러내 자기 속마음을 털어 놓고 조민의 이야기를 들은 장무기도 마음이 동한다.

조민의 얼굴에 흡족한 웃음기가 희미하게 떠올랐다. 그리고 입에서 천천히 꿈같은 얘기가 흘러나왔다.

"나는 가끔 이런 생각을 해요. 만일 내가 몽골족 사람이나 귀족 출신의 군주가 아니고 주 소저와 같이 한족 출신의 평범한 여자로 태어났더라면, 혹시 당신이 날 지금보다 더 잘 대해 주었을 것이라고 말이에요. 장 공자님, 어디 말 좀 해 봐요. 내가 예쁜가요, 아니면 주 소저가 더 예쁜가요?"

장무기는 그녀에게서 느닷없이 이런 질문을 받게 될 줄이야 전혀 예상치 못한 터라 삽시간에 마음이 흔들려 자기도 모르게 불쑥 한마디를 내뱉고 말았다.

"물론 당신이 더 아름답소!"

대답을 하고 나서야 떨떠름한 느낌이 들었다. 번방 오랑캐 출신의 여자라 성격이 솔직 담백하다는 것은 그렇다 치고 다 큰 처녀가 남정네 앞에서 이렇게까지 거침없이 속내를 드러내리라곤 생각지도 못했다. (……)

조민의 오른손이 슬그머니 뻗어 나오더니 장무기의 손등으로 올라갔다. 뭐라고 형용하지 못할 기쁜 빛이 눈망울에 가득 차 있었다. (……)

보드랍고 매끄러운 여인의 손바닥 한복판이 손등에 와서 닿는 순간,

장무기는 가슴이 마구 뛰기 시작했다.

- 『의천도룡기』 6권, pp.131-133.

한편 조민과 장무기는 사손을 찾아 영사도까지 금화파파를 쫓아간다. 그곳에서 조민은 아리와 장무기의 인연을 알게 되고 이에 질투해 장무기 손등에 흉터를 남긴 후 만족스러워한다.

"나는 그녀의 손등에 난 상처 자국을 똑똑히 봤어요. 당신이 얼마나 세게, 또 깊숙이 깨물었는지. 나는 당신이 그녀를 깊숙이 깨물었던 만큼 그녀가 당신을 깊이 그리워한다고 생각했어요. (……) 그러고는 겁이 났어요. 당신이 앞으로 날 쉽사리 잊어버리지나 않을까 하고요. 이런저런 궁리 끝에 한 가지 방법을 생각해 냈죠. 우선 당신의 손등을 깨물어 놓고 그 상처에 거부소기고를 발라 놓으면 이빨자국이 좀 더 깊숙하게 새겨져 좀처럼 지워지지 않을 거라고. 사실 나한테는 그 방법밖에 없었거든요." (……)

"난 당신을 탓하고 싶지는 않소. 내가 사람의 좋은 마음씨를 알아보지 못하고 여동빈을 물어뜯은 개가 된 셈으로 치리다. 그대가 날 이토록 대해 주고 있으니, 그렇게까지 하지 않아도 난 결코 그대를 잊지 못할 거요." (……)

"어디, 나도 한번 이 손등을 호되게 물어뜯어 볼까? 당신이 평생 날 잊지 못하게 말이오." (……)

조민이 갑작스레 부끄러움을 이기지 못하고 손목을 뽑아내더니 곧바로 선실 문 쪽으로 도망쳤다.

- 『의천도룡기』 6권, pp.272-273.

영사도에서 조민과 장무기는 서로에 대한 감정을 다시 확인한다. 금화파파를 찾기 위해 영사도로 온 페르시아 명교 사절단이 장무기를 공격할 때 조민은 자신의 목숨을 걸고 장무기를 구한다. 영사도를 탈출한 후 사손이 조민에게 왜 목숨을 걸고 장무기를 구했냐고 물어보자 조민은 많은 사람이 함께 있는데도 불구하고 장무기가 아리를 껴안고 있는 것을 보고 죽고 싶은 마음에 그랬다고 고백한다.

> "저 사람은…… 누가 저 사람더러 그렇게 정이 많으라고 했나요……? 은 낭자를 껴안고…… 껴안고…… 그때 난 정말 죽고 싶었어요!"
> 말을 마쳤을 때는 두 눈에서 눈물이 비 오듯 쏟아져 내리고 있었다. 젊은 처녀가 뭇 사람들 앞에서 자기 심사를 솔직히 토로하는 것을 본 일행은 모두 경악을 금치 못했다. 조민은 몽골족 야성을 지닌 여인이었다. 그녀는 한 번 사랑에 빠지면 그 사람에 몰두했고, 미워지면 곧 미워하는 직선적인 성미였다. 중원 땅 예의범절과 도덕에 순화된 한족 규수들과는 전혀 딴판으로 우물쭈물 부끄럼 타는 법이 없었다.
>
> -『의천도룡기』 6권. p.355.

장무기는 명교 입장에서는 적인 조민이 자신에게 이렇게 깊은 정을 쏟고 있는 것에 감동하고 그녀에게 귓속말로 자기도 그녀에 대한 정이 깊다고 말한다. 영사도에서 페르시아 교주가 된 아소와 헤어지고 장무기 일행은 작은 섬에서 하룻밤을 보낸다. 다음 날 아침 일어나 보니 도룡도와 의천검, 조민은 사라지고 아리는 죽었으며 주지약도 상처를 입은 상태이다. 장무기는 이것이 조민의 소행이라 생각하고 다음에 만나면 반드시 조민을 죽이겠다고 주지약과 약속한다. 또 섬에서 이 둘은 사손의 주선하에 약혼식을 올린다. 장무기는 중원으로 돌아온 후 개방 방회에서 조민을 다시 만난다. 장무기는 조민에 대한 애증의 감정으로 어쩔 줄 몰라 한다.

조민이 고개를 돌려 그를 올려다보았다. 두 남녀의 눈길이 마주쳤다. 희부옇게 비쳐드는 빛줄기를 통해서 정이 가득 담긴 그녀의 두 눈을 보았다. 그것을 보는 순간 장무기는 가슴이 뜨겁게 달아올라 저도 모르게 양팔로 그녀의 몸뚱이를 사납게 끌어당겨 자기 가슴에 단단히 부여안았다. 그러고는 머리 숙여 앵두 같은 그녀의 입술에 입맞춤을 하려 했다. 그러나 끝내 입맞춤을 하지 못했다. 힘주어 껴안았던 양 팔뚝도 스르르 맥이 풀렸다. 마치 죽은 거미의 넋이 덜미를 잡아당기기라도 하는 듯했다. 뒤미처 머릿속에 비참하게 죽은 거미의 모습이 떠오르자, 한껏 달아올랐던 머리가 싸늘하게 식어 버렸다. 조민에 대한 사랑이 삽시간에 증오로 돌변한 것이다. 그녀를 부여안았던 오른손이 팔뚝을 힘껏 비틀었다.

– 『의천도룡기』 7권, pp.122-123.

조민은 섬에서 일어난 일은 자기 소행이 아니고 자기도 바다에 빠져 우연히 구조된 것이라고 하지만 장무기는 이를 믿지 않는다. 장무기가 여전히 자기를 범인으로 생각하고 있는데도 조민은 다시 장무기에 대한 사랑을 고백한다.

"당신이 마음속으로 날 버리지 않는다면, 난 그것만으로 족해요. 몽골 족속이니 한족이니, 그런 것 따위에는 마음 쓰지 않으니까요. 당신이 중국인이라면 나도 중국인이 될 테고, 당신이 몽골 사람이라면 나도 몽골 사람일 따름이에요. 당신은 그저 군국대사니, 중화민족과 오랑캐의 구분이니, 나라의 흥망성쇠, 위엄과 권세, 명분이 어떠니 그런 것만 생각하고 계시겠죠. 무기 오라버니, 하지만 내 마음속에는 오직 당신 하나만 들어 있을 뿐이에요. 당신이 착한 사람이라도 좋고 못된 악당이라도 좋아요. 나한테는 마찬가지니까요. 내 한평생 죽을 때까지는 나는 그저 당신만을 따를 겁니다."

- 『의천도룡기』 7권, p.152.

장무기가 개방에 납치당했던 주지약을 구하고 그녀와 혼례를 올리려고 하자 조민이 혼례식에 나타나 두 번째 요구사항으로 혼례를 중단하고 자기를 따라오라고 한다. 장무기는 조민의 손에서 사손의 머리카락을 보고 주지약을 뒤로하고 조민을 따라간다. 주지약이 혼례식장에서 나가는 조민을 공격하고 그녀는 중상을 입는다. 둘은 소림사로 가는 길에 조민의 오빠와 아버지를 만나지만 그녀는 가족의 인연을 끊겠다고 선언하고 장무기를 따른다. 장무기는 부귀영화까지 버리고 자신을 선택한 조민에 깊이 감동한다. 장무기는 주지약과의 혼례를 망친 조민에게 농으로 대신 동방화촉의 짝이 되어야 한다고 한다. 이에 조민은 혼사는 아버지에게 먼저 여쭈어보고 해야 한다며 얼굴을 붉힌다. 둘은 부부로 분하여 소림사 근처 한 노부부의 농가에서 하룻밤을 지새우고 이날 둘 다 끓어오르는 욕정을 참지 못해 힘겨운 밤을 보낸다.

조민은 밤늦도록 두 눈을 뜨고 있었다. 장무기의 그런 뜻을 모르는 바 아니었다. 그러나 전통문화의 수양이 한족보다 모자란 몽골족 혈통을 이어받은 처녀의 야성으로는 도무지 이대로 잠을 이룰 수가 없었다. 아무리 정심(定心)을 하려 해도 입가에 맴도는 뜨거운 남성의 입술 감촉과 거친 숨결이 지워지지 않았다. 얼굴뿐만 아니라 온 몸뚱어리가 불덩이로 달아오르고 마구 날뛰는 심장박동이 좀처럼 가라앉을 줄 몰랐다. 그녀는 엎치락뒤치락, 난생처음으로 이 세상에서 가장 불안하고도 지루한 잠자리를 뒹굴어야 했다.

- 『의천도룡기』 7권, p.476.

소림사로 명교의 세력들이 모인 가운데 주원장 무리는 장무기를 찾아와 조민과 명교 중에 하나만 택할 것을 요구한다. 이에 장무기는 조민은 이미 부모 형제와 의절하고 자기를 따르기로 했으며 자기가 원나라를 몰아내겠다는 뜻과 조민을 아내로 취하겠다는 뜻 모두 변함이 없다고 항변한다. 조민도 이에 보태어 자기는 곧 중원땅을 떠나 몽골로 돌아갈 것이며 다시는 중원에 발을 들여놓지 않을 거라고 장담한다. 도사영웅대회가 끝나고 섬에서 일어난 사건의 범인이 주지약이었음이 밝혀진다. 조민은 누명을 벗고 장무기는 그동안 조민을 의심해 온 것을 미안해하며 오히려 주지약과의 관계를 정리할 수 있어서 잘 되었다고 생각한다. 그러나 장무기가 귀신을 보았다며 자신을 찾아와 벌벌 떠는 주지약을 안아 주는 장면을 목격한 조민은 그를 떠난다. 한편 조민은 주지약에게 혈도를 찍히고 주지약이 장무기에게 가장 사랑하는 여인이 누구냐고 물었을 때 자신이라고 대답하는 것을 듣고 기쁨의 눈물을 흘린다. 장무기는 명교 교주직을 다른 사람에게 넘기고 조민과 함께 북방으로 떠난다.

조민은 몽고 황족으로 명교 교주인 장무기의 최대 적이지만 다른 여인들을 제치고 결국 장무기의 사랑을 쟁취한다. 처음 만남부터 장무기에게 호감을 느끼고 그 후 적극적으로 자기의 마음을 표현한다. 장무기의 혼례식에 찾아가 식을 중단하라는 요청을 하는가 하면 몽고인이라는 한계를 뛰어넘기 위해 가족과 의절하고 한족처럼 살아도 된다고 생각한다. 조민의 진실한 마음에 장무기도 결국 그녀를 사랑하게 되고 명교의 교주직까지 버린 후 그녀와 함께 북방으로 떠난다. 작품에 나오는 여성 인물들 중 가장 적극적으로 사랑을 쟁취하는 인물이다.

나. 아리(阿離)

아리와 장무기는 아리 11살, 장무기 14살 무렵 호접곡에서 처음 만난다. 아리는 금화파파가 호청우에게 복수하러 호접곡에 왔을 때 혼자가 된 장무기와 마주친다. 금화파파는 장무기가 장취산의 아들이라는 것을 알고 사손의 행방을 묻지만 그가 끝내 대답하지 않자 억지로 영사도로 데리고 가려고 한다. 아리가 장무기의 손목을 우악스럽게 잡고 놓아주지 않자 장무기는 그녀의 손등을 있는 힘껏 물어뜯는다. 때마침 멸절사태가 등장하고 장무기는 금화파파에게 끌려갈 위기에서 벗어난다.

이들은 7여 년이 지난 후 다시 만난다. 장무기는 곤륜산 근처 절벽 속에 있는 동굴에서 혼자 5년간『구양진경』을 수련한다. 그는 밖으로 나오다가 절벽 아래 어느 농가로 떨어지고 다리뼈가 부러져 바닥에 누워 꼼짝하지 못한다. 이때 아리가 나타나 그에게 말을 건다.

지그시 바라보니, 열일고여덟 살쯤 들어 보이는 처녀인데 가시나무 비녀를 머리에 꾹 지르고 거친 무명바지 차림을 한 것이 영락없는 가난뱅이 촌뜨기 아가씨였다. 가뜩이나 시커먼 얼굴 표면에 종기가 울퉁불퉁 두드러져 몹시 추루하게 생긴 모습이었지만, 어찌된 노릇인지 눈동자 한 쌍만큼은 유별나게 초롱초롱 반짝거리는 데다 몸매 또한 호리하고 늘씬했다.

- 『의천도룡기』 4권, p.59.

장무기는 동굴에서 혼자 지내다 말동무가 생기자 반갑고 기분이 좋아 그녀에게 계속 농을 건다. 아리는 말투가 거칠고 삐딱하지만 장무기는 그에 개의치 않고 오히려 그녀의 표정과 행동에서 엄마를 느끼며 호감을 가진다. 아리는 여전히 말은 못되게 하지만 장무기에게 먹을 것을 가져다주며 보살펴 준다. 둘은 서로의 본명을 속이고 살아 온 이야기를 나눈다. 아리는 계모를 죽이고 이 때문에 친모도 죽었으며 자신의 마음속에 그리워하는 사람이 있어 온 세상을 뒤져 찾고 있다고 고백한다. 장무기는 아리에게 둘 다 외톨이 신세이니 만약 그 정인을 찾지 못하면 둘이 동반자가 되자고 제안한다. 아리는 이 말을 듣고 자기가 못생겨서 무시하는 거냐고 발끈한다. 장무기는 아리의 얼굴이 원래는 예뻤으며 종기로 부어서 그런 것을 안다고 하고 아리는 그 사실을 어떻게 알았냐며 놀라워한다.

어느 날 아리가 무열 부녀와 위벽, 하태충 부부, 정민군 등의 무리와 장무기를 찾아온다. 장무기는 아리가 이들을 데리고 와 자기를 해치려는 줄 알고 깜짝 놀라지만 아리는 그에게 전에 했던 말이 진심이었냐고 물어본다. 그리고 자기를 아내로 맞아들일 수 있냐고 묻는다. 장무기는 이에 잠시 머뭇거리지만 아리의 처지에 연민을 느끼고 그녀를 아내로 맞겠다고 한다. 알고 보니 아리는 장무기의 이야기를 듣고 주구진을 죽였고 무열 부녀와 위벽은 이 일을 추궁하러, 하태충 부부와 정민군은 사손의 행방을 찾아 아리를 찾아왔던 것이었다. 장무기는 아리를 도와 그녀가 이들을 물리칠 수 있게 해 준다. 정민군도 주지약과 함께 찾아와 방금 아리에게 당한 수모를 갚으려고 하고 장무기는 주지약을 알아본다. 장무기가 주지약을 남다른 눈빛으로 바라보는 것을 느낀 아리는 장무기의 뺨을 때리며 억지를 쓴다.

"아까 뭐라고 했어! 날 아내로 맞아들이겠다고 했지? 그 말을 입 밖에 낸 지 반나절도 안 됐는데, 벌써부터 딴마음을 먹고 남의 처녀한테 눈독을 들이다니, 이게 잘한 짓이야?"

"당신이 진작 얘기하지 않았소? 난 당신과 어울릴 자격이 없다고 말이오. 또 당신 마음속으로 정을 준 남자가 있으니까, 나한테는 절대로 시집올 수 없다고 말했지 않소?"

"그래요! 하지만 당신은 분명히 약속을 했어요. 평생토록 죽을 때까지 날 끔찍이 위해 주고 돌봐 주겠다고 했잖아요."

"내가 한 약속이야 물론 지킬 거요." (……)

"저 여자를 좋아하면 안 되고, 생각도 하지 말아요! 절대로 용서 못 해요!"

"내가 언제 저 여자가 좋다고 했소? 그런 당신은 왜 딴 사람을 마음속에 두고 오매불망 잊지 못해 그리워하는지 모르겠군."

"난 누구든지 처음 마음에 든 사람한테 정을 주어요. 그 사람을 당신보다 먼저 알았으니까 그렇지, 만약 당신을 먼저 알았더라면 한평생 두고두고 당신만을 위해 주고 딴 남자는 절대로 생각하지 않았을 거예요. 이

런 걸 뭐라고 하는지 알기나 해요? '일부종사(一夫從事)'라는 거예요! 누
구든지 딴마음을 먹으면 하늘도 용서하지 않을 거예요!"

아리는 곧 화를 풀고 장무기에게 다리가 다 나으면 자기가 찾는 사람을
같이 찾아 달라고 부탁하고 장무기도 이를 약속한다. 장무기는 아리에게
마음속의 남자를 잊고 자신과 결혼하자고 하지만 아리는 악을 쓰며 강렬
하게 저항한다. 이때 멸절사태와 그 일행이 나타나 이 둘을 끌고 간다. 아
미파 일행은 육대문파 명교 토벌을 위해 광명정으로 가던 중이었고 이들
은 도중에 은리정과 만난다. 아리는 은리정에게 장무기의 소식을 묻고 장
무기는 그제야 그녀가 말하던 정인이 바로 호접곡에서의 자기였다는 것
을 알게 된다. 은리정은 장무기가 이미 절벽에 떨어져 죽었다고 말해 주
고 이에 아리는 까무러친다. 또한 은야왕의 등장으로 장무기는 아리가 자
신의 외사촌이라는 것을 알게 되고 비로소 왜 아리의 표정에서 엄마를 느
꼈는지 깨닫는다. 이때 갑자기 나타난 위일소가 아리를 납치해 가 버린
다. 이들은 한동안 헤어졌다 주지약이 아미파의 장문인이 된 후 아미파가
모인 자리에서 다시 만난다. 장무기는 조민, 아소과 함께 주지약을 납치
한 금화파파와 아리를 따라 영사도로 간다. 장무기는 서역 땅에서 자신이
아리를 아내로 맞겠다고 한 약속을 떠올린다. 영사도에 도착한 장무기는
아리가 자신의 양부 사손을 금화파파로부터 보호하려고 최선을 다하는
모습을 본다. 사손은 금화파파가 결투를 신청하자 아리가 그녀를 돕지 못
하게 하기 위해 일부러 자신을 공격하게 해 부상을 입힌다. 사손은 너무
약하게 공격한 아리에게 이유를 묻는다.

"아리야, 어째서 나를 착한 마음씨로 대했느냐?"

"당신…… 당신은 그 사람의 양부님이에요. 그리고 또…… 또 그 사람 때문에 여길 오셨고요. 이 세상에 당신과 나 둘만이 아직도 마음속으로 그 사람을 기억하고 있어요."

"아하……!"

사손의 입에서 외마디 실성이 터져 나왔다.

"네가 우리 무기 녀석을 그토록 마음속에 담아 두고 있는 줄도 모르고 하마터면 네 목숨을 다칠 뻔했구나. (……)"

- 『의천도룡기』 6권, p.297.

장무기는 이들의 싸움을 지켜보다 사손과 아리를 구해 타고 왔던 배로 돌아온다. 아리는 금화파파의 황금 매화꽃 암기를 맞고 혼수상태에 빠진다. 아리는 잠꼬대로 자신의 마음속 고통과 수심을 쏟아낸다.

"장무기야, 너도 저승에서 외롭고 쓸쓸하겠지? 그래도 여자 귀신이 벗 삼아 줄 거야. 나는 파파 할머니하고 북쪽 바다 빙화도에 가서 네 양아버지를 찾아 모셔 왔단다. 이제 난 무당산에 올라 네 부모님 무덤을 찾아 성묘하러 갈 거야. 그러고 나서 머나먼 서역 땅으로 다시 가서 네가 떨어져 목숨 잃은 설산 봉우리에서 뛰어내릴 거야. 그럼 죽어서 네 반려자가 되겠지. (……) 난 네 양부님 때문에 파파 할머니를 배반했지. 그분은 날 무척 미워하시겠지만 그럴수록 난 그분을 더 잘 모셔드려야 해. 장무기야 말 좀 해 봐. 그래, 안 그래?"

- 『의천도룡기』 6권, pp.362-363.

장무기 일행이 섬에서 하룻밤을 보내고 일어난 아침 도룡도와 의천검 조민은 사라지고 아리는 온 얼굴이 칼날에 찢긴 채로 해변에 엎어져 있다. 아리는 며칠간 사경을 헤매다 끝내 숨지고 만다. 그는 아리에게 자기가 호접곡에서 만난 장무기라는 것을 밝히지 않는 것을 후회하며 그녀의 무덤 앞에 '사랑하는 아내 은리의 무덤'이라는 비목을 세운다. 사손이 장무기와 주지약의 혼례를 종용하자 장무기는 은리가 죽은 지 얼마 되지도 않은데 주지약과 결혼할 수는 없다며 중원으로 돌아가 아리를 죽인 조민을 죽이고 나서 혼례를 올리겠다고 한다. 그 후 영웅도사대회가 무사히 마무리된 어느 날 죽은 줄 알았던 아리가 나타난다. 사실 섬에서 아리는 죽지 않았고 그녀는 무덤에서 나와 장무기와 주지약이 약혼을 올리고 밀담을 나누는 것까지 다 들었던 것이다. 아리는 장무기에게 자기의 마음속에 좋아하는 남자는 호접곡에서 자기 손등을 깨문 악다구니 소년이며 지금 눈앞의 장무기가 아니라는 말을 남기고 훌쩍 떠난다.

　아리는 11살에 만난 장무기를 잊지 못하고 그를 찾아 강호를 떠돌아다닌다. 그녀는 장무기를 만났지만 그를 알아보지 못하고 자기 기억 속에 함몰되어 살아간다. 그녀의 사랑과 결혼관은 분명하다. 일부종사. 그녀는 남자와 여자가 만나서 결혼을 하면 평생 한 사람만 보아야 된다고 생각한다. 그래서 장무기가 다른 여자를 보는 것을 용납하지 못한다. 이런 그녀의 가치관에는 본 부인인 엄마를 두고 계모를 더 사랑한 아버지의 영향이 있어 보인다. 그녀는 어린 나이에 계모를 죽이고 간접적으로 친엄마도 죽게 만든 후 집을 도망쳐 나온다. 장무기는 아리에게 엄마의 모습을 보고 자연히 그녀에게 끌린다. 그리고 호접곡에서 만난 자신을 진심으로 그리워하고 자기가 죽은 줄로만 알고 고통스러워하는 아리에게 깊은 연민의 정을 느낀다.

다. 아소(阿昭)

아소는 양불회의 몸종 신분으로 처음 장무기와 만난다. 장무기는 광명정에서 성곤을 쫓다가 양불회의 규방에 다다른다. 그는 그곳에서 오래전 헤어졌던 양불회와 마주친다.

> "내 칼을 가져와!"
>
> 양불회가 또 소리치자, 몸종은 벽에 걸린 장검을 떼어 냈다. 걸음을 옮겨 뗄 때마다 두 발목 사이에서 '잘그랑잘그랑' 쇠사슬 끌리는 소리가 났다. 발목이 가느다란 쇠사슬에 묶여 있었다. 뿐만 아니라 칼집을 떼어드는 양 손목에도 쇠사슬이 얽혀 있었다. 더구나 왼발을 절뚝절뚝 저는 데다 등줄기마저 낙타처럼 굽은 꼽추였다. 장검을 두 손에 받쳐 들고 돌아섰을 때, 장무기는 더욱 놀랐다. 오른쪽 눈이 작고 왼쪽 눈 하나만 커다랗게 뜬 애꾸에 콧날과 입술까지 뒤틀린 해괴망측하기 짝이 없는 몰골이 보는 사람에게 두려움을 안겨 주었다. 이 어린 아가씨의 생김새는 거미보다 더 추악했다. 거미는 중독된 상태에서 얼굴이 시커멓게 부어올라 언젠가는 치유될 수 있겠지만, 이 어린 아가씨는 타고난 불구자의 몸이라 고쳐 줄 방법이 없을 듯했다.
>
> – 『의천도룡기』 4권, pp.381-382.

장무기는 아리가 전신불구자라고 생각하고 그녀에게 연민의 감정을 느끼고 양불회가 아리를 죽이려고 하는 것을 두 번이나 제지한다. 양불회가 부상을 입은 아버지 양소를 찾아 자리를 뜨자 장무기는 성곤이 분명 방에 있는 통로로 사라졌다고 생각하고 아소에게 길을 안내해 달라고 부탁

한다. 아소는 장무기가 자신의 목숨을 구해 준 것에 보답하기 위해 비밀
통로로 그를 안내한다. 장무기는 비밀통로 안에서 아소가 전신불구자도
아니고 추녀도 아니며 오히려 절세 미모를 가진 소녀라는 것을 알고 깜짝
놀란다. 아소는 처음 본 자기에게 그것도 몸종에게 너무나 잘해 주는 장
무기에게 감동한다.

> "무기 도련님, 도련님은…… 평소 저하고 아는 사이도 아닌데…… 왜
> 저한테 이렇듯 잘해 주시는 거죠?"
> "뭘 잘해 주었다는 거야?"
> 장무기가 뜨악하게 반문하자, 그녀는 떨리는 목소리로 다시 물었다.
> "어째서 제 앞을 가로막아 주신 거죠? 저는 아주 미천한 노비인데, 도
> 련님…… 도련님의 천금같이 귀하신 몸으로 어떻게 비천한 노비의 앞을
> 가로막아 주실 수 있단 말이에요?"
> 그 말에 장무기는 쑥스러운 미소를 지었다.
> "날더러 천금같이 귀하신 몸이라니? 당치도 않은 소리! 어린 아가씨를
> 보호해 주는 거야 당연한 노릇이지."
>
> – 『의천도룡기』 4권, pp.404.

둘은 지하통로를 헤매다 전임 교주인 양정천과 그 부인의 해골을 발견
하고 그 옆에서 『건곤대나이법』을 발견한다. 장무기는 아소의 도움으로
반나절 만에 명교의 무공심법을 익힌다. 그리고 새로 익힌 무공을 이용하
여 동굴 밖으로 나온다. 장무기는 비밀통로에서 여러 가지 일을 겪으며
아소의 착한 마음씨에 반한다. 장무기가 그녀의 진짜 모습이 정말 아름

답다고 칭찬하자 아소도 그렇다면 앞으로 일부러 꼽추에 절름발이 시늉을 하지 않겠다고 한다. 이들은 명교와 육대문파가 대치하고 있는 광장으로 간다. 장무기는 싸움을 말리다 육대문파 고수들과 대결하게 되고 공성대사의 용조수 공격에 큰 부상을 입는다. 이때 아소가 그에게 조심하라고 소리치고 장무기는 그녀가 자신에게 마음이 있는 것이 아닌가 싶어 가슴이 철렁한다. 장무기가 주지약의 공격에 치명상을 입자 아소가 얼굴이 흙빛으로 변해 달려와 그를 부축하고 그에게 죽지 말라고 소리친다.

> 아소는 옷자락을 찢어 피가 흐르는 상처를 싸매 주었다. 그러나 출혈이 너무 심했던가, 부상자의 얼굴빛은 이미 종잇장처럼 창백해진 채 핏기라고는 반 톨만큼도 찾아보기 어려웠다. 그녀는 이루 말할 수 없는 초조감과 불안감, 두려움과 다급한 마음이 뒤죽박죽으로 섞여 어찌할 바를 모르다가 자신의 감정을 억누르지 못하고 양 팔뚝을 내밀어 장무기의 머리통을 감싸 안았다. 그러고는 애절하게 소리쳤다.
>
> "당신, 죽으면 안 돼요! 이렇게 죽을 수는 없어요!" (……)
>
> 체내의 진기를 왼쪽 가슴과 아랫배 사이에 여러 차례 전환시킨 다음 흘긋 아소를 바라보니 아직도 가슴 아프게 흐느끼고 있었다.
>
> "아소, 두려워하지 말아요. 난 죽지 않을 거야."
>
> 그 말에 아소도 마음이 다소 누그러졌는지, 머리통을 감싸고 있던 양 팔뚝을 풀어놓으면서 눈물을 뚝 그쳤다.
>
> "당신이 죽으면 저도 따라 죽을 거예요."
>
> ─『의천도룡기』 5권, pp.164-165.

장무기가 송청서와 겨룰 때에도 아소는 중상을 입은 장무기를 보호해 주고 그를 위해 죽고 싶다고 한다. 이에 감격한 장무기는 아소에게 자기의 누이동생이 되어 달라고 하고 아소는 뛸 듯이 기뻐한다. 광명정 전투가 끝나고 장무기는 명교의 교주가 된다. 그가 양소에게 아소의 내력을 묻자 양소는 아소가 의심되는 점이 많은 아이라며 조심할 것을 당부한다. 장무기 일행이 사손을 모셔 오기 위해 길을 떠나려 할 때 아소가 울고불며 자기도 따라가겠다고 하고 장무기도 아소를 측은하게 여기며 그녀의 동행을 허락한다. 장무기는 아소의 눈부신 미모에 다시 한번 놀란다. 이후로도 아소는 장무기가 어디를 가든 기를 쓰고 그를 따라가겠다고 하고 장무기도 그런 그녀와 헤어지는 것이 아쉬워 그녀를 따라오게 한다. 아소는 장무기에게 다른 여자들이 많으니 언젠가 자신을 저버릴 수 있다는 것을 안다고 하면서 자기는 다른 바라는 것이 없고 평생 장무기 옆에 있기만 하면 된다고 한다.

> "당신에게는 정말 저버리지 못할 사람이 많잖아요? 아미파 주 낭자도 그렇고, 여양왕의 따님 소민군주도 그렇고…… 앞으로 또 얼마나 더 생길지 모르죠. 그런데 저같이 미천한 계집아이를 어떻게 저버리지 않을 리 있겠어요?" (……)
> "전 당신더러 뭘 어떻게 위해 달라고는 하지 않겠어요. 다만 제가 당신을 영원히 모실 수 있게 허락해 주시기만 하면 돼요. 당신 곁에서 시중드는 계집아이로 있기만 하면 저는 만족해요. 간밤에 한잠도 주무시지 못했으니 고단하시겠죠. 어서 침대에 올라 쉬도록 하세요."
>
> – 『의천도룡기』 6권, p.200.

장무기와 아소, 조민은 금화파파와 아리를 쫓아 영사도로 간다. 이들은 그곳에서 사손을 발견하고 금화파파로부터 그를 구해 낸다. 이때 교주가 사망한 페르시아 명교에서 금화파파를 찾아오고 이들 일행을 공격한다. 한편 사람들은 아소가 사실 금화파파의 딸이며 엄마와 마찬가지로 신분을 숨기고 일부러 광명정에 침투했다는 사실을 알게 된다. 금화파파가 페르시아 명교에 포로로 잡히고 장무기 일행도 그들의 공격에 위기에 처하자 금화파파는 딸을 설득해 페르시아 명교의 교주가 되게 한다. 아소는 모두의 목숨을 구하기 위해 특히 장무기를 구하기 위해 어쩔 수 없이 교주직을 받아들인다. 아소는 페르시아로 떠나기 전 장무기에게 마지막으로 자신의 마음을 고백한다.

> "교주 오라버니, 이게 마지막이에요. 오늘 이후 우리 두 사람은 동서로 천리만리 아득한 곳에 떨어져 두 번 다시 만나볼 날이 없을 거예요. 제가 당신의 시중을 더 들어드리고 싶어도 할 수 없고요." (……)
>
> "교주 오라버니, 제가 종전에 당신을 속인 것은 확실해요. (……) 어머니 자신도 계율을 범한 죄가 무겁다는 것을 아셨던 만큼, 성처녀를 상징하는 칠색보석 반지를 저한테 넘겨주고 광명정에 숨어들어 가 건곤대나이 심법을 훔쳐 내라고 명하셨답니다. 교주 오라버니, 그 일 하나만은 제가 이날 이때껏 당신을 속여 왔어요. 하지만 제 마음속으로 당신에게 미안스러운 일을 해 본 적은 단 한 번도 없었어요. 왜냐하면 저는 영원히, 죽을 때까지 페르시아 명교 교주가 되고 싶지 않았으니까요. 그저 당신의 어린 계집종으로 남아 제 한평생 다하도록 당신의 시중을 들어드리고 영영 당신 곁을 떠나지 않으려고 했으니까요.(……) 교주 오라버니, 당신

이 장차 누구를 아내로 맞아들이든지 저는 당신 곁에서 떠나려 하지 않

았어요. 절대로……! 평생 죽도록 당신의 어린 계집아이로 살아가면서

그저 당신이 저를 곁에 두어 시중들게 허락만 해 준다면 부인을 몇 분 맞

아들여도 좋다고 생각했어요. 저는 저 나름대로 영원히 당신만을 사랑했

을 거예요. (……)"

- 『의천도룡기』 6권, pp.459-462.

아소는 페르시아 명교 성처녀의 신분으로 어머니의 밀령을 받아 광명
정에 침투했다. 거기서 양불회의 구박과 괴롭힘을 받다가 난생 처음 자신
의 미모를 칭찬하고 자신에게 잘 대해 주는 장무기를 만난다. 아소는 장
무기와 안 지 얼마 되지 않아 장무기가 죽으면 자기도 함께 따라죽겠다
고 결심할 만큼 그를 사랑하게 된다. 아소는 원래 고귀한 신분으로 몸종
은 단지 원래 신분을 숨기기 위한 가짜 역할이었다. 그러나 그녀는 장무
기를 독차지하겠다는 마음 없이 그가 여러 명의 아내를 취하더라도 심지
어 자기가 계속 몸종 노릇을 하더라도 그의 곁에 있으면 좋겠다고 생각한
다. 장무기가 사랑한 네 명의 여인 중 유일하게 독점욕이 없는 인물이다.
일부다처의 가치관을 수용하고 자기가 상대방을 사랑한다면 상대방이 자
기를 유일하게 사랑하지 않아도 좋다는 조금은 전근대적 여성의 사랑관
을 가지고 있다.

라. 주지약(周芷若)

주지약은 열 살 무렵 역시 같은 또래인 장무기와 처음 만난다. 몽고군의
공격에 뱃사공이었던 아버지를 여의고 이를 가엾게 여긴 장삼봉이 그녀

를 아미파에 천거한다.

계집아이의 나이는 어림잡아 열 살 남짓, 낡아빠진 옷가지에 신발도
신지 않은 맨발이었다. 가난뱅이 뱃사공의 딸인데도 얼굴 생김새가 뛰어
나게 곱상하고 몸가짐도 반듯한 것이, 다 자라면 절세미녀가 될 구색을
갖추고 있었다. 망연자실한 기색으로 앉아서 눈물을 흘리는 모습을 보고
있으려니 장삼봉은 애처로운 마음이 들어 한마디 물었다.

"얘야, 네 이름이 뭐냐?"

"제 성은 주씨(周氏)예요. 아버지 말씀이 제가 호남성 지강(芷江)에서
태어났다고 해서 이름을 지약(芷若)이라고 붙여 주셨어요."

- 『의천도룡기』 3권, pp.28-29.

그녀는 10년 후 아리에게 당한 정민군이 주지약을 앞세워 다시 아리를
찾아왔을 때 장무기와 재회한다. 아리와 장무기는 끝내 멸절사태에게 포
로로 잡혀 광명정까지 끌려간다. 장무기에게 먹을 것을 챙겨 주는 주지약
에게 장무기는 자신의 정체를 밝힌다.

"한수의 흐르는 강물, 나룻배 위에서 밥을 먹여 주던 그 은덕, 영원히
잊지 못하는데……."

이 말을 듣는 순간, 주지약의 몸뚱이가 부르르 떨리더니 고개를 돌리
고 다시 한번 그를 바라보았다. 어제와는 달리 지금은 더부룩하던 수염
도 말끔히 깎이고 치렁치렁 헝클어졌던 머리칼도 깨끗이 다듬어졌다.

한참이나 그 얼굴을 응시하던 주지약의 입에서 나지막하게나마 드디

어 탄성이 흘러나왔다.

"아……!"

그녀는 얼굴에 놀라움과 반가움이 뒤섞인 표정으로 나지막하게 물었다.

"당신이…… 당신이 바로……?" (……)

주지약의 얼굴에 발그레하니 달무리가 피어오르더니 이내 고개를 돌리고 일행 쪽으로 발걸음을 옮겼다.

– 『의천도룡기』 4권, pp.149-150.

한편 육대문파가 연합하여 명교를 토벌하러 가는 길 무당파 송원교의 아들 송청서는 아미파 일행과 마주친 후 주지약에게 첫눈에 반한다. 장무기는 저항하지 못하는 명교 사람들을 잔인하게 도륙하는 멸절사태를 보고 분을 참지 못하고 나선다. 장무기는 광명정 전투에서도 명교를 대신해 싸우고 멸절사태는 결국 그와 겨루다 패한다. 그녀는 주지약에게 의천검으로 장무기를 찌르라고 하고 장무기는 방심하고 있다가 큰 부상을 입는다. 그의 신분이 밝혀지고 전투가 끝났을 때 주지약은 걱정스런 눈길로 그를 바라본다.

주지약은 고개를 숙인 채로 몇 걸음 옮겨 떼다가 더는 참을 수가 없었는지 장무기 쪽을 바라보았다. 공교롭게도 장무기 역시 눈길로 떠나가는 그녀를 배웅하고 있었다. 두 사람의 눈길이 마주치는 순간, 주지약의 창백한 얼굴에 발그레하니 홍조가 피어올랐다. 비록 입을 열지는 않았어도 그 눈빛 속에는 할 말이 담겨 있었다.

'제가 당신께 그토록 중상을 입혀 정말 미안해요. 부디 몸조심하고 평

안히 계시기를 바랍니다.'

　장무기도 그 눈빛 속에 담긴 뜻을 알아차렸다. 그는 말없이 두어 번 고개를 끄덕여 보였다. 주지약의 얼굴에 당장 희색이 감돌았다.

- 『의천도룡기』 4권. p.185.

　광명성 전투가 끝난 후 전투에 참가했던 육대문파가 모두 소리 소문 없이 사라진다. 장무기는 이들이 조민에 의해 만안사에 갇혀 있다는 소식을 듣고 일행들과 정탐을 하러 간다. 장무기는 조민이 주지약의 얼굴을 난도질하려는 장면을 목격하고 대웅전으로 뛰어들어 그녀를 구한다.

　모든 것을 단념하고 있던 주지약은 뜻하지 않은 인물에게 구원을 받고 놀라움과 기쁨을 이기지 못했다. 그녀는 장무기의 넓고도 다부진 가슴에 안기자 저도 모르게 두 눈이 스르르 감겼고 은근히 기쁨이 치솟았다. 그녀는 전신에 맥이 다 풀려 정신이 아찔해졌다. 장무기가 구양신공으로 녹장객의 현명신장에 맞서 싸우느라 온몸의 양기가 격렬하게 들끓으면서 용광로처럼 달아올라 주지약에게 그런 느낌을 주었던 것이다. 더구나 이 남자는 날이면 날마다 오매불망 꿈속에서나 연모하던 그 사람이 아니던가? 한순간 그녀의 가슴은 비할 데 없이 큰 희열로 가득 찼다. 사면팔방 에워싼 적들이 지금 이 순간에 난도질을 퍼붓는다 하더라도 걱정스럽다거나 두려워할 것이 없었다.

- 『의천도룡기』 6권. p.38.

　만안사에서 멸절사태는 장문인의 자리를 주지약에게 넘겨주고 그녀에게 도룡도와 의천검을 비밀을 풀어야 하는 임무를 내린다. 멸절사태는 주지약에게 장무기를 유혹하여 이용하되 절대 진짜 마음과 정절을 주어서는 안 된다고 맹세시킨다. 그 후 주지약은 금화파파에게 납치당해 영사도까지 끌려가고 그곳에서 장무기와 다시 만난다. 아소가 페르시아로 떠나고 일행은 한 섬에 하룻밤을 묵다 변을 당한다. 사손은 주지약과 장무기의 결혼을 주선하지만 장무기는 아소의 원수를 갚고 혼례를 올리겠다고 하고 주지약도 이에 동의한다.

장무기와 사손, 주지약이 중원으로 돌아온 후 사손과 주지약은 개방에 납치당한다. 장무기는 개방 집회 자리에서 주지약을 발견한다. 이때 주지약을 흠모하던 송청서는 무당파를 배신하고 개방에 투신해 있다. 장무기는 그녀를 구조해 수도 대도로 간다.

"송 사형이 잘 대해 주던가요?"

주지약은 그가 묻는 말투가 이상하게 들려 반문했다.

"뭐가 나한테 잘 대해 주었단 말인가요?"

"아, 아니오, 그저 입에서 나오는 대로 물어봤을 뿐이오. 송 사형은 당신에 대한 정이 너무나 깊은 탓으로 무당파를 배반하고 부친의 명을 거역했을 뿐 아니라 막내 사숙을 시해하고 태 사부님마저 모해하려 들었으니, 자연히 당신에게는 잘 대해 주리라 생각했던 거요."

주지약은 그 말에 대꾸하지 않았다. 그저 동편 하늘가에 이제 막 떠오르는 초승달을 바라보며 들릴 듯 말 듯 이렇게 말했다.

"난 당신이 그 사람의 절반만이라도 나를 위해 준다면 그것으로 만족하겠어요."

"미안하구려. 난 송 사형처럼 그렇게 이성을 잃어버릴 만큼 분별없이 정에 얽매이지는 못하지만, 당신에 대한 진정과 일편단심은 송 사형보다 못하지 않소. 그렇다고 당신 때문에 의롭지 못한 일, 불충불효한 일은 내 결코 저지를 수 없소."

"날 위해서는 물론 못 하시겠죠. 하지만 조 낭자를 위해서라면 넉넉히 하고도 남을 거예요. 당신은 그 작은 무인도에서 굳게 다짐했어요. 기필 코 그 요사스런 계집을 죽여 은 소저의 복수를 해 주겠노라고. 하지만 당 신은 그 계집의 얼굴을 보자마자 맹세를 말끔히 잊어버리고 말았죠."

- 『의천도룡기』 7권, pp.304-305.

이때 주지약은 조민에 대한 질투심으로 가득하다. 장무기가 자기보다 조민을 더 좋아한다고 생각하고 그녀를 만났음에도 죽이지 않은 장무기 를 원망한다. 주지약은 장무기에게 어딜가나 떨어지지 말고 죽을 때까지 백년해로하자는 맹세를 하게 한다. 그러나 장무기는 사손의 행방을 찾다 우연히 예전에 조민과 만났던 술집에서 그녀를 다시 만나고 이를 목격한 주지약은 그를 떠나 버린다. 장무기는 수소문 끝에 주지약이 동해 정해현 에 있다는 것을 알고 그녀를 찾아가 청혼한다. 두 사람의 혼례일 갑자기 조민이 나타나 장무기에게 결혼식을 중단하고 자기를 따라오라고 요청하 고 그녀를 따라가는 장무기를 보고 주지약은 대노한다.

신부 주지약의 섬섬옥수가 얼굴을 가린 붉은 면사포를 확 뜯어내더니 그 자리에서 발기발기 찢어 버렸다. 그러고는 뭇 사람들 앞에 목청껏 낭 랑하게 소리쳤다.

"여러분께서 친히 보신 바처럼, 저 사람이 날 저버렸을 뿐 내가 저 사람을 저버린 것이 아닙니다. 오늘 이후로 나 주지약은 장씨 성의 남자와 맺은 인연을 모두 끊고 의절하겠습니다!"

말이 끝나자 머리에 쓰고 있던 봉황 관을 들춰 내리고 손으로 움켜 진주장식을 한 줌 뜯어내더니, 봉황 관을 툭 내던져 버린 다음 손바닥에 한 줌 가득 담긴 진주알을 양손으로 비벼 모조리 가루로 만들어 땅바닥에 푸수수 흩뿌렸다.

"나 주지약이 오늘의 수모를 설욕하지 않는다면 이 진주가루처럼 되리라!"

– 『의천도룡기』 7권. pp.365-366.

장무기는 소림사에서 열린 도사영웅대회에서 주지약을 다시 만난다. 주지약은 장무기와 만난 자리에서 송청서를 남편으로 소개하고 장무기는 이에 벼락을 맞은 듯 충격을 받는다. 도사영웅대회에서 주지약이 승리하고 장무기는 사손의 목숨을 구하기 위해 주지약을 찾아가 연합하자는 제안을 한다. 주지약이 장무기에 복수하겠다는 마음으로 사손에게 구음백골조를 쓰려고 할 때 황삼여인이 나타나 이를 저지하고 섬에서 일어났던 일은 주지약의 소행이었음을 밝힌다. 마지막 순간 주지약은 장무기에게 자신의 본심을 밝힌다.

"무기 오라버니, 난…… 난 당신을 속여 왔어요. 모든 걸 속였어요. 의천검, 도룡도는 내가 훔쳤고, 은리 낭자도 내 손으로 바닷물에 던져 죽였어요.…… 하지만 나는…… 나는 진짜 송청서한테 시집간 건 아니에요.

내 마음속엔 사실…… 사실 처음부터 끝까지 당신 하나밖에 없었어요."

- 『의천도룡기』 8권. pp.483.

　조민과 함께 북방으로 떠나려는 장무기에게 주지약은 둘이 같이 살더라도 혼례만은 올리지 말아 달라고 부탁하고 그들을 떠난다.

　주지약은 어린 시절부터 인연이 있던 장무기를 진심으로 좋아하지만 그가 자신 말고 다른 여자에게도 정을 주는 것을 견디지 못한다. 그런 이유로 그녀는 일행이 머물렀던 섬에서 조민과 아리를 해치고 수장시켜 버린다. 그녀는 비교적 전통적인 결혼관을 가지고 있지만 사부에게 한 맹세 때문에 장무기와 정상적인 부부가 될 수 없다. 그리고 마침내 올린 결혼식도 조민 때문에 결국 망가져 버린다. 그녀는 혼례를 중단하고 조민을 따라간 장무기를 원망하고 증오하지만 마지막 순간까지 그에 대한 마음을 내려놓지 못한다.

　본장에서는 각 작품에 등장하는 협력자 유형 중 남성 주인공과 애정 관계에 있는 여성 인물들을 분석해 보았다. 『사조영웅전』의 애정 양상은 순정이다. 곽정과 애정 관계에 있는 인물은 황용, 화쟁, 정요가 3명이다. 곽정은 약속을 지킨다는 윤리적 의미에서 황용과 화쟁 사이에 갈등하기는 했지만 처음부터 일관되게 황용 하나만 사랑하였다. 황용 역시 마찬가지로 장가구에서 곽정과 처음 만난 이후 변함없는 마음으로 곽정을 사랑한다. 화쟁은 곽정의 마음을 얻지 못하지만 끝까지 그가 돌아오기를 기다리는 순수함을 보인다. 정요가는 비록 육관영을 만나 마음이 바뀌긴 했지만 어리고 순진한 마음으로 곽정에게 첫눈에 반한다. 『신조협려』의 애정 양상은 격정이다. 양과와 애정 관계에 있는 인물은 소용녀, 곽양, 육무쌍, 정영, 공손녹악, 곽부 6명이다. 양과와 소용녀는 사제관계라는 예속을 뛰어넘고, 서로를 위해 목숨을 아끼지 않을 만큼 생사를 뛰어넘고, 또 16년이라는 기다림도 마다하지 않는 시간을 뛰어넘는 사랑을 한다. 곽양, 육무쌍, 정영, 공손녹악은 비록 양과와 이루어지지는 않았지만 양과를 살리기 위해 자신의 목숨도 기꺼이 내어 놓는 모습을 보인다. 곽부는 자신의 분노 때문에 양과의 팔을 자르고 종국에서야 자신의 진심을 깨닫는다.『의천도룡기』의 애정 양상은 온정이다. 장무기와 애정 관계에 있는 인물은 조민, 아리, 아소, 주지약 4명이다. 장무기는 마땅히 미워해야 하는 조민을 미워하지 못하고 점점 사랑하게 된다. 아리에게는 엄마의 모습을 보고 또 그녀의 아픔에 연민을 느낀다. 아소 역시 처음 노예에 불구 처지인 모습을 보고 연민으로 감정을 시작한다. 주지약은 막 아버지를 잃고 장무기는 음독에 중독돼 얼마 살지 못할 상황에 만나 서로 어린 시절 연민의 감정을 품고 시작한다.

앞에서 언급했듯이 김용 무협소설은 태생적 특성상 상업적 목적의 통속소설과 애정소설의 성격도 다분히 띠고 있다. 작품 속 여성 인물들은 남성 주인공과 다양한 애정 관계를 통해 독자들에게 재미와 감동을 주는 역할을 한다. 독자들은 이들의 사랑 이야기에 함께 울고 웃으며 가슴을 졸이기도 한다. 또한 여성 인물들과 남성 주인공의 애정 양상은 남성 주인공의 성격과 성향을 더 확연히 부각시키는 역할도 한다.『사조영웅전』의 곽정은 단순하고 무뚝뚝하며 심지어 우둔하기까지 하다. 유머감각이나 바람기는 전혀 없으며 한 번 먹은 마음은 끝까지 변하지 않는다. 세상에서 황용이 가장 예쁘다고 생각한다.『신조협려』의 양과는 천성이 가볍고 활달하다. 외향적이고 장난기가 많으며 말로 여자들에게 농을 치는 것을 좋아한다. 자존심이 세고 호불호가 강하다. 다른 여성들에게도 매력을 느끼지만 소용녀와의 약속을 지키기 위해 자신을 통제한다.『의천도룡기』의 장무기는 우유부단하고 뭐든 적당히 하다 끝내기를 좋아한다. 입신양명이나 복수하겠다는 마음이 없다. 정이 많고 바람기도 많으며 자신이 사랑하는 여성들 모두를 아내로 취하고 싶다는 생각을 한다. 이렇게 여성 인물들은 남성 주인공의 성격과 성향을 더 명확하게 드러내 주는 동시에 이야기를 다양하고 다채롭게 해 주는 역할을 한다고 볼 수 있다.

주인공
: 역할부여자 양상을 중심으로

　본고의 Ⅱ장에서는 예비적 고찰의 의미로 『사조삼부곡』에 나오는 모든 여성인물들을 크리스토퍼 보글러의 영웅서사에 등장하는 인물 유형으로 분석하였다. 그 결과 여성 인물들이 가장 많이 분포한 유형은 협력자 유형이며 이 협력자 유형 중 다수가 남성 주인공과 애정 관계에 있다는 것을 알 수 있었다. 이에 본고의 Ⅲ장에서는 협력자 중 남성 주인공과 애정 관계에 있는 여성 인물들만 이들의 애정 관계 양상과 사랑 및 결혼에 대한 가치관을 중심으로 분석해 보았다. 애정 관계에 있는 인물들 중 남성 주인공과 마지막까지 함께하는 인물을 여성 주인공이라고 볼 수 있다. 『사조영웅전』의 황용, 『신조협려』의 소용녀, 『의천도룡기』의 조민이 이들이다. 이들 여성 주인공이 작품에서 차지하는 비중은 남성 주인공에 비해 결코 작지 않다. 독자들은 황용 없는 곽정, 소용녀 없는 양과, 조민 없는 장무기를 상상하기 힘들다.[79] 본장은 이들을 단순히 남성 주인공의 최대 협력자나 애정의 대상으로만 보는 것이 타당할까 하는 의문에서 출발하였다.

박종성은 그의 논문 「여신 자청비의 노정기와 역할 대리자-체쳉 고아 선녀, 황우양 부인, 제우스와 견주어」에서 여성 영웅의 역할을 보는 새로운 관점을 제시하였다. 그는 여성 영웅이 남성 영웅의 과업 수행을 위한 원조자로 파악되는 것은 표층적인 층위이고 그 아래 층위에 여성 영웅이 자신의 과업을 수행하는 후대적 변천의 방식으로 '과업 대리 수행자'로서의 남성 영웅의 등장을 긴요하게 설정할 필요가 있다고 하였다.[80] 즉, 여성 영웅이 남성 영웅에게 역할을 부여하여 대리 수행하게 하는 것도 자신의 과업을 수행하는 방법 중의 하나라는 논지이다. 그는 또한 남장과 여장과 같은 신화적 행위는 남성성과 여성성의 덧입기, 능력의 열세 넘어서기, 정체나 신분의 은폐하기와 같은 다양한 역할을 감당하고 있고, 그것이 직접 행하기와 대리 수행자를 통한 간접 행하기 등과 같은 상이한 방식으로 구현되고 있다고 하였다.[81] 본 장은 박종성의 역할부여자 관점을 기본으로 차용하고 장시광의 논문 「여성영웅소설에 나타난 여화위남(女化爲男)의 의미」[82]의 주장을 일부 참고하여 『사조삼부곡』 여성 주인공들을 분

---

79 이 중 조민의 작품 속 비중은 황용, 소용녀에 비해 상대적으로 작다.

80 박종성, 「여신 자청비의 노정기와 역할 대리자-체쳉 고아 선녀, 황우양 부인, 제우스와 견주어」, 한국구비문학회, 『구비문학연구』 43, 2016, p. 13.

81 박종성, 위의 논문, p. 2.

82 장시광, 「여성영웅소설에 나타난 여화위남(女化爲男)의 의미」, 한국고전여성문학회, 『한국고전여성문학연구』 2, 2001, pp. 301-338.
    장시광은 동 연구에서 여성영웅소설의 핵심적 화소로 여화위남, 즉 남복개착(남장변

석하였다.[83]

우선 여성 주인공들에게 남장변복 모티프가 나타나는지 살펴보았다. 그리고 남장변복의 의미가 여성성의 은폐, 여성성의 구현, 남성성의 획득, 남성 모방 중 어디에 해당하는지 살펴보았다.[84] 두 번째로 이들이 남장변복을 한 이유에 대해 살펴보았다. 이들이 남장을 하게 된 계기가 유교적

복)을 들었다. 그는 여주인공이 남복개착을 하는 것은 여성에게 요구된 전통적인 성 역할을 거부하고 남성을 모방하기 위해서라고 주장한다. 그리고 이들이 남성을 모방하려는 주요한 이유로 유교적 이데올로기와 여성의식을 꼽았다. 즉, 여주인공이 유교적 이데올로기를 수용하고 있기 때문에 여성이 아닌 남성으로 그 유교적 이데올로기를 실천하고자 한다는 것이다. 장시광 교수는 여성영웅소설의 여주인공의 내면 갈등은 남자로 태어나지 못하고 여자로 태어난 데 대한 통한 때문에 일어나며 타자인 여성은 남성 중심으로 움직이는 세계와 남성의 지배를 받는 자신들의 현실에 불만을 품고 있다고 한다. 이 관점에 전적으로 동의하지는 않지만『사조삼부곡』의 여주인공들이 남장변복을 한 이유를 동 관점에 비추어 분석해 보는 것도 의미가 있다고 생각하여 분석에 참고하였다.

83 논문 심사 과정에서 남장변복을 통한 남성성의 확보와 역할부여의 상관성이 약하다는 지적을 받았다. 박종성의 위 연구내용만으로『사조삼부곡』여주인공의 남장변복과 역할 부여를 연관 짓기에는 논리가 부족했다. 필자는 이 상관성은 여성 주인공이 남장변복을 하게 된 동기나 이유에서 찾아야 한다고 생각했다. 장시광은 위 논문에서 여성 영웅은 현실의 한계를 깨닫고 남성을 모방함으로써 자아를 실현하고자 한다고 하였다.『사조삼부곡』여성 주인공들에게 이런 양상이 있다면 그들이 스스로 행할 수 없는 과업을 남성 영웅에게 역할을 부여하여 대리 수행하게 할 가능성이 더 커질 수 있을 것이라 생각했다. 그래서 장시광의 주장을 남장변복과 역할부여의 연결고리로 참고하였다.

84 남장변복의 네 가지 의미 중 여성성의 은폐, 여성성의 구현, 남성성의 획득은 박종성의 연구에서 남성 모방은 장시광의 연구에서 차용하였다. 박종성은 자청비의 남장은 여성성을 온전하게 구현하기 위한 과정이면서 동시에 남성성을 구유하는 이중적 기능을 가지고 있다고 하였다. (박종성, 앞의 논문, p.18.) 즉, 남장을 통해 여성성을 구현하기도 한다.

이데올로기나 여성의식과 관련이 있는지 검토해 보았다. 끝으로 이들 여성 주인공들은 과업을 수행하는 방식이 직접행하기인지 아니면 역할부여를 통한 간접행하기인지 살펴보았다.

본 장을 시작하기 전 두 가지 용어의 개념을 정의하고자 한다. 유교적 이데올로기는 유교에서 내세우는 이념 및 행동 규범을 말하며, 여성의식은 여성의 불합리한 조건을 인식한 바탕위에서 그것을 극복하려는 의지를 뜻한다.[85]

1. 황용(黃蓉) : 기존 질서의 수용과 남성 주인공을 통한 과업 수행

가. 남장변복 모티프

어릴 때부터 외롭게 자란 황용은 도화도의 동굴에 갇혀 있던 주백통에게 술과 음식을 가져다주고 함께 이야기를 나누었다는 이유로 황약사에게 크게 혼난다. 그녀는 아무도 자기를 사랑하지 않는다고 생각하고 몰래 도화도를 나와 강호를 떠돌아다니다 곽정을 만난다. 곽정과 처음 만났을 때 황용은 거지 소년 차림을 하고 있다. 황용의 1차 남장변복이다.

"대략 15-16세 정도 되어 보이는 소년은 때에 찌든 검고 낡은 모자를

---

85 장시광, 앞의 논문, p.305의 개념 정의를 그대로 차용하였다. 유교적 이데올로기는 다시 인물을 둘러싼 세계가 지닌 유교적 이데올로기와 인물이 지닌 유교적 이데올로기로 나뉜다. 전자는 남녀의 구별 및 전통적인 내외관을 뜻하고 후자는 효가 중심이 된 입신양명 사상을 뜻한다.

쓰고, 얼굴과 손에는 온통 숯검정이 묻어 있어 원래 얼굴을 알아볼 수 없
을 정도였다. 그러나 눈동자만은 새까맣고 총기로 빛났다. 소년은 손에
만두를 들고 히죽 웃고 있었는데, 하얗게 빛나는 가지런한 치아가 더러
운 그의 얼굴과 대조를 이루었다.

- 『사조영웅전』 2권, p.102.

　곽정은 거지 차림의 황용이 만두집 점원에게 무시당하는 것을 보고 자
기 자리에서 같이 식사하자고 제안한다. 그녀는 곽정의 진심을 시험하기
위해 일부러 비싼 요리를 잔뜩 시키고 곽정이 아끼는 한혈보마도 달라고
한다. 곽정은 비록 처음 만났지만 황용이 원하는 것을 다 들어준다. 이에
감동한 황용은 그날 이후 몰래 곽정을 뒤따르며 그를 도와준다. 황용은
곽정이 연경에 가서 완안강과 겨루고 있을 때 남장을 하고 나타나 일부러
장내를 혼란스럽게 한다. 황용의 2차 남장변복에 해당한다.

　그런데 후통해가 곽정이 아니라 맞은편 인파 속으로 뛰어들었다. 인파
가운데 얼굴이 숯검정을 칠한 듯 검고 파리한 소년이 그가 달려오는 것
을 보고는 '어이쿠' 소리를 치며 도망갔다. 후통해는 더욱 빨리 쫓아갔고,
그의 뒤에는 네 명의 남자가 뒤따랐다.
　곽정은 싸우는 도중에도 자신의 친구 황용이 후통해뿐 아니라 손에 병
기를 든 황화사귀에게 쫓기고 있는 것을 보고 마음이 다급해졌다.

- 『사조영웅전』 2권, p.147.

　황용의 1차, 2차 남장변복은 남성성의 획득이나 남성 모방과는 거리가

먼 일종의 여성성 은폐에 해당한다. 작품 속에서도 황용이 거지소년 복장을 한 이유가 나와 있는데 그녀는 아버지에 대한 반항심으로 세상에서 가장 불쌍한 거지복장을 한다. 곽정은 황용으로부터 성 밖 호숫가에서 기다리겠다는 편지를 받고 약속장소로 간다. 황용이 남자인 줄만 알았던 곽정은 눈부시게 아름다운 소녀가 나와 있자 첫눈에 반한다.

> 갑자기 뒤에서 가벼운 웃음소리가 들려왔다. 곽정이 돌아보니 참방거리는 물소리와 함께 늘어진 나뭇가지 사이로 조각배 한 척이 미끄러져 왔다. 선미에는 긴 머리를 등까지 늘어뜨리고 머리에 금빛 띠를 동여맨 한 여자가 흰옷을 입고 노를 잡고 있었다. 흰 눈빛에 비친 그 모습이 더더욱 눈부셨다.
> 곽정은 그 자태가 선녀인 듯하여 정신을 잃고 바라만 보았다. 배가 천천히 다가오니 소녀의 고운 자태가 비할 데 없이 아름다워 감히 똑바로 쳐다보지 못할 정도였다. 곽정은 눈앞이 아찔하여 더 보지 못하고 고개를 돌리며 뒤로 물러섰다. 소녀는 배를 호숫가에 대고 곽정을 불렀다.
> "오빠, 배에 오르세요."
> 곽정이 깜짝 놀라 고개를 돌리니 소녀는 옷소매를 가볍게 날리며 봄바람 같은 미소를 짓고 있었다. 곽정은 꿈인지 생시인지 눈을 비벼 보았다.
> ― 『사조영웅전』 2권. p.197.

황용은 지저분한 거지소년의 모습으로 곽정과 우정을 맺은 후 선녀와 같은 모습으로 나타나 본인이 여자임을 밝힌다. 즉, 황용의 앞선 1, 2차 남장변복은 여성성의 은폐와 동시에 스스로 남장변복을 폭로함으로써 여성으로의 복귀 및 남성과의 결연을 성취하는 여성성 구현의 양상도 보인다.[86] 곽정은 거지 소년에서 선녀로 변한 황용에게 반해 그녀와 만난 지 얼마 되지 않아 일생을 함께할 것을 결심한다. 황용은 이렇게 빼어난 미모의 소유자로 묘사되는데 무림오절 중의 하나인 구양봉의 조카 구양극도 그녀에게 첫눈에 반해 훗날 도화도에서 그녀와 결혼하기 위해 곽정과 대결을 벌인다. 황용은 홍칠공이 떠난 후 곽정과 함께 태호를 여행할 때 3차 남장변복을 한다.

> 두 사람은 객점에서 이런저런 이야기를 나누며 점심을 먹었다. 그때까지도 목염자는 돌아오지 않았다.
>
> "기다릴 필요 없어요. 우리 먼저 가요."
>
> 황용은 웃으며 말하고 방으로 들어가 남장을 하고 나왔다. 두 사람은 저잣거리로 가서 튼튼한 나귀 한 마리를 사고 장씨의 저택 문 앞을 지나갔다.
>
> — 『사조영웅전』 3권, pp.185-186.

3차 남장변복도 여성성의 은폐에 해당한다고 볼 수 있다. 당시 사회 분위기상 혼례를 치르지 않은 미혼의 남녀가 함께 여행하는 것은 여러모로 불편했을 것이다. 이에 황용은 남장변복을 선택하여 여성임을 숨기고 곽정과 여행을 한 것이다. 황용이 남장을 한 채로 태호에서 육승풍을 만나고 둘은 귀운장에 머물게 된다.

---

86 박종성, 앞의 논문, p.9.

특이할 만한 점은 황용에게는 남장의 변형태(變形態)도 나타난다는 것이다. 그녀가 늘 옷 속에 입고 있는 연위갑이 그것이다. 연위갑은 일종의 갑옷으로 황용은 이 연위갑을 장착함으로써 무공의 열세를 극복하는 양상을 보인다. 즉, 연위갑은 남장의 변형태로 남성성 획득의 역할을 한다.

> 그런데 어찌 된 일인지 황용을 내리치던 영지상인의 손바닥이 막 황용의 등에 닿으려는 순간 영지상인이 갑자기 손을 거두며 큰 비명을 질렀다. 이 틈에 황용은 이미 문밖으로 빠져나갔다.
>
> "하하하하!"
>
> 그녀는 전혀 부상을 입지 않은 듯 통쾌한 웃음을 날리며 멀어져 갔다. 엄청난 기세로 황용을 공격하던 영지상인이 막 황용의 몸에 닿으려는 순간 손을 멈춰 장력을 거두어들인 것이다. 영지상인은 계속해서 분노 섞인 비명을 질러 댔다.
>
> "아이구, 아야!"
>
> 오른 손바닥에서 붉은 피가 뚝뚝 떨어졌다. 손바닥을 들어 보니 손바닥에 10여 개의 작은 구멍이 나 있었다.
>
> "연위갑(軟猬甲)! 연위갑!"
>
> 놀라움과, 분노, 고통이 섞인 목소리였다. 팽련호가 놀라 말했다.
>
> "그 계집아이가 연위갑을 입고 있었단 말이오? 그건 동해 도화도의 보물 아니오?" (……)
>
> 후통해가 물었다.
>
> "사형, 연위갑이 뭐죠?"
>
> 팽련호가 먼저 대답했다.

"고슴도치를 본 적이 있나?"

"당연히 본 적이 있죠."

"그녀는 겉옷 안에 갑옷을 입고 있었던 걸세. 그 갑옷은 창을 막을 수 있을 뿐만 아니라 고슴도치 가시 같은 것이 잔뜩 박혀 있어서 주먹이나 발로 차면 크게 다치게 되는 것일세!"

- 『사조영웅전』 2권, pp.281-282.

이렇게 황용에게는 총 3번의 남장변복 모티프와 연위갑이라는 남장 변형태 양상이 나타난다.

나. 유교적 이데올로기와 여성의식

황용의 아버지인 황약사는 동사(東邪)라는 별명에서도 알 수 있듯이 행동이나 성격이 괴팍하고 세상의 편견과 구속에 얽매이지 않는 가치관을 가지고 있는 사람이다. 황용 역시 이런 아버지의 영향을 받아 비교적 자유분방한 성격을 가지고 있다. 또한 앞선 Ⅲ장의 내용에서도 알 수 있듯이 당대 유교적 가치관과는 상당히 다른 결혼관을 가지고 있다. 하지만 그런 그녀도 여전히 유교적 이데올로기 영향을 받아 전통적 여성 성역할[87]에 순응하고 여성이 전면에 나서 행동하는 것에 일종의 거부감을 보인다.

황용은 요리 등 주방일은 당연히 여자가 하는 것으로 받아들이고 작품

---

87 유교 이데올로기의 전통적 내외관은 내(內)=가정=여성, 외(外)=사회=남성의 관념을 뜻한다. 장시광, 앞의 논문, p.308 참조.

내내 식사와 관련된 일은 자기가 도맡아 한다. 홍칠공이 곽정에게 항룡십팔장을 전수하는 몇 달 동안 둘을 위해 종일 음식을 준비하는가 하면 도화도에서 표류하여 도착한 섬에서도 곽정은 뗏목을 만들고 황용은 식사준비를 한다. 그녀는 홍칠공이 넘겨준 개방 방주의 자리를 곽정에게 주고 자신은 그와 결혼해서 아이를 낳고 곽정을 내조하고 싶어 한다.

> "오빠, 개방의 방주가 되고 싶지 않아요?"
>
> "사부님이 너에게 방주 바리를 물려주셨는데 왜 내게 그걸 묻지?"
>
> "나같이 어린 여자가 개방의 방주가 된다는 건 정말이지 합당하지 않아요. 방주자리를 오빠에게 넘겨주면 어떨까 싶어서요. 오빠가 이렇게 위엄 있게 서 있으면 모든 거지들이 다 오빠를 따를 거예요. 게다가 개방의 방주가 되면 이 절묘한 타구봉법도 오빠에게 전수해 줄 것이 아니겠어요?" (……)
>
> 황용은 원래 그런 다음 결혼해서 부부가 되자고 하고 싶었으나 차마 입 밖에 내지는 못했다.
>
> – 『사조영웅전』 5권. pp.135-136.

황용은 이렇게 당시의 세계가 가진 유교적 이데올로기를 수용하고 있으나 인물 스스로의 유교적 이데올로기, 즉 개인의 입신양명에 대한 욕망은 드러나지 않는다. 또한 뛰어난 능력의 소유자임에도 불구하고 여성의식이 뚜렷하게 나타나지도 않는다.

다. 역할부여자 양상

황용은 아버지 황약사 밑에 있으면서 수많은 절세 무공을 배울 기회가 있었음에도 불구하고 열심히 배우지 않았다. 그녀는 곽정을 만난 후에야 자신이 곽정에게 무공을 가르칠 수준이 되지 않는 것을 안타까워한다. 마침 우연히 홍칠공을 만났을 때 황용은 맛있는 요리와 감언이설로 홍칠공의 마음을 사고 그가 곽정에게 항룡십팔장을 전수하도록 한다. 곽정은 항룡십팔장을 배운 후 무공이 일취월장하고 무림의 고수 반열에 오른다. 황용은 뛰어난 머리로 스스로 자신의 과업을 수행하기도 하지만 곽정으로 하여금 자신의 과업을 대리수행하게 하려는 양상도 뚜렷하게 보인다. 호레즘 정벌에서 곽정이 사마르칸트 성을 수복하게 하고 그 상으로 테무친에게 화쟁과의 파혼을 요청하게 한 것은 대표적인 예이다.

"오늘 오빠가 이렇게 큰 공을 세웠으니 무슨 이야기를 해도 대칸은 절대 화를 내지 않을 거예요."

"음."

대답을 하면서도 곽정은 여전히 무슨 이야기를 하려는 건지 종잡을 수가 없었다.

"예를 들어 오빠가 관작을 달라면 분명히 주실 거예요. 거꾸로 오빠가 아무런 관작도 받지 않겠다고 해도 역시 거절하지 못할 테고요. 중요한 것은, 대칸이 먼저 오빠가 무엇을 요구하든 다 들어주겠다고 직접 말하도록 하는 것이죠."

"그렇지!"

곽정이 시원스레 대답하고 더 이상 말이 없는 것을 보며 황용은 고개를 절레절레 흔들었다.

"오빠, 금도부마 자리가 참 좋지요?"

그 말에 곽정은 번쩍 정신이 들었다.

"아, 알았어. 대칸에게 혼사를 물러 달라 부탁하라는 거지? 무슨 부탁이든 들어주겠다는 약속을 받아 낸 다음에 말이야."

"그야 오빠에게 달린 거지요. 혹시 부마 나리가 되고 싶은 건 아닌가요?"

"용아, 화쟁이 나를 진심으로 대해 준 것은 사실이야. 하지만 내게 그녀는 친누이와 같아. 애초에 신의 때문에 혼약을 어길 수 없었던 거야. 만일 대칸께서 명령을 거두어 주신다면 그게 모두에게 좋은 일이야."

황용은 기쁨으로 가슴이 벅차 미소를 지으며 곽정을 바라보았다. 곽정이 더 말하려는 순간, 왕궁 쪽에서 두 번째 나팔 소리가 울렸다. 곽정은 황용의 손을 움켜잡았다.

"용아, 좋은 소식 기다리고 있어."

- 『사조영웅전』 8권, pp.158-159.

또 황용은 화산논검대회에서 황약사와 홍칠공으로 하여금 곽정과 각각 300초식 겨루게 하고 300초식 안에 곽정을 이기지 못하면 곽정이 대회의 승자가 되게 함으로써 곽정에게 천하제일 무공이라는 이름을 달아 준다. 그 후 이들이 몽고군과의 전투를 도우러 산동 청주성으로 갔을 때 황용은 곽정이 어떻게 행동해야 하는지 알려 주며 그가 항몽 영웅으로 거듭나게 한다.

곽정은 수문장을 황용에게 넘기고 창을 들고 말을 몰아 성 밖으로 나가려 했다.

"기다려요!"

황용이 나서더니 수문장에게 갑옷을 벗게 하고 그것을 곽정에게 건네주며 입으라고 했다.

"가짜 성지(聖旨)를 전해 병사들을 이끌고 나가세요."

그러고는 손을 뒤집어 수문장의 혈도를 찍은 후 성문 밖으로 던져버렸다. 곽정은 역시 묘안이라는 생각이 들어 성안 사람들을 향해 목청껏 외쳤다.

"성지를 받으시오. 임안의 황제께서 나를 보내 성을 지키고 적에 맞서 백성들을 지키라 명하셨소! 제군은 나를 따라 성을 사수하시오!" (……)

근래 들어 충의군은 서로 싸움을 일삼고, 조정 관병들과도 대치하니 군령은 혼란스럽기 이를 데 없었다. 그러나 강력한 적이 국경을 압박하여 허둥대던 차에 누군가 나서 군을 이끌고 적에 맞서겠다고 하니 사방에서 환호성이 터져 나왔다.

- 『사조영웅전』 8권, pp.325-326.

2. 소용녀(小龍女) : 세상과의 단절과 과업의 부재

가. 남장변복 모티프

『신조협려』에서 소용녀의 남장변복 모티프는 나타나지 않는다. 그녀는 남장변복 모티프가 없는데 그치지 않고 작품 내내 오로지 한 가지 옷, 즉

흰색 비단옷만 입은 모습으로 묘사된다.[88] 소용녀가 등장하는 장면에서 그녀의 외양에 대한 묘사는 빠지지 않는데 대략 아래와 같다.

> 하얗고 부드러운 손이 휘장을 걷더니 한 열여섯 살 정도 되어 보이는 소녀가 걸어왔다. 소녀가 입은 하늘거리는 흰색 비단옷이 마치 안개처럼 신비하게 느껴졌다. 그녀는 선녀처럼 너무 아름다웠다.
>
> － 『신조협려』 1권, p.291.

> 학대통은 너무나 차갑고 냉랭한 목소리에 가슴이 섬뜩하여 뒤돌아보았다. 한 절세미모의 소녀가 눈처럼 하얀 옷을 입고 대전 문 앞에 서 있었다.
>
> － 『신조협려』 1권, p.317.

> 곽도가 막 붓에 대해 질문을 하려는데 갑자기 밖에서 흰옷을 입은 한 소녀가 걸어 들어왔다. 그녀는 대청 입구에 서서 천천히 좌중을 둘러보았다. 마치 누군가를 찾고 있는 듯했다. 사람들의 시선이 일제히 백의 소녀에게 쏠렸다. (……) 이런 창백한 모습이 그녀의 아름다움을 더욱 돋보이게 해 주었다. '선녀 같다'는 말이 딱 어울리는 수려한 외모였다.
>
> － 『신조협려』 3권, pp.136-137.

---

88 이는 남장을 하는 여성 인물들이 여성 고유의 복장을 할 때에도 다양한 색감의 다양한 재질의 옷을 입는 것과 뚜렷한 대비를 보이는 점이다. 김용의 다른 소설에 견주어 보아도 이렇게 한 가지 옷만 입고 등장하는 여성인물은 드물다.

거기에는 흰옷을 입은 여인이 천천히 대청을 향해 걸어오고 있었다. 햇빛이 그녀의 창백한 얼굴을 비추었는데 표정이 냉담하고 차갑기 그지 없었다.

– 『신조협려』 4권, p.125.

이는 다른 여성 인물들과 비교해 보았을 때 철저히 여성성만 강조된 모습이며 여신의 이미지를 떠올리게도 한다. 이런 양상은 소용녀가 속한 고묘파라는 사문의 내력과 활사인묘라는 특수한 장소와 일정한 관련이 있다. 소용녀의 사조 임조영은 고묘에 남자의 출입을 금하고 여자 제자들만 거둔다. 또한 여자 제자들도 남자를 만나지 못하도록 수궁사(守宮砂)[89]를 찍고 평생 고묘 밖으로 나가지 않겠다는 맹세를 하게 한다. 이런 환경에서 성장한 소용녀는 양과를 만나기 전까지 남자를 접해 본 적이 없으며 그녀에게는 남장변복이라는 개념조차 없을지도 모른다.

나. 유교적 이데올로기와 여성의식

소용녀는 고묘에서 세상과 단절되어 살았기 때문에 유교적 이데올로기와도 다소 거리가 있는 인물로 묘사된다. 그녀는 양과를 제자로 거두고 나서 양과와 계속 한 방을 쓴다. 그녀에게는 남녀유별이라는 관념이 전혀

---

89 중국 고대 민간 전통에서 비롯된 믿음으로 수궁(도마뱀과 비슷한 작은 동물로 긴 꼬리와 네 다리가 달려 있다.)과 주사(硃砂) 및 기타 특수한 약재를 써서 진흙처럼 갠 후 처녀의 팔에 찍어 두면 은은한 붉은 빛을 띠며 오랫동안 사라지지 않는다고 한다. 그런데 만약 여자가 혼인을 하거나 정조를 잃게 되면 수궁사가 사라지게 된다고 한다. 즉, 여자의 처녀성을 확인하는 방법이다.

없어 다른 방을 써야겠다는 생각을 해 본 적이 없다. 또한 당시에 사부는 부모와도 같아 사부와 제자 사이에 결혼을 하는 것은 천륜을 어기는 일이라고 여겨졌지만 소용녀는 양과와 결혼하는 것을 전혀 이상한 일이라고 생각하지 않는다.

송나라 사람들은 예법을 가장 중시했다. 사제지간은 군신, 부자와 같아 그 선이 분명하며 절대 함부로 대해서는 안 되는 것이었다. 소위 삼강오륜 중 삼강은 군위신강(君爲臣綱), 부위자강(父爲子綱), 부위부강(夫爲婦綱)으로, '신하는 임금을 섬기고, 아들은 아버지를 섬기고, 아내는 남편을 섬기는 것이 근본이다.'라는 뜻이다. 사부는 곧 부친과 같은 존재이므로 호칭도 스승 사(師)와 아비 부(父)를 써서 사부(師父)라고 하는 것이다. 그래서 사부가 제자에게 시집을 가고, 제자가 사부를 처로 맞아들이는 것은 마치 부녀간, 모자간에 혼인을 하는 것과 같은 것이어서 당시에는 도저히 상상조차 할 수 없는 행동이었다. (……)

그러자 소용녀가 고개를 설레설레 흔들면서 태연하게 입을 열었다.

"제가 과의 부인이 될 것이니 과가 어르신의 딸과 혼인하는 일은 없을 겁니다."

너무나 맑고 분명한 어투여서 대청에 있는 수백 명의 사람들도 모두 똑똑히 들었다. 곽정은 깜짝 놀라 자리에서 일어났다. 도저히 자신의 귀를 믿을 수가 없었지만 양과의 손을 잡고 너무나 애틋한 표정을 짓고 있는 소용녀를 보니 그 말이 진심인 것 같았다.

- 『신조협려』 3권, pp.232-234.

절정곡에서 공손지와 혼례를 앞두고 있을 때에도 원래 당시 여자들은 혼례 날 외부인을 접하지 않는 것이 법도이나 소용녀는 손님을 접견한다. 또 공손지와 겨룰 검을 고르기 위해 들어간 방에서 둘은 입을 맞추다 다른 사람에게 그 모습을 들키는데 양과는 부끄러워하지만 소용녀는 오히려 부끄럽게 생각하지 않고 방해꾼 때문에 정을 나누지 못해 아쉬워한다. 이런 소용녀이지만 정절에 있어서만은 전통적인 사고방식을 가지고 있다. 견지병에게 순결을 빼앗긴 것을 양과의 행위라고 생각하고 자기를 아내라고 부르지 않는 양과에게 분노해 그를 떠나는가 하면 나중에 그것이 견지병의 소행임을 알고 자기는 양과와 결혼할 자격이 없다고 생각한다. 사회적으로 자신이 여성으로 불리고 그것을 극복하겠다는 여성의식은 거의 보이지 않는다.

다. 역할부여자 양상

소용녀에게 역할부여자의 양상을 찾아보기는 힘들다. 소용녀는 성인이 될 때까지 고묘 안에서만 생활해 왔고 감정을 최대한 절제하면서 살아왔기에 특별한 희로애락을 느끼지 못한다. 양과를 만난 후 점차 그를 사랑하게 되고 감정 표현을 하게 되지만 양과와 함께 있고 싶다는 것 외에는 여전히 돈이나 권력, 기타 다른 어떤 것에도 욕망이 없다. 그녀는 작품 초반에는 양과에게 최초로 정식으로 무공을 가르쳐 주는 스승의 역할을 하고 양과와 사랑하고 나서는 자신이 하고 싶거나 해야 할 일을 위임하기는커녕 양과의 행복을 위해 그와 함께하고 싶다는 자신의 유일한 소망마저 포기하는 모습을 보인다. 황용이 소용녀에게 사부와 제자가 결혼을 하면 세상 사람들이 모두 양과를 손가락질하고 결국 양과가 불행해질 것이라고 하자 양과의 행복을 위해 다시 그를 떠난다. 또 자신이 중독을 치료할 방법이 없고 양과도 절정단을 구하지 못하는 상황에서 양과가 살아남을 희망을 포기할까 봐 그를 위해 16년 후 다시 만나자는 메시지를 남기고 계곡 밑으로 몸을 던진다.

> 양과가 절정단 반쪽을 계곡으로 던져 버린 후 소용녀는 그가 자신 때문에 혼자만 살려 하지 않는다는 것을 알았다. 그러던 차에 황용에게서 단장초가 정화독을 치료할 수 있을지도 모른다는 이야기를 듣고 고민을 하다가 마음을 굳혔다. 자신이 죽는 대신 양과에게 살아갈 희망을 안겨 줘야 그가 단장초를 먹고 해독을 할 수 있을 거라고 생각했다. 그러나 자신이 죽는 모습을 보여 준다면 양과도 스스로 목숨을 끊을 것이기에 생각 끝에 단장애 앞에 칼로 글자를 새겨 16년 후를 기약하고 깊은 계곡을 뛰어들었던 것이다. 만약 양과가 목숨을 구해 16년을 지낸다면 자신을 잊지 못한다고 해도 죽을 생각은 하지 않을 거라고 단정을 내렸다.

-『신조협려』8권, p.245.

3. 조민(趙敏) : 입신양명 욕구과 남성 주인공을 통한 대리만족

가. 남장변복 모티프

조민은 『사조삼부곡』 세 여성 주인공 중 남장변복 모티프가 가장 많이 나타나는 인물이다. 조민은 처음부터 남장을 하고 등장한다. 장무기는 광명성 전투를 끝낸 후 양부이자 명교 사대 호교법왕인 사손을 모셔오기 위해 일행들과 길을 떠난다. 조민은 명교 토벌의 일환으로 장무기 일행의 생포 계획을 사전에 짜고 이들을 기다렸다 우연을 가장해 그들과 마주친다.

옥문관을 지나 두어 시진 달리고 보니 앞길 한 곁에 20여 그루쯤 되는 버드나무가 가지런히 서 있는 숲이 나타났다. 폭염에 시달리던 장무기 일행은 더위를 식히기에 안성맞춤이라 말을 재촉해 버드나무 숲 쪽으로 달려갔다. 버드나무 그늘 아래에는 한발 앞서 도착한 사람들인 듯 일행 아홉 명이 웅기중기 앉아서 뜨거운 햇볕을 식히고 있었다. 그중 여덟 명의 건장한 사내들은 모두 사냥꾼 차림새로, 허리에는 요도(腰刀)를 꾹 질러 차고 등에는 화살이 가득 담긴 전통(箭筒)과 활을 메고 있었다. 어깨머리에는 수렵용 새매가 대여섯 마리 얹혔는데, 검정깃털에 날카로운 부리와 발톱을 지닌 것이 무척 사납고 영특해 보였다. 나머지 한 사람은 나이 젊은 선비 차림의 청년 공자였다. 짙은 쪽빛 비단 장삼을 걸치고 가볍게 쥘부채를 펼쳐 부채질하는 모습이 어느 부유한 귀족가문의 자제인 듯, 화려하고도 고귀한 기품을 은연중 드러내고 있었다.

마상에서 뛰어내리는 순간, 장무기는 곁눈질로 흘낏 그 청년 공자를 바라보았다. 참으로 준수하기 이를 데 없는 용모였다. 흑백이 또렷한 눈매, 하얀 눈자위 한복판에 반짝이는 검정빛 눈동자는 그야말로 흑진주가 분명했다. 손에 들린 쥘부채의 손잡이는 백옥으로 만들어진 희귀한 진품인 데다, 자루 잡은 손목마저 백옥으로 다듬어 박은 부채자루와 다를 바 없이 희디희었다.

– 『의천도룡기』 5권, pp.255~256.

조민의 1차 남장변복은 여성성의 구현의 의미로 볼 수 있다. 조민과 신전팔웅은 멋진 활솜씨로 몽고군을 격파하는 모습을 연출하여 장무기 일행의 호감을 산다. 조민은 녹류산장으로 이들을 초대하여 바로 자신의 여자 신분을 밝힌다.

> 술이 몇 순배 돌았지만 그녀는 멈추지 않고 술잔을 비웠다. 누가 권하든 사양치 않았다. 그래서인지 극히 호매(豪邁)한 기상마저 엿보였다. 새로운 요리접시가 나올 때마다 그녀는 자신이 먼저 젓가락을 들어 맛을 보았다. 손님들을 안심시키기 위한 배려였다. 이윽고 그녀의 얼굴에 발그레하니 홍조가 감돌았다. 보일 듯 말 듯 흐트러진 자태가 보는 이의 가슴을 두근거리게 할 정도로 아리따웠다. 그녀의 미모는 단순히 요조숙녀처럼 단정한 것이 아니라 사람의 마음을 잡아끄는 교태와 미색이 곁들여 있었다. 그 고운 자태 속에는 영준한 기품과 호쾌한 대장부의 기상도 깃들어 있었다.
>
> - 『의천도룡기』 5권, p.277.

그녀는 황용과 같이 스스로 자신의 남장변복을 폭로하여 여성으로 복귀하고 미모로 장무기를 유혹한다. 장무기의 마음을 사로잡아 쉽게 그들을 함정에 빠뜨리고 중독시키려는 의도이다. 조민은 녹류산장에서 장무기 일행의 생포에 실패하자 명교 교주를 사칭하여 무당파를 급습한다. 이때에도 그녀는 남장을 하고 등장한다. 조민의 2차 남장변복이다.

이윽고 교자 앞을 가렸던 휘장이 들춰지더니 화사한 모습의 청년 공자

한 사람이 내려섰다. 일신에 걸친 것은 눈처럼 하얀 백색 장포, 도포자락에는 핏빛처럼 붉은 불꽃 한 떨기가 수놓여졌다. 유유자적 쥘부채를 활짝 펼쳐 부채질하며 삼청전 안으로 들어서는 청년 공자는 남장을 한 조민이었다.

– 『의천도룡기』 5권, p.367.

그녀의 2차 남장변복은 남성 모방의 역할을 한다. 그녀는 명교 교주 장무기의 이름을 사칭하고 남자처럼 행세하며 무당파를 겁박한다. 그녀는 일부러 장무기 행세를 하여 무당파를 조롱하는 것이다. 무인도에서 조민이 사라진 후 중원에 도착한 장무기는 개방을 염탐하러 갔다가 다시 조민을 만나게 되는데 이때 개방을 엿보고 있던 그녀는 역시 남장 차림이다. 조민의 3차 남장변복으로 이것은 여성성의 은폐에 해당한다. 조민은 원래 몰래 숨어서 개방을 엿보고 있었으나 장무기에 대한 악담을 듣다가 참지 못하고 정체를 드러낸다. 남장을 한 것은 누구에게 보이기 위해서가 아니라 만일에 대비해 여성인 신분을 숨기기 위해서이다.

돌연, 잣나무 가장귀에서 짙푸른 그림자 하나가 번뜩이더니 대웅전 앞뜰 지상으로 뛰어내렸다.

"장무기가 여기 있다! 어떤 놈이 날더러 비명횡사에 요절을 했다고 악담을 퍼붓는 게냐?" (……)

머리에는 쪽빛 방건을 쓰고 푸른 빛깔의 장삼을 걸친 모습이 자못 소탈한 선비 차림인데 관옥(冠玉)처럼 해말간 얼굴에 초롱초롱 물기마저 감도는 두 눈동자가 보는 이의 마음을 잡아끌었다. 바로 남장 여인 조민이었다.

– 『의천도룡기』 7권, p.104.

장무기와 함께 소림사에 찾아가기 전 자신의 정체를 숨기기 위해서 조민은 또 남장을 한다. 이것은 조민의 4차 남장변복으로 마찬가지로 여성인 신분을 숨기기 위해서 남장을 하였다.

조민은 소림사를 습격해서 무수한 인명을 살상하고 숱하게 많은 승려들을 사로잡아 대도까지 끌고 가서 곤욕을 치르게 했던 장본인이다. 소림파와는 이미 풀지 못할 깊은 원수를 맺은 몸인데, 소림파 고수들의 예리한 눈길에 잡혔다가는 무슨 험악한 꼴을 당할지 모르는 것이다.

조민이 방그레 웃더니 후토기의 장기사 안원에게 부탁을 했다.

"안 형, 나를 당신네 후토기 소속 제자로 받아 주시겠어요?"

안원 역시 그 말뜻을 알아듣고 즉시 후토기 제자 한 명의 겉옷을 벗겨 조민에게 주었다. 헐렁헐렁한 백색 바탕에 붉은 불꽃 표지가 그려진 외투였다. 조민은 부리나케 산속으로 들어가더니 큼지막한 나무 뒤에서 변장을 하고 나왔다. 시꺼멓게 검댕 칠을 한 얼굴에 굵다란 눈썹까지 덧붙였더니 흉악하게 생겨 먹은 말라깽이 사내로 바뀌어 있었다.

– 『의천도룡기』 8권, p.73.

이렇게 조민은 수차례 남장변복을 하고 등장한다. 매번 남장을 한 목적은 달랐지만 조민의 잦은 남장변복은 다른 여성 인물들에 비해 특이할 만한 점이다.

나. 유교적 이데올로기와 여성의식

　조민의 원나라 조정의 중신 여양왕(汝陽王) 차칸테무르의 딸이다. 여양왕의 관직은 태위(太尉)로 원나라의 전체 병권을 관할하며 작품 속에서 여양왕은 몽골족 순수 혈통으로 지혜와 용맹을 겸비하여 조정에서 으뜸가는 인재로 인정받는 세력가로 나온다.[90] 차칸테무르는 조민의 오빠인 쿠쿠테무르와 조민이 일남일녀를 두었다. 오빠 쿠쿠테무르는 여양왕의 세자로 장차 작위를 이어받기로 되어 있고, 조민은 황제로부터 직계왕족에게만 부여하는 '소민군주(紹敏郡主)'로 책봉되었다. 여양왕은 혼자서 동분서주하며 반란을 진압하느라 당초 강호상의 모든 교파와 방회를 복멸하고 원나라에 귀순시키겠다는 계획을 실행할 수 없었다. 아들딸이 어느 정도 자라자 왕세자 쿠쿠테무르는 아버지를 따라 종군하고, 조민은 부왕의 뜻을 이어받아 몽골족, 한족, 서역 지방의 무사들과 라마승을 통솔하여 강호 모든 문파 방회들을 노리고 대규모 공세를 발동한다.[91] 조민은 아버지의 딸로서 입신양명하고 싶지만 여자로 태어난 데 한계를 느끼고 있다. 그녀는 자기가 남자로 태어났으면 더 큰 일을 할 수 있었을 거라고 말한다.

　　"당신 손으로 사람을 죽여 본 적이 있소?"

　　장무기의 물음에 그녀는 빙그레 웃으며 대답했다.

　　"아직은 없어요. 하지만 나이가 들면 사람을 많이 죽일 것 같아요. 우리

90　김용, 임홍빈 옮김, 『의천도룡기』6권, 김영사, 2007, p64.
91　김용, 임홍빈 옮김, 위의 책, p.73.

조상님은 위대하신 제왕 칭기즈칸을 비롯해서, 툴루이, 바투, 훌레구, 쿠빌라이와 같은 대영웅들이셨죠. 나는 여자로 태어난 자신이 원망스러워요. 만약 남자로 태어났더라면……. 호호, 정말 이 세상을 번쩍 들었다 놓을 만큼 엄청나게 큰일을 할 수 있었을 거예요."

- 『의천도룡기』 6권. p.128.

그녀는 당시 세계의 유교적 이데올로기와 개인의 유교적 이데올로기 모두를 갖고 있으며 세 여성 주인공 중 여성의식도 가장 뚜렷하다. 조민의 잦은 남장변복은 그녀 스스로가 여성으로의 한계를 극복하고 남성성을 획득하고자 하는 표현의 일환으로 볼 수 있다.

다. 역할부여자 양상

조민은 장무기에게 사숙들을 치료할 수 있는 흑옥단속고를 주는 조건으로 앞으로 자기가 요구하는 세 가지 조건을 들어 달라고 요구한다.

"흑옥단속고를 정 원하면 못 줄 것도 없지! 하지만 내가 요구하는 세 가지 조건을 들어주어야 해. 승낙한다면 내 쌍수로 받들어서 그 약을 드리지!"

"세 가지 조건이란 게 무엇이오?"

"지금 당장은 생각이 안 나는군. 훗날 생각날 때마다 하나씩 요구할 테니까 들어주기만 하면 되지!"

"그런 법이 어디 있소? 나더러 목숨을 끊으라면 끊어야 하고 개돼지 노릇을 하라면 개돼지가 되어야 한단 말이오?"

"호호! 난 당신더러 목숨을 끊으라는 것도 아니고 개나 돼지 노릇을 하

라고 요구하지도 않겠어."

"먼저 이것부터 다짐을 두시오. 당신이 요구하는 것이 의협에 어긋나는

게 아니라면 내 능력으로 할 수 있는 일은 모두 당신 요구대로 하겠소."

조민은 한껏 기분이 풀렸다. 장무기가 약과 세 가지 요구를 맞바꾸기

로 승낙한 것이다.

- 『의천도룡기』 5권. p.426.

　조민이 장무기에게 세 가지 요구사항을 들어달라는 내용은 명백하게
남성 주인공에게 역할을 부여하는 양상을 보여 준다. 그녀는 첫 번째 요
구사항으로 자기를 사손에게 데리고 가 도룡도를 잠시 빌려 보게 해 줄
것을 요청하고 두 번째 요구사항으로 주지약의 결혼식에 나타나 이 혼례
를 중단하라고 요청한다. 조민은 작품의 마지막에 세 번째 요구사항으로
눈썹을 그려 달라고 한다. 이 세 가지 요구사항 외에도 조민은 장무기를
만난 후 자신의 입신양명의 소망을 장무기에게 투사한다. 장무기는 정파
와 사파의 피를 모두 물려받은 고귀한 혈통에 갓 스물도 되지 않은 나이
로 『구양진경』과 『건곤대나이법』이라는 무림 최고의 비급을 익혔으며 명
교의 교주의 자리에까지 오른 인물이다. 마찬가지로 고귀한 황족 신분인
조민이 장무기에게 반한 것은 이런 그의 조건의 영향이 크다고 할 수 있
다. 그녀는 무예를 익히기 위해 육대문파의 고수들을 잡아 놓고 다른 무
림고수들을 초빙해 가르침을 받았지만 무예 실력은 그다지 늘지 않는다.
또한 아버지에게 인정받기 위해 맡은 임무에 최선을 다했지만 왕세자는
오빠이고 자기는 소민군주라는 봉직에 만족해야 하는 상황이다. 반면 장

무기는 무공이건 지위이건 이미 오를 수 있는 최고의 자리에 올라 있다. 그녀는 장무기를 만난 후 그의 최대 조력자로 그가 당대 최고의 영웅의 자리에 오르게 돕는다.

　본장은 『사조삼부곡』의 여성 주인공을 단순히 남성 주인공의 최대 협력자나 애정의 대상으로 보는 것이 타당할까 하는 의문에서 출발하여 이들을 역할부여자의 관점에서 살펴보았다. 어쩌면 이들은 남성 주인공에 버금가는 여성 영웅으로 이들이 단순히 남성 주인공의 협력자나 배우자로 보이는 것은 표면적인 층위의 모습이며 이들이 자신의 과업을 수행하는 변천의 방식으로 남성 주인공에게 역할을 부여하는 양상이 있을 수 있다는 것이다. 본장에서는 우선 여성 주인공들에게 남장변복 모티프가 나타나는지 살펴보았다. 그리고 이 남장변복의 계기와 의도를 이해하기 위해 그녀들의 유교적 이데올로기와 여성의식 여부를 살펴보았다. 끝으로 이런 여성 주인공들의 의식을 바탕으로 그녀들에게 역할 부여자의 양상이 나타나는지 살펴보았다.

　황용에게는 남장변복 모티프와 연위갑이라는 남장변복 변형태가 나타난다. 그녀는 자기가 속한 사회의 유교적 이데올로기를 수용하고 있지만 뚜렷한 입신양명 욕구나 여성의식은 드러나지 않는다. 또한 곽정을 통해 자신의 과업을 대리수행하게 하려는 양상이 분명한 편이다. 소용녀는 남장변복 모티프가 나타나지 않는 인물이다. 유교적 이데올로기와는 거리가 있는 인물이며 여성의식도 거의 없다. 양과에게 자신의 역할을 부여하는 양상도 보이지 않는다. 조민은 남장변복 모티프를 가장 많이 보인다. 사회적 유교 이데올로기와 개인적 유교 이데올로기 수용 양상이 뚜렷하고 세 명 중 유일하게 여성의식을 갖고 있다. 장무기에게 자신의 역할을 대리수행하게 하는 양상도 비교적 뚜렷하다.

  본장의 분석을 통해 남성 주인공이 영웅으로 성장하는 데 여성 주인공이 단순히 최대 협력자나 애정의 대상에 그치는 것이 아님을 새로운 시각으로 살펴볼 수 있었다. 소용녀의 경우 남장변복이나 역할부여자 양상은 나타나지 않지만 그녀와의 만남과 헤어짐을 통해 양과가 여러 성장의 단계를 거치고 종국에 영웅이 되기 때문에 양과에 있어 소용녀의 영향이 역할부여자로서 황용이나 조민의 그것보다 적다고 할 수는 없다.

결론 및 제언

　이상으로 『사조삼부곡』의 여성 인물들을 분석해 보았다. Ⅱ장에서는 크리스토퍼 보글러의 영웅서사의 가장 보편적 인물 유형에 따라 모든 여성 인물을 분류하고 분석하였다. 이를 통해 후기 작품으로 갈수록 여성 인물이 점점 많아지고 각 유형별 양상이 남성 인물의 그것과 다르다는 것을 확인할 수 있었다. 무협소설이라는 특징으로 인해 정신적 스승과 그림자에 해당하는 여성 인물들은 상대적으로 적었으며 반대로 가장 많은 수의 인물들이 협력자에 분포하고 있음을 알 수 있었다. 또한 협력자는 단순 조력자도 있지만 다수가 남성 주인공과 애정 관계에 있음을 살펴보았다. 이에 Ⅲ장에서는 분석의 범위를 좁혀 협력자 중 남성 주인공과 애정 관계에 있는 인물만 이들의 애정 관계 양상 및 사랑에 대한 가치관을 분석하였다. 『사조영웅전』에는 총 3명의 여성이 곽정과 애정 관계에 있다. 『사조영웅전』의 인물들은 순수하고 시종일관 변하지 않는 순정의 애정 양상을 보인다. 『신조협려』에는 총 6명의 여성이 양과와 애정 관계에 있다. 『신조협려』의 인물들은 생사와 예교, 시간을 뛰어넘는 격정의 애정 양상을 보인다. 『의천도룡기』에는 총 4명의 여성이 장무기와 애정 관계에 있는데 이들을 연민을 바탕으로 한 온정의 애정 양상을 보인다. 이들의 애정 관계는 이야기를 더 풍부하게 만들어 주고 다양한 재미와 감동을 보여 주었다. 뿐만 아니라 여러 여성 인물들과 남성 주인공의 애정 관계를 통해 남성 주인공의 성격을 더 뚜렷하게 부각시키는 역할을 하였다. Ⅳ장에서는 다시 분석의 범위를 좁혀 이들 애정 관계에 있는 여성 인물 중 남성 주인공이 최종 선택한 대상, 즉 여성 주인공을 역할부여자의 관점으로 분석하였다. 이들이 여성 영웅이라는 가정하에 이들이 자신의 과업을 수행하는 변천의 방식으로 남성 주인공에게 역할을 부여하는 양상이 나타나는지 살펴보았다. 우선 여성 주인공들에게 남장변복 모티프가 나타나는지 그리고 그녀들이 유교적 이데올로기와 여성의식을 가지고 있는지, 또 그것이 역할 부여자의 양상으로 연결되는지 살펴보았다. 황용과 조민에게는 남장변복 모티프와 유교적 이데올로기를 찾아볼 수 있었으며 그것이 역할부여 양상으로 연결되고 있음을 알 수 있었다.

『사조삼부곡』은 곽정, 양과, 장무기라는 세 남성 주인공을 중심으로 한 영웅서사이다. 작품의 시대적 배경인 남송(南宋), 원말(元末)은 물론 작가가 작품을 집필했던 기간인 1950년대 말 1960년대 초는 유교적 이데올로기가 지배하고 남성 중심의 세계관을 벗어나지 못한 시기이다. 이런 점들을 고려했을 때『사조삼부곡』여성 인물들이 상대적으로 남성 주인공의 보조적 인물로 그려지는 것은 작품의 태생적인 한계로 볼 수 있다. 그럼에도 불구하고 여성 인물들의 역할을 다양한 층위로 심도 있게 살펴볼 수 있었던 것은 동 연구의 의의 중의 하나라고 할 수 있겠다. 특히 다수의 여성 협력자들이 남성 주인공과의 애정 관계에 있는 인물이며 이들이 협력하게 된 동기가 남성 주인공에 대한 애정으로부터 비롯되었다는 것은 흥미로운 내용이었다. 또한 비록 여성 주인공이 작품의 영웅으로 그려지지는 않았지만 이들을 표면적인 작품의 영웅으로 내세울 수 없는 구조에서 사실 이들도 숨어 있는 영웅이며 남성성의 획득과 역할부여자의 양상을 보이지 않는지 분석해 본 것도 재미있고 신선한 과정이었다. 결론적으로 김용 무협소설의 여성 인물들은 각자의 위치에서 자신의 역할을 충분히 수행하고 있으며 특히 주인공과의 애정 관계와 그 양상은 작품을 더 재미있고 역동적으로 만들고 있음을 알 수 있었다. 또한 여성 주인공들은 남성 주인공의 최대 협력자이자 배우자로서 그들이 영웅으로 성장하는 데 결정적인 역할을 했다는 것도 알 수 있었다.

동 연구는 출발점은 왜 작품 속 영웅 주인공은 모두 남성인지 그리고 영웅의 정의와 기준은 무엇인지 하는 의문이었다. 필자는 연구를 진행하면서 영웅에 대한 다양한 정의를 만날 수 있었다.

> 영웅이란, 우리 모두가 내장하고 있되 오직 우리가 이 존재를 발견하고 육화시킬 때를 기다리는 신의 창조적, 구원적 이미지의 상징이다.
>
>   - 조지프 캠벨

> 영웅이란 말은 '보호하고 봉사하다'라는 의미를 지닌 그리스어에서 왔다. 영웅은 양 떼를 보호하고 돌보기 위해 자신을 희생할 수 있는 양치기처럼 타인을 위해 자기의 이익을 희생할 줄 아는 자다.
>
>   - 크리스토퍼 보글러

어떤 사람이 진정한 영웅인가 아닌가는 특정인이 이룩한 세속적 과업보다는 그가 얼마나 인간을 위해 살아왔는가에 따라 결정되어야 할 것이다.

- 김명석

충실히 납세하는 당신이 바로 영웅입니다.

- 공익광고 중

평범함에서 위대함이 나오고 영웅은 인민에서 나온다.

- 중국 상하이 훙치아오역 내 선전문구

또한 동 연구와 비슷한 출발점에서 시작한 책인『여성 영웅의 탄생』[92]에서 여성 영웅에 대한 신선한 관점도 접할 수 있었다.

캠벨은 여성이 여정을 떠날 필요가 없음을 말하면서 "모든 신화에서 여성은 전통적으로 '거기(there)', 그 자리에 있습니다."라고 대답한다. 여성은 여정을 떠날 필요가 없고 그 자체로 완성된 존재라는 의미이다.[93]

남성 인물들에 대한 직접적인 분석과 비교가 있었다면 동 연구의 완성도가 더 높아졌을 것이다. 김용 작가의 영웅관은 무엇인지, 그의 무협세

---

92   Maureen Murdock, 고연수 옮김,『여성 영웅의 탄생』, 교양인, 2014.
93   신선례,「융의 개성화 과정에서 만나는 여성성과 남성성의 통합에 관한 연구」, 석사학위논문, 호남신학대학교, 2015, p. 50. (재인용)

계에서 끊임없이 강조하고 있는 협(俠)의 정의는 무엇인지 궁구해 보는 것은 다음 과제로 남겨 둔다.

참고문헌

•

1. 자료

김용(2003). 김용소설번역연구회 옮김.『사조영웅전』1-8권. 김영사.

김용(2005). 이덕옥 옮김.『신조협려』1-8권. 김영사.

김용(2007). 임홍빈 옮김.『의천도룡기』1-8권. 김영사.

2. 단행본

박종성(2002).『구비문학, 분석과 해석의 실제』 월인.

박태상(2012).『문화콘텐츠와 이야기 담론』 한국문화사.

이상진(2019).『캐릭터, 이야기 속의 인간』 에피스테메.

이인식(2008).『이인식의 세계신화여행』1권. 갤리온.

이진성(2016).『그리스 신화의 이해』개정2판. 아카넷.

Christopher Vogler(2017). 함춘성 옮김.『신화, 영웅 그리고 시나리오 쓰기』 제3판.
    바다출판사.

Joseph Campbell(2018).『천의 얼굴을 가진 영웅』개정판. 민음사.

Veronica Ions(2003). 심재훈 옮김.『이집트 신화』 범우사.

Victoria Lynn Schmidt(2011). 남길영 옮김.『캐릭터의 탄생』 바다출판사.

3. 학술논문

꽁칭뚱(孔慶東)(2002).「한국에서 진용(金庸) 읽기」 오늘의 문예비평. pp. 147-178.

김명석(2011).「金庸의 영웅 만들기」 국제언어문학회.『국제언어문학』23. pp. 27-51.

박종성(2004).「몽골 구비영웅서사시『장가르』의 영웅적 성격」 동아시아고대학회.
    『동아시아고대학』9. pp. 171-206.

박종성(2005).「동서양 구비영웅서사시의 판도와 양상: 영웅의 출생과 성장기의 시련을 중심으로」. 이화여자대학교 인문학연구원.『인문학연구원 학술대회: 비교학적 관점에서 본 동아시아 신화의 정체성』2005. pp.89-108.

박종성(2016).「여신 자청비의 노정기와 역할 대리자-체첸 고아 선녀, 황우양 부인, 제우스와 견주어」. 한국구비문학회.『구비문학연구』43. pp.67-99.

박종성(2019).「세르보-크로아티아 구비영웅서사시〈마르코 끄랄례비치;Марко Краљевић〉의 특징」. 돈암어문학회.『돈암어문학』36. pp.125-160.

우강식(2005).「김용 무협소설의 사회 문화적 함의 고찰」. 영남중국어문학회.『중국어문학』45. pp.509-532.

우강식(2008).「김용 무협소설의 여성의 형상과 역할」. 중국소설학회.『중국소설논업』27. pp.251-263.

우강식(2011).「김용 무협소설의 악인의 형상 연구」. 한국중국소설학회.『중국소설논업』34. pp.189-206.

우강식(2012).「여협서사의 산생과 중국 무협소설사적 의의에 대한 고찰」. 한국중국소설학회.『중국소설논업』38. pp.1-17.

우강식(2016).「남권사상이 중국 현대무협소설의 서사에 미친 영향에 관한 고찰-김용 무협소설을 중심으로」. 한국중국소설학회.『중국소설논업』54. pp.215-244.

우강식(2020).「김용 무협소설에 나타난 강호의 상징적 의미와 서사에 미친 영향에 관한 고찰」. 대한중국학회.『중국학』54. pp.365-386.

장시광(2001).「여성영웅소설에 나타난 여화위남(女化爲男)의 의미」. 한국고전여성문학회.『한국고전여성문학연구』2. pp.301-338.

4. 학위논문

신선례(2015).「융의 개성화 과정에서 만나는 여성성과 남성성의 통합에 관한 연구」. 석사학위논문, 호남신학대학교.

이지현(2019).「김용 무협소설『신조협려』의 애정 연구」. 석사학위논문, 강원대학교.

왕봉경(2013).「김용 소설의 인물형상과 유형분석」. 석사학위논문, 대진대학교.

천지성(2019). 「신일숙 만화에 투영된 희랍 신들의 속성과 캐릭터의 의미」, 석사학위
논문, 한국방송통신대학교.

황위안동(2019). 「김용 무협소설 『사조삼부곡』의 의협정신 연구」, 석사학위논문, 동
양대학교.

Analysis of Female Characters in JinYong's Martial Arts Novels

by

Kim Jie Young

Department of Creative Writing & Literary Contents

Graduate School

Korea National Open University

Supervised by Professor: Park Jong Sung

Jin Yong was born in 1924 and died in 2018 at the age of 94. He worked for 15 years from 1955 to 1970 and left a total of 15 works. Most of the works were published in a series of newspapers, and at the time, they were so popular that they were called 'Jin Yong Syndrome'. More than 60 years after his first work was published, his work still has a great impact on East Asian cultures, including China. While living in China, the author realized the influence of Jin Yong and became interested in Jin Yong's works. This study began with the question of why all the characters called heroes in Jin Yong's work are male and why female characters only play auxiliary roles of male protagonist. Through this study, what kind of roles female characters play in the work, and the meaning and significance of those roles were examined.

Jin Yong's early works, 『The Legend of the Condor Heroes(射雕英雄傳)』, 『The Condor Heroes Return(神鵰俠侶)』, 『Heaven Sword and Dragon Sabre(倚天屠龍記)』, are collectively called 『The Three Sajo Triads(射雕三部曲)』. In this paper, three works of 『The Three Sajo Triads(射雕三部曲)』among his 15 works were the subject of study. In Korea, Jin Yong's work was first introduced under the name 『Hero's Gate(英雄門)』. It was published at the Goryeowon in 1985, but it was not an official publication. Afterwards, in 2003, Kim Young-sa signed an official copyright contract with Jin Yong and published three works, a total of 24 books sequentially. This study was conducted using the Korean translation of the 『The Three Sajo Triads(射雕三部曲)』published by Kim Young-sa as the basic data.

In Chapter II of this paper, we see that 『The Three Sajo Triads(射雕三部曲)』has the characteristics of a heroic epic, and briefly introduce the plot of each work and classified and analyzed all female characters in the work based on the eight character types in Bogler's hero narrative as a preliminary consideration. Through this, it can be seen that the number of female characters increases as the later works progress, and due to the characteristic of martial arts novels, the female characters corresponding to spiritual teachers and shadows are relatively few, and conversely, the largest number of characters are distributed among the collaborators. In addition, it was found that although there are simple helpers as cooperators, most of them are in an affectionate relationship with the male protagonist.

In Chapter III of this paper, we narrowed down the scope to those who are in a romantic relationship with the male protagonist, and analyzed their relationship patterns and values of love. In 『The Legend of the Condor Heroes(射雕英雄傳)』, three female characters are in an affectionate relationship with Kwak Jeong, and they show a pure and unchanging aspect of affection. In 『The Condor Heroes Return(神鵰俠侶)』, there are a total of six female characters in an affectionate relationship with Yang Gwa, and they show the passionate of affection that transcends life and death, courtesy and doctrine, and time. In 『Heaven Sword and Dragon Sabre(倚天屠龍記)』, a total of four female characters are in an affectionate relationship with Jang Mugi, and they show a loving aspect of warmth based on compassion.

Chapter IV of this paper narrowed the scope of the analysis again and analyzed the female protagonist from the point of view of the role giver, that is, the last selected spouse chosen by the male protagonist among the female characters in the romantic relationship. Under the assumption that these are female heroes, we examined whether they give roles to male protagonists in the way of transformation in which they perform their tasks. First of all, we looked at whether the female protagonists had a men's costume motif, whether they had Confucian ideology and women's consciousness, and whether it connected to the aspect of the role givers. Hwang Yong and Jo Min were able to find themen's costume motif and Confucian ideology, indicating that it was connected to the aspect of role-giving.

Considering the historical background and writing period of 『The Three Sajo Triads(射雕三部曲)』, the fact that female characters in the work are relatively secondary to the male protagonist can be seen as an inherent limitation of the work. Nevertheless, it can be said that it is one of the significance of this study to be able to examine the roles of women characters in depth at various levels. In conclusion, it can be seen that the female characters in Jin Yong's martial arts novel are fully performing their roles in their respective positions, and in particular, the romantic relationship with themale protagonist and its aspects make the work more interesting and dynamic.